무림에 떨어진 현대인 8

초판 1쇄 인쇄일 2021년 09월 13일 | **초판 1쇄 발행일** 2021년 09월 17일

지은이 청루연 | **펴낸이** 곽동현 | **담당편집 팀장** 이범수
편집부 정요한 최훈영 조혜진

펴낸곳 (주)조은세상 | 출판등록 제2002-23호
주소 서울특별시 동작구 동작대로1길 27 5층
TEL 02)587-2966 | FAX 02)587-2922
E-mail bukdu@comics21c.co.kr

청루연ⓒ2021
ISBN 979-11-391-0150-8 | ISBN 979-11-6591-687-9(set)
값 8,000원

무리에 떨어진

청루연 신무협 장편소설

현태인

8

책노두
읽는세상

청루연 신무협 장편소설

NEO ORIENTAL FANTASY STORY

CONTENTS

53 章.

53章.

다른 이의 삶을 연기한다는 것은 굉장히 어려운 일이다.

인간에게는 자신만의 자아(自我)가 있게 마련이고, 그런 자아는 웬만해서는 바뀌기 힘들기 때문이다.

하지만 조휘에게는 이것이 좀 달랐다.

현대의 조영훈으로 살다 중원의 조휘라는 전혀 다른 이의 인생을 이미 한 번 살아 본 경험.

그렇게 평생 동안 형성된 의식과 자아를 딛고 전혀 다른 이의 삶을 살아 본 조휘의 경험은, 어쩌면 조화면천변(造化面天變)을 가장 이상적으로 활용할 수 있게 해 주는 원동력이라 할 수 있었다.

9

의외로 후개 등조걸의 하루는 단조로웠다.

특이한 점은 그의 임무.

놀랍게도 정주에 자리를 잡고 있는 수많은 소림사의 속가문파들을 감시하고 정탐하는 것이 그가 맡은 임무였던 것이다.

강호의 태산이요 북두(北斗)인 소림을 같은 구파일방인 개방이 감시한다?

상식적으로는 쉽게 납득할 수 없는 임무임이 분명했다.

하지만 등조걸의 진정한 정체는 비공일맥에 포섭된 간자(間者)였기에, 조휘는 그 배후에 개방이 아니라 비공일맥이 있다는 것을 단번에 파악할 수 있었다.

어쨌든 조휘는 충실히 임무를 수행했다.

소림 출신의 속가제자들은 대부분 작은 무관을 운영하고 있었지만, 개중에는 뛰어난 수완을 발휘해 문파를 창업한 자들도 있었다.

바로 구자방(九玆幇)과 용권문(龍拳門)이 대표적이었는데, 등조걸의 임무가 바로 이들 문파에 드나드는 모든 재물과 생필품 등의 물자 출납을 감시하는 것이었다.

드나드는 물자의 출납을 감시한다는 것은 그 문파의 역량을 가늠하는 의미와 같다.

그로 인해 보유한 병력 수를 유추할 수 있는 법이고, 또한 자산의 규모를 정확하게 파악할 수 있는 것이다.

하지만 조휘가 파악한 바로는 그다지 특별한 점이 없었다.

그래 봤자 종주(宗主)가 아닌 속가문파의 한계는 명확했다.

소림을 위시한 구대문파는 결코 산문 밖으로 진산절기를 전하지 않는다.

구자방과 용권문의 고수들이 아무리 뛰어나 봐야 소림의 무승들이 익히고 있는 칠십이종절예를 능가할 수가 없는 것이다.

그들의 미약한 명성으로 끌어 모을 수 있는 무인이라고 해봐야 수십여 명이 한계.

그런 소림속가의 작은 문파들을 감시하는 것이 무슨 의미가 있는지, 조휘로서는 쉽게 이해가 되지 않았다.

무려 후개씩이나 되는 인재를 고작 이런 일에 쓰다니!

하지만 시간은 쏜살같이 흘러 또다시 달포가 지났고 이번에야말로 더 이상 보고를 미룰 수가 없었다.

원래는 달포 전에 취합한 밀지들을 종합하여 보고해야만 했다.

허나 조휘에게는 등조걸의 연기를 좀 더 능숙하게 가다듬을 시간이 필요했다.

개방의 원로들과 의혈단주로 위장하고 있는 방주를 속이는 것은 신개들을 상대했을 때와는 차원이 다른 난이도.

때문에 조휘는 의혈단에 중요한 정보를 추적하고 있다는 핑계로 보고를 미루었고, 이후 매일매일 등조걸이 묵고 있는 처소로 찾아가 그의 미세한 습관들과 표정 등을 철저하게 공부해 왔다.

진짜 자신을 보는 것 같다며 경악하는 등조걸의 반응에 오늘로서 조휘는 어느 정도 확신이 선 것이다.

허름한 포목점 내부.

주인이 안내해 준 밀실에서 태연한 얼굴로 밀지들을 정리하고 있는 조휘였지만 내심으로는 온몸의 감각을 곤두세우며 긴장하고 있었다.

그때, 한 꼽추 노인이 밀실에 들어섰다.

이윽고 조휘를 발견한 꼽추 노인이 무심한 표정으로 구부정한 허리를 일으켰다.

곧 그가 태연자약하게 인피면구를 뜯어 재끼더니 빙그레 웃으며 조휘와 마주 앉았다.

"오랜만이구나 조걸아."

세 치가량 아래로 처진 잿빛 눈썹.

이마 부근에 두 개의 볼록한 점.

삐죽삐죽 제멋대로 헝클어진 머리칼과 인상적인 덧니.

등조걸에게 들었던 취선개(醉仙丐)의 용모가 틀림없었다.

조휘는 태연한 표정으로 품에서 술 한 병을 꺼냈다.

"구화모태주입니다. 사부님."

순간 취선개가 코를 벌름거렸다.

"오오! 장하구나! 이 귀한 술을 정말로 구해 온 것이냐?"

"심부름을 시킬 거면 다음부터는 돈을 주고 시키십시오. 이게 얼마짜린 줄은 아십니까?"

취선개가 오연한 표정을 지었다.

"허어, 내 사부로서 그간 네놈에게 베푼 은혜가 대해(大海)와 같거늘! 그 무슨 배은망덕한 소리냐?"

"공작금으로도 도저히 감당할 수 없을 지경이니 말이죠. 제자가 임무를 하다 말고 구걸을 해야만 직성이 풀리시겠습니까?"

"거지가 구걸을 하는 것은 사람이 방귀를 뀌는 것처럼 자연스러운 섭리다 이놈아."

"저는 방귀 안 뀝니다."

자신의 제자가 정색하며 다시 서류에 시선을 파묻자 취선개가 벌름거리던 코를 다시 술병에 갖다 댔다.

"크으…… 과연 명주라더니 그 주향부터 격이 다르구나. 다음에 올 땐 설화신주라는 놈으로 부탁하마."

조휘가 안면을 구겼다.

"요즘 강서 인근에서 떠들썩한 조가대상회의 술이 아닙니까? 제가 무슨 수로 그런 비싼 술을 구해 올 수 있겠습니까?"

"어허! 사부가 구해 오라면 그대로 행하면 될 것이지 무슨 말이 그리 많은 것이냐?"

취선개의 뻔뻔한 강짜에 내심 조휘는 혀를 내둘렀다.

설화신주 한 병의 가격이 얼마인지를 알고도 과연 저런 강짜를 부릴 수 있을까?

취선은 개뿔.

취악개(醉惡丐)면 몰라도.

조휘가 가늘게 한숨을 내쉬며 코끝을 움켜쥐었다.

곤란한 일을 겪을 때 나오는 등조걸의 버릇이었다.

"에휴 말을 말아야지. 빨리 일부터 합시다 사부님."

"고얀 놈."

취선개가 구화모태주를 병째로 꿀꺽꿀꺽 들이마시더니 소매로 입가를 닦으며 다시 제자를 응시했다.

"크으, 그래 어디 한번 보고해 보아라."

조휘는 보고서와 함께 신개들의 밀지들을 취선개의 앞쪽으로 슬며시 밀었다.

"보시다시피 특별한 내용은 없습니다. 출납 기록은 지난 보고와 대동소이하며 주요 인사들의 동향도 별다를 것이 없습니다. 다만 평소보다 곡류를 조금 더 많이 매입했는데 동절기를 나기 위함인 것으로 판단됩니다."

취선개가 무심한 표정으로 고개를 끄덕였다.

"뭐 여전하겠지. 한데 일상적인 사항 말고는 달리 보고할 것이 없느냐?"

"없습니다."

취선개가 고개를 갸웃거렸다.

"이 간단한 사안을 그럼 지난번 기일에는 왜 보고하지 않은 것이냐?"

조휘가 태연자약하게 준비된 대답을 했다.

"무공에 진전이 있어 가다듬을 시간이 필요했습니다."

"허, 거기서 또 진전이 있었다?"

취선개는 아직 천하에 등조걸보다 더한 재능을 지닌 후기지수를 본 적이 없었다.

무학적 재능만큼은 육대신룡의 으뜸이라는 화산소룡 청운소를 능가하는 재목.

취선개의 두 눈에 기광이 일렁였다.

"도대체 어떤 진전이 있었단 말이냐?"

취선개는 천하의 무공광(武功狂)으로 이름이 높았다.

그의 호기심이 단번에 조휘에게로 향한 것이다.

"사부님께서는 천지광룡의 발초(發初)를 어떻게 생각하십니까?"

항룡십팔장 제십오 초 천지광룡(天地狂龍).

천지광룡은 항룡십팔장의 열여덟 초수 중에서 강맹하기로는 손에 꼽는 초식이었다.

"발초?"

초식의 수발을 내뻗는 전 단계가 기수식이라면, 발초는 초식의 기수식에 이은 첫 전개 과정을 뜻함이었다.

"항룡(亢龍)은 발타(發打)하고 대연(大連)하며 공륜(攻輪)하는 것이 그 근본과 이치라 하였습니다."

항룡십팔장은 절대로 한 초식만 출수할 수가 없었다.

본디 연환의 묘를 살리는 장법이었기 때문.

때문에 한번 출수하기 시작하면 최소 세 초식은 연달아 펼쳐야 하는 것이 항룡십팔장의 최고 강점이자 동시에 약점이라 할 수 있었다.

"한데?"

"현룡재전(見龍在田)에 이은 쌍룡취수(雙龍取水)까지는 면면부절 이어지는 끈기가 여의(如意)하다 할 수 있으나, 천지광룡의 지나치게 강맹한 발초 과정 때문인지 항룡의 무리(武理)인 공륜(攻輪)의 묘가 살지 않는 것 같습니다."

"허……!"

제자의 경지가 벌써 여기까지 이르렀단 말인가?

사실 조휘가 지적하고 있는 천지광룡에 대한 고찰, 그런 연계의 불완전성은 항룡십팔장을 익힌 역대 방주라면 누구나 겪는 고통이요 난제라 할 수 있었다.

이와 같은 치명적인 허점으로 인해 개방은 아무리 성세가 대단했더라도 단 한 번도 천하제일이라 불릴 수가 없었던 것이다.

하지만 이 문제는 역사상 그 어떤 방주도 해결하지 못했던 난제.

"혹…… 무슨 묘수가 떠올랐느냐?"

혹시나 하는 마음 때문인지 취선개의 음성은 조금씩 떨리고 있었다.

조휘가 나직이 고개를 가로저었다.

"지난 시간 무수한 심상 수련에 임해 왔으나 제자로서는 쉬이 방법이 떠오르지 않습니다."

또다시 코끝을 매만지는 조휘.

검신 어른으로부터 항룡십팔장의 치명적인 약점을 전해 들은 조휘는 검천전능지체의 공능으로 이미 그 난제를 해결한 상황이었다.

하지만 생면부지의 개방에게 이득이 되는 일을 해 줄 이유가 없는 것이다.

취선개가 아쉽다는 듯 입맛을 다시다 호기로운 웃음을 터뜨렸다.

"껄껄! 그래도 장하구나. 역대 그 어떤 방주가 후개 시절에 항룡지벽을 맞이했겠느냐?"

"항룡지벽(亢龍之壁)? 그게 무엇입니까?"

"네가 말한 연계의 불완전성은 본 방이 자랑하는 항룡십팔장의 유일한 약점이다. 수많은 방주들께서 이를 극복하려 했지만 도저히 해결할 수가 없었지. 이를 일컬어 항룡지벽이라고 한다."

"아아……!"

감동한 연기를 하고 있던 조휘는 내심 고역을 치르고 있었다.

물리학적으로 살펴보면 그 해결이 실로 간단하거늘, 그게 무슨 천 년 난제마냥 항룡지벽이니 하고 있으니 꼴같잖은 것이다.

그렇게 한껏 연기를 선보였으니 이쯤 되면 슬슬 본론으로 들어가기 위한 밑밥이 완성되었다.

"사부님. 한데 본 방이 왜 같은 구파일방의 재산을 감시해야만 하는 겁니까? 정도문파의 재산을 감시하는 일은 무림맹의 감찰원이 이미 하고 있는 일이지 않습니까?"

등조걸이 비록 후개였으나 아직 신개의 신분, 선을 넘은 질문인 것이다.

"항룡십걸원(亢龍十乞院)의 결정이다. 이 방주조차 그들의 권위를 의심하지 않거늘 감히 신개 주제에 의문을 품는단 말이냐?"

항룡십걸원은 전통적인 개방의 의사 결정 기구.

심지어 방주조차 그 권위에 도전할 수는 없었다.

"제자, 협행(俠行)까지는 바라지 않습니다. 하지만 소림의 속가를 감시하는 이런 일은 정협(正俠)과 웅지(雄志)를 가슴에 품은 개방도로서 도저히 자부심을 느낄 수 없습니다. 다른 임무에 배치해 주십시오."

취선개가 호통을 쳤다.

"뭐라 지껄이고 있는 게냐! 네 녀석이 먼저 개목(丐目)을 하겠다고 졸라 댈 때는 언제고 이제 와서 정협 운운한단 말이냐?"

"사부님!"

"천하의 가장 밑바닥까지 훑어야만 하는 것이 개방의 눈(丐目)이다! 강호에 난무하는 온갖 은원과 음모 속에 뛰어든 녀석이 감히 무인의 이상을 주장할 셈이냐!"

취선개가 이리도 세게 나오니 조휘는 말문이 막혀 버렸다.

등조걸이 개목을 자처한 의도를 모르진 않았으나, 취선개가 계속 이렇게 나오면 자신의 목적이 모두 사전에 차단이 되는 셈.

"게다가 너는……!"

연신 노기를 부리다 굳게 입을 다물고 마는 취선개.

그가 곧 후 하고 한숨을 내쉬더니 허공을 응시했다.

"너는 이 사부에게 더 이상 할 말이 없느냐?"

"……."

취선개의 눈빛은 심연처럼 가라앉아있었다.

"너는 후개의 후보들 중 가장 놀라운 자질을 가졌다. 이대로 세월이 흐르면 절대항룡의 전설을 이룰 수도 있겠지. 한데 왜 이 사부가 너를 후개로 정하지 못하고 있겠느냐?"

조휘가 설마 하는 표정을 짓자 취선개가 더욱 깊게 장탄식을 터뜨리며 말했다.

"후우…… 제자야, 제자야. 이제는 네 스스로 이 사부에게 털어놓을 때가 되지 않았느냐? 너는 아직도 본 방의 무서움을 모른단 말이더냐!"

그제야 조휘는 확신했다.

개방 방주 취선개는 이미 등조걸이 비공일맥의 간자라는 것을 알고 있는 것이다.

"사부님, 저는…… 저는……."

취선개는 자신의 감정을 들키기가 싫었는지 탁자에서 일어나 반대편으로 몸을 돌렸다.

"어리석도다. 너무도 어리석었어."

그러나 그다음 이어지는 취선개의 말에 조휘는 석상처럼 굳어질 수밖에 없었다.

"네 녀석이 진정한 암상이라면 끝까지 스스로를 지켰어야 했거늘, 도대체 왜 그렇게 쉬이 자신을 놓아 버렸단 말이더냐! 결국 네 녀석의 그런 불충함이 후개가 되지 못하는 첫 번째 이유이니라!"

'와 씨.'

점입가경이란 이런 걸 두고 말하는 건가.

조휘가 하남의 개봉에 온 것은 정주(鄭州)가 만금상단의 주요 거점이었기 때문이다.

정주의 지척이 바로 개방의 영향력이 두루 뻗어 있는 개봉이었고, 그런 개방이라면 만금상단의 주요 활동 역시 파악하고 있음이 분명했다.

당연히 조휘는 정보상을 통해 개방 내에서 유력한 후기지수들을 물색했다.

그렇게 등조걸에게 접근하여 이런 저런 정보를 캐내는 와중이었는데, 이건 뭐 캐면 캘수록 대박이 넝쿨째 굴러오고 있는 것이다.

'아니 그런데 이건 좀 심각한 상황이 아닌가?'

무려 그 취선개다.

칠무좌에 속하진 않았지만 거의 비등한 명성을 구가하고

있는 정파의 대원로.

그런 엄청난 자가 비공일맥의 영향력 아래 놓인 간자(間者), 아니 간자라고 부르기도 애매모호하다.

일이 이 지경에 이르렀다면 기실 개방 전체가 비공일맥의 정보 자산이라고 봐도 무방한 것이다.

하지만 무엇보다도 궁금한 것은, 등조걸의 배신을 이 취선개가 어떻게 알고 있느냐.

조휘는 등조걸과 대화할 때 항상 의념의 장막을 주위에 둘러 음파를 차단했고, 그것으로도 불안하여 반경 이백 장 내에 엿듣는 이가 있는지 철저하게 살펴 왔다.

그런 조휘의 당혹한 심정을 읽었는지 취선개의 눈빛이 음흉한 빛으로 물들어 있었다.

"어떻게 된 영문인지 궁금한 것이냐?"

"……."

취선개가 다시 구화모태주를 들이켜다 수염을 쓰다듬었다.

"네 녀석의 자질을 높이 사 암상(暗商)에 천거한 것이 바로 나다. 네 녀석의 몸속에 손수 만리추종향(萬里追蹤香)을 주입한 것이 바로 이 사부이거늘, 비공의 행사가 그리 가벼울 줄 알았느냐?"

"허……!"

조휘가 놀란 얼굴을 하자 취선개의 표정이 더욱 음산해졌다.

"도대체 누구냐? 네 몸속의 만리추종향을 추출하고 이를 다른 이의 몸에 주입한 자가?"

"……."

"우리 비공일맥의 수법을 아는 자들은 그야말로 극소수. 야접(夜蝶)에 포섭되었느냐? 그것도 아니라면 와신상담하고 있는 홍련의 무리들? 도대체 네놈의 머릿속에는 무슨 꿍꿍이로 가득 차 있는 것이냐?"

취선개의 몇 마디에서 조휘는 많은 것을 유추할 수 있었다.

적어도 개방이 비공일맥의 외견임은 확실한 듯했다.

놀라웠다.

설마 구파일방 중의 한 문파 전체가 비공일맥에 의해 장악되어 있을 줄이야!

어쨌든 취선개는 등조걸이 의문의 단체와 손을 잡고 만리추종향을 지운 후 자신들을 배신했다 여기고 있는 모양.

하기야 이처럼 완벽히 등조걸을 연기하고 있으니 그로서는 다른 생각을 할 수 없으리라.

"풋."

조휘에게서 피식 웃음이 터져 나오자 취선개가 황당한 얼굴을 했다.

"웃어? 지금 네 녀석이 얼마나 심각한 상황에 처해 있는지 아직도 감이 없는 것이냐?"

조휘는 더욱 건들거렸다.

"그럼 웃지 웁니까? 사부라는 작자가 제자를 악의 구렁텅이로 내몰았다고 스스로 고백하고 있는데 그저 웃어야지요. 그 별호의 선(仙) 자가 너무 가증스러워 속이 뒤틀릴 지경이요."

"뭐, 뭣이!"

조휘의 눈빛이 더욱 진득해졌다.

"내게는 부모의 목숨을 건사해야 하는 필사적인 이유라도 있었습니다. 한데 천하의 일방(一幇)을 자처하는 개방의 방주 취선개에게 절실했던 것은 도대체 무엇입니까? 그들이 내민 당근이 설마 그 잘난 무공(武功)입니까?"

"이, 이놈이!"

무공은 천하의 무공광으로 이름 높은 취선개에게 내밀 당근으로는 최적.

당황스러워하는 것으로 보아 놀랍게도 사실인 듯 보였다.

"삼신(三神)의 무공이라도 받았나 봅니다?"

"보자 보자 하니까 네놈의 건방이 하늘을 찌르는구나!"

취선개가 마치 제자에게 출수라도 할 듯 혈기를 터뜨리자 조휘는 더욱 호탕하게 웃었다.

"하하하! 와 진짜 정파라고 다 같은 정파는 아니구나! 창천검협 어르신 반만이라도 닮아 봐라 이 늙은 거지 새끼야."

뇌 정지가 온 듯 멍하게 굳어 버린 취선개.

"싯팔, 제자를 지하상계에 끌어들이고 손수 제자의 몸에 만리추종향을 주입한 걸 지금 자랑이라고 떠벌리는 거냐 이 거지 새끼야? 도대체 왜 선(仙)이냐? 당신이 취선이면 난 부

23

처님 해도 되겠네?"

"네놈이 정녕 미친 것이 분명하구나!"

취선개의 몸 주위로 서서히 청색 아지랑이가 피어올랐다.

그것은 진무화.

항룡순천신공(亢龍順天神功)을 극도로 끌어올리며 화경의 신위를 드러낸 것이다.

취선개의 타구봉(打狗棒)이 막 신위를 드러내려 할 그때.

조휘는 무심한 얼굴로 주위를 두리번거렸다.

"하 너무 좁은데."

등조걸을 연기하느라 검을 들고 오지 못했다.

무혼을 발휘하려니 밀실이 다 터져 나갈 것이 분명했고, 그것은 비공일맥의 시선을 단숨에 모으는 멍청한 짓이었다.

그러던 조휘가 순간 두 눈에 이채를 발했다.

"거 몽둥이 한번 단단해 보이네."

조휘가 음흉하게 웃으며 한 차례 손을 흔들자.

"허억!"

취선개가 경악의 얼굴을 하고 있었다.

자신이 손에 들고 있던 타구봉이 갑자기 상대에게로 빨려 간 것이다.

'아, 아니 이 무슨!'

무인이 병기를 빼앗기는 것만큼 치욕스러운 일이 없었다.

평생토록 타구봉과 한 몸처럼 지내 온 자신.

화경의 극에 이른 내공력과 평생토록 길러 온 완력으로 거 머쥐고 있는 그 결착력은 범인의 상상을 불허하는 것이었다.

한데 무슨 어린아이의 장난감을 빼앗는 것처럼 가볍게 타 구봉을 가져가 버렸으니 이 얼마나 황망한 일인가?

게다가 그 수법이 무슨 방식이었는지 눈에 읽히지도 않았다.

그제야 취선개는 뭔가를 깨달았는지 두 눈으로 불같은 광 망을 토해 냈다.

눈빛만으로 사람을 죽일 수 있다면 바로 저런 눈일 것이 리라.

"도대체 네놈은 누구냐."

씹어뱉듯 질문하는 취선개에게로 조휘는 연신 히죽거렸다.

"보면 몰라? 당신의 제자잖아."

"미친놈! 네놈은 결코 조걸이가 아니다!"

"오호, 들켜 버렸네?"

취선개는 바라보고 있으면서도 믿을 수 없었다.

그야말로 완벽히 자신의 제자와 똑같은 얼굴을 하고 있다.

인피면구 따위는 결코 아니었다.

자신의 눈을 속일 수 있는 인피면구가 이 세상에 존재할 리 는 없으니까.

"역체변용술?"

강호에 익힌 이가 드물다는 역체변용술이라면 말이 달라 진다.

"너무 늦게 깨달았다고 늙은이."

순간, 조휘의 신형이 흐릿해졌다.

그렇게 무차별적인 구타가 시작된 것이다.

퍼퍼퍽!

퍼퍼퍼퍽!

"악! 아아아아악!"

그것은 무슨 거창한 절초도 고매한 수법도 아니었다.

그저 순수한 힘과 엄청난 속도!

화경의 극에 이른 무인인 취선개를 그야말로 개 패듯이 패고 있는 것이다.

"으아아악! 꺼흐흑!"

취선개는 미칠 지경이었다.

화경의 극에 이른 자신의 시계(視界)로도 상대의 움직임을 도무지 좇을 수가 없었다.

뭔가 시야에 희끗희끗거리기는 하는데, 그렇게 겨우 인지를 시작했을 때면 어김없이 엄청난 격통이 온몸에서 몰아쳤다.

이를 악물고 호신강기를 일으켜 보았으나 그것도 부질없는 짓이었다.

상대의 타구봉이 자신의 호신강기를 너무도 깨끗하게 부수고 들어왔기 때문이다.

"그아아아악!"

가히 젖 먹던 힘까지 끌어올려 조휘에게로 달려드는 취선개.

사방에서 짓쳐 드는 타구봉을 온몸으로 맞으며 저돌적으로 달려가는 그 모습은 멧돼지를 방불케 했다.

허나.

퍼퍼퍼퍼퍼퍼퍽!

기절할 것만 같은 격통이 더욱 거세게 몰아친다.

그제야 취선개는 알 수 있었다.

지금까지 상대는 자신이 견딜 수 있을 만큼만 힘을 조절해 왔다는 것을.

그대로 대(大)자로 뻗어 버린 취선개.

혼절할 것만 같은 정신을 이를 악물고 부여잡고 있었지만 이미 곤죽이 되어 버린 몸이 그의 정신까지 갉아먹고 있었다.

그렇게 공격이 잦아들자 그때서야 상대의 진면목을 보게 되는 취선개.

상대의 두 눈에 아지랑이처럼 피어오른 백색의 귀화를 쳐다보며 그가 이내 경악성을 내질렀다.

"저, 절대지경(絶大之境)!"

순식간에 구타가 시작되어 정신을 가누지 못해 판단력이 흐려졌던 것뿐, 하기야 화경의 극에 이른 자신을 이토록 어린 아이 다루듯 하는 경지라면 절대경이 아니고 무엇이겠는가.

취선개는 절로 이가 악 깨물어졌다.

평생토록 피눈물로 정진해도 닿을 수 없었던 경지를 새파랗게 어린놈이 구사하고 있으니 욱하고 치미는 화를 참을 수 없었던 것.

"끄으으으…… 치졸한 놈…… 무인이라면 당당히 그 정체를 드러내라……."

조휘가 이죽거렸다.

"이 늙은이가 율법을 어기고 있네? 그런 건 같은 암상끼리 물어보는 게 아니라며?"

"끄흐으…… 네놈은 조걸이가 아니지 않느냐!"

그러면서도 취선개는 눈알을 굴리며 조휘의 손에 들려 있는 타구봉을 쉴 새 없이 살피고 있었다. 다시 빼앗기 위해 기회만 엿보고 있는 것이다.

그러자 조휘가 싱긋 웃으며 타구봉을 그가 쓰러진 곳 근처에 던져 주었다.

"그 몽둥이만 있으면 어떻게 될 거 같나 보네."

재빨리 타구봉을 회수한 취선개가 이를 악물며 몸을 일으켰다.

"놈……! 본 방의 타구봉법(打狗棒法)은…… 크윽! 단순히 경지로 구분할 수 있는 무공이 아니다!"

항룡십팔장과는 달리 타구봉법은 후개에게도 전할 수 없는 개방 방주 독문의 비전절기.

삼십육로 타구봉법의 오묘함과 절륜함, 그 전설적인 풍문을 조휘도 익히 들어 알고 있었다.

"어디 덤벼 봐."

"놈!"

겨우 몸을 수습한 취선개가 이를 악다물며 조휘를 향해 짓쳐들었다.

삼십육로 타구봉법(三十六路打狗棒法).

제사로(第四路) 반절구둔(反截狗臀).

엄청난 풍압과 함께 취선개의 타구봉이 눈부신 변화를 일으키고 있었다.

조휘의 얼굴에 호기심이 어린 것도 그때였다.

반절구둔으로 시작된 취선개의 타구봉법이 발구조천(撥狗朝天)을 지나 안구저두(按狗低頭)로 변하며 천하무구(天下無狗)에 이르자 조휘의 놀람은 더욱 배가되었다.

타구봉의 움직임을 눈부신 백안으로 빠짐없이 살피고 있는 조휘.

그는 허공으로부터 흩날리는 수많은 물리학적 도식들을 확인하며 내심 가볍게 놀라고 있었다.

그 오묘한 움직임들은 수학적으로 거의 무오류에 가까웠다.

조휘로서는 이런 느낌을 받은 적이 전에도 한 번 있었는데 북해의 빙백신장이 바로 그것이었다.

검신의 천검류와 마신의 천마삼검을 제외한다면 완성도 면에서 단연코 제일(第一)을 다투는 무공이라 할 수 있었던 것.

반면 취선개는 더 이상의 공격이 무의미함을 깨닫고 그 얼굴에 한가득 허탈함을 떠올리고 있었다.

상대는 그저 몸을 살짝살짝 비틀 뿐, 그 자리에서 단 한 발 자국도 물러서지 않고 있었다.

그건 마치 허공에 삽질하는 기분.

도무지 이해할 수가 없었다.

아무리 그 경지가 절대경이라고 하나 미리 파훼법을 알고 있는 것이 아닌 이상, 어떻게 저렇게 간단한 움직임으로 그 변화무쌍한 타구봉법을 모조리 피할 수가 있단 말인가?

한데 갑자기 조휘가 묘한 얼굴로 손바닥을 펼쳐 수도(手刀)를 만들었다.

휙휙휙!

이내 그의 손이 눈부신 변화를 만들어 낸다.

취선개의 두 눈이 찢어질 듯 부릅떠진 것도 그때였다.

쏴아아아아—

엄청난 수의 장영(掌影)이 사방을 휘감았다.

사방으로 뻗어 가는 그 압력이 얼마나 지극한지 취선개는 그야말로 전율하고 있었다.

그의 수법이 난영광천(亂影狂天)을 지나 천하무구에 이르자 취선개가 허탈한 얼굴로 털썩 주저앉았다.

"이 무슨……."

그것은 도저히 받아들일 수 없는 현실.

'지금 내가 눈앞에서 무공을 도둑맞았단 말인가?'

도저히 말도 안 되는 일이었다.

타구봉법은 그 오묘함이 이를 데 없어 평생을 갈고닦아도 경지에 이르기가 요원한 절세무공.

　한데 어찌 그런 엄청난 무공을 단 한 번 본 것만으로 따라할 수 있단 말인가?

　"호오, 대단한 봉법인데? 개방이 자랑하는 최고의 무공이라더니 과연 자랑할 만해."

　그렇게 눈앞에서 타구봉법을 도둑맞은 취선개는 뭐라 말도 나오지 않아 그저 멍하게 굳어 있을 뿐.

　하지만 그는 아직 모든 것을 도둑맞은 것이 아니었다.

　갑자기 조휘의 얼굴이 꾸물꾸물거리자.

　"으헉!"

　취선개는 또 한 명의 취선개(?)를 바라보며 그대로 얼어붙고야 말았다.

　조가대상회 총단의 내원 깊은 곳에는 비밀스러운 안가가 하나 있었다.

　그곳에서 나라 잃은 표정으로 묶여 있는 일노일소(一老一小).

　그들은 다름 아닌 취선개와 등조걸이었다.

　"으으……."

　취선개가 아직도 오한이 치미는 듯 몸을 부르르 떨었다.

그들은 하남에서 이곳 강서까지 무려 날아(?)왔다.

자신들의 멱살을 부여잡으며 그대로 검에 올라타고는 장 장 사흘 동안 어검비행을 시전하던 괴물.

어검비행의 속도는 가히 섬전(閃電)을 방불케 할 정도였고 이는 살을 에는 듯한 칼바람과 귀청이 찢어지는 소음을 동반 하는 것이었다.

그런 엄청난 칼바람을 사흘 동안 온몸으로 맞아 왔으니 아 직도 뼛속까지 시릴 지경.

취선개가 한 차례 턱을 이리저리 돌리더니 겨우 다문 입을 열었다.

"도대체 너는 언제부터 당한 것이냐?"

날붙이처럼 예리한 사부의 눈빛을 바라보고 있자니 이유 모를 분노가 속에서 욱하고 치밀었지만 등조걸은 겨우 화를 삭였다.

"달포 전입니다."

"달포?"

한껏 놀라는 취선개.

도무지 말이 안 되는 일의 연속이었다.

놈이 어떻게 달포 이상 등조걸 행세를 할 수가 있단 말인가.

개방의 개목(丐目)들은 관찰하는 것을 업(業)으로 하는 자들.

그런 날카로운 이목들을 무려 달포 이상 속일 수 있는 존재?

그런 것이 쉽게 가능하다면 이 강호는 진즉부터 세작 천하가 되었을 것이었다.

필시 순간순간의 임기응변과 처세술, 위기 대응 능력이 남다른 놈일 터.

하기야 놈의 엄청난 계략을 직접 두 눈으로 확인한 마당이니 취선개는 더욱 가슴이 답답해졌다.

"절대지경, 어검비행, 놀라운 심계와 처세, 강서 조가대상회 총단…… 이 모든 것을 종합해 볼 때 놈은 소검신입니다."

"그래, 확실하지. 한데 세작으로 활동하던 놈이 갑자기 본인의 외견을 드러내는 경우는 무엇인 것 같으냐? 도대체 왜 우리를 이곳으로 데려왔단 말이냐?"

등조걸의 안색이 점점 파리해졌다.

"본연의 인간성까지 흉내 내는 놈입니다. 제게 그랬듯 가족 사항, 인간관계, 무공, 습관, 말투 등 사부님의 모든 것을 취할 겁니다. 그리고는 마침내 본인이 취선개가 되겠죠."

"흥! 내가 놈에게 협조할 성싶으냐?"

"협조하게 되실 겁니다."

"뭐라?"

등조걸이 쓰게 웃었다.

"강호의 풍진바람을 제법 겪어 왔나 자부하는 접니다. 그런 저로서도 놈은 뭐랄까…… 인간 본연의 결이 다릅니다. 마치 다른 세상의 사람 같습니다."

"다른 세상의?"

"생각하는 방식이 다르다고나 할까요. 달포 동안 놈을 겪으며 놀란 적이 한두 번이 아닙니다. 놈은 괴물입니다."

취선개가 코웃음을 쳤다.

"이 취선개는 네놈처럼 나약하지 않다. 놈을 띄운다고 해서 놈에게 굴종하고 배신했던 너의 추잡한 행실이 덮어질 성싶으냐?"

등조걸은 대답도 하기 싫다는 듯 눈을 내리감고 무릎을 감싸 안으며 웅크릴 뿐이었다.

그런 제자를 한참이나 죽일 듯이 노려보던 취선개가 문득 가부좌를 틀었다.

"호법을 서라. 내공의 금제를 풀 것이다."

무려 소검신의 제혈술(制穴術)이다.

천하제일이라는 자하검성 단천양과도 비등한 검초를 나눴다는 그라면 칠무좌의 최정상급 고수라는 뜻.

그런 초극의 고수가 점혈한 혈도를 해혈한다는 것은 불가능에 가까운 일이었다.

"무리하시다 주화입마에 빠질 겁니다."

"그럼 이렇게 시간만 보내야 하느냐? 시도는 해 봐야 할 것 아니냐."

허나 그런 취선개의 뜻은 제대로 피어 보지도 못한 채 져버리고 말았다.

드르르르르-

철컹-

육중한 철문을 열고 들어와 음침하게 웃고 있는 조휘.

"꽤 지낼 만한가 봐? 한가로이 떠들 힘도 있고? 어? 혈도를 풀어 보시겠다?"

취선개가 이를 가득 깨물며 가부좌를 풀고 자리에서 일어났다.

"뭐 하자는 짓이냐? 감히 비공일맥의 암상들을 가두고도 이 조가대상회가 무사할 것 같으냐?"

"응 무사해."

"……미친!"

비릿하게 조소하던 조휘가 품에서 서책 몇 권을 꺼내 그대로 취선개를 향해 던졌다.

"뭐냐 이건! 헉?"

바닥을 바라보던 취선개가 그대로 장승처럼 굳어 버린다.

무극천패권(無極天覇拳).

여의장(如意掌).

복호난화수(伏虎亂花手).

아직 먹물도 안 마른 글씨를 확인해 보니, 하나같이 무림 역사에 이름 높은 극고의 절학(絶學)들이 아닌가?

아미파의 장문 절기인 복호난화수만 해도 놀라 자빠질 판국이거늘, 사백 년 전 두 주먹만으로 천하를 재패한 천권(天拳) 하후패의 무극천패권?

그 무엇보다도 취선개를 가장 놀라게 만든 것은 여의장.

정말 저 비급에 전설 속의 도문이라 칭송받는 천선문(天仙門)의 신비로운 개세장법이 담겨 있다고?

꿀꺽.

전에 없는 갈증으로 침을 꿀꺽 삼키는 취선개.

만약 조휘의 영계 속에 천선문주 천우자가 버젓이 살아 있다는 것을 알면 그가 어떤 표정을 지을지 자못 궁금하다.

그가 곧 조휘를 향해 극고의 의문을 드러냈다.

"놈! 이 비급들이 정말로……."

"나 소검신이야."

부르르르르.

온몸을 떨며 전율하는 취선개.

하기야 무려 삼신 중 최강이라는 검신의 적전제자.

저 젊은 나이에 신(神)의 휘호를 일신에 새긴 사내다.

"급하게 썼지만 진위 여부는 의심하지 않아도 돼. 시범을 보여 줄까?"

허탈한 표정으로 굳어 버린 취선개에게로 조휘가 싱긋 웃음을 보냈다.

"저 무공들을 취하고 말고는 당신이 선택해. 물론 저 비급들을 펼쳐 본다는 것이 무슨 의미인 줄은 알고 있겠지?"

"허……."

와, 이건 정말!

가히 상상도 할 수 없을 만큼 잔인한 놈이다.

저런 고절한 절기들을 수습하고 공부할 수만 있다면 역대 방주들의 비원(悲願)인 항룡지벽(亢龍之壁)을 돌파하는 것도 더 이상 꿈이 아닐 것이다.

놈은 그런 자신의 약점을 정확하게 인지하고 강호 역사상 가장 유명한 장법과 수공, 권법을 미끼로 드리운 것이다.

"……도대체 내게 원하는 것이 무엇이냐?"

조휘가 손가락 하나를 펼쳐 보였다.

"한 달. 그냥 한 달 동안 나와 함께 생활하면 돼. 평소 하던 대로 편안하게. 대신 내가 묻는 말에 대답 잘해 주고."

"……."

조휘의 의도야 뻔했다.

자신을 관찰하려는 것이다.

곧 취선개가 곤혹스러운 얼굴로 되물었다.

"도대체 본 개방에 무슨 원한이 있어서 이러는 것이냐?"

"개방에? 전혀. 당신의 거지 소굴에는 아무런 감정도 없다고."

취선개의 입이 쩍 하고 벌어졌다.

"설마 비공일맥? 네놈은 비공일맥이 얼마나 위험한 세력인지 알기나 하느냐? 지하상계는 이 칼바람 같은 강호(江湖)보다도 더욱 음험하고 위험한 세계다. 세상의 상식이 모두 부서지는 곳이란 말이다. 네놈이 아무리 절대경이라고 해도……."

"당신이 걱정할 일은 아니지 않아?"

조휘가 또다시 음흉한 얼굴로 돌아와 그의 발아래에 떨어져 있는 비급들을 눈짓으로 가리켰다.

"거 빨리 결정이나 하시라고."

그런 조휘의 재촉에 취선개의 표정이 똥 씹은 것마냥 일그러졌다.

무공을, 그것도 장법을 익힌 자가 저 세 비급을 외면한다는 것은 죽기보다 힘든 일.

더욱이 천하의 무공광으로 유명한 취선개임에 더 말해 무엇하겠는가.

"생각…… 생각할 시간이 필요하다."

"그래? 그럼 사흘 내로 결정하라고."

그 말을 끝으로 조휘는 확 하니 몸을 돌려 안가 밖으로 나가 버렸다.

등조걸의 입가에는 조휘의 그것과 비슷한 비웃음이 걸려 있었다.

"나약하고 추하시군요."

사부가 자신에게 했던 힐난을 그대로 돌려주는 등조걸.

허나 취선개는 굳이 제자의 말에 반박하지 않으며 불처럼 이글거리는 눈으로 비급들만 뚫어져라 응시할 뿐이었다.

외면하기에는 너무나 달콤한 유혹.

늘 그렇듯 인간에게 욕망이란 마(魔)로 가는 첫걸음이었다.

54 章.

　조휘가 침소에 돌아왔을 때, 그곳에 한설현이 차를 달이고
있었다.

　"오셨어요."

　자신과의 혼사가 확약(確約)된 이후로 한설현은 완전히 다
른 여인이 되어 버렸다.

　현숙하고 고아한 품위가 고스란히 느껴지는 그녀의 자태
는, 과연 명가의 가르침이란 남다른 것임을 조휘에게 일깨워
주었다.

　"하하, 저녁밥은 먹었습니까?"

　조휘의 정감 어린 질문에 한설현이 그 어여쁜 얼굴에 발그

레 홍조를 그렸다.

"먹었어요 가가."

크으. 가가라니.

그야말로 심장에 큐피트의 화살이 꽂히는 것마냥 가슴이 아려 온다.

조휘가 싱긋 웃으며 뭐라 말하려는 그때 한설현이 다시 입을 열었다.

"가가께서 다망(多忙)하신 건 알아요. 하지만 아주버님과 아가씨께 신경 좀 쓰셔야겠어요."

"형은 그렇다 치고 연이는 왜? 연이에게 무슨 일이 생겼습니까?"

한설현이 가늘게 한숨을 내쉬었다.

"휴우…… 소검주님께 방심(芳心)이 흔들리신 것 같아요."

"남궁 형을?"

금세 묘한 표정이 되는 조휘.

평소 남자라고는 거들떠도 보지 않던 동생 조연이 남궁장호에게 반했다고?

"그가 무공을 수련하는 모습을 먼발치서 매일매일 바라보고 있어요."

"으음……."

하기야 시기가 딱 사춘기다.

뜨거운 땀으로 번들거리는 건장한 사내의 몸에 시선이 가지 않으면 오히려 이상한 일.

"알겠습니다. 제가 조만간 연이와 함께 이야기를 나눠 보죠."

"어쩌실 작정이세요?"

조휘가 슬며시 웃었다.

"일단 철없는 호기심인지 진심 어린 감정인지 구분하는 법을 가르쳐야죠."

"만약 아가씨께서 진심이라면요?"

"뭐 별수 있겠습니까? 남궁 형의 모가지라도 잡는 수밖에."

"가가도 참……."

으음.

슬며시 미소를 지으며 고개를 돌리는 그 자태가 너무 어여쁘다.

순간 멍해진 조휘가 애써 정신을 차리며 화제를 돌렸다.

"형은 또 왜요?"

"아! 아주버님께서는……."

금방 침울한 신색이 된 한설현.

"일전에 조가천무대원들과 실랑이가 있었던 모양이에요. 사파의 무인들에게 수치스러운 일을 당하셨어요."

"수치?"

이해할 수 없다는 표정의 조휘.

그도 그럴 것이 조가대상회에 속한 자가 어찌 감히 소검신의 가족을 함부로 대할 수 있단 말인가?

소검신의 가족에게 해코지를 한다는 것은 그야말로 섶을 쥐고 불구덩이에 뛰어드는 격.

"아주버님께서 이곳에서 생활하신 지 얼마 되지 않아 조가 천무대원들이 잘 몰랐던 모양이에요. 아주버님께서도 자존심 때문에 가가의 위명을 내세우지 않은 것으로 보이구요. 그래서……."

"그래서 무슨 일이 벌어진 겁니까?"

"비무를 빙자한 구타라고 들었어요."

"하……."

조휘는 머리가 지끈거렸다.

도대체 제정신인가?

아니, 아직 일류에도 이르지 못한 경지로 음험한 사파의 세계에서 있는 대로 굴러먹은 고수들과 비무를 벌였다고?

정 안 되면 동생의 이름을 팔면 그만이지 그게 뭐가 그리 자존심 상하는 일이라고!

형에게 소홀했던 것이 물론 미안하긴 했지만 그 무모함에 혀를 내두를 수밖에 없었다.

'무공을 가르쳐야 하나?'

자신이 누군가에게 무공을 가르친다?

조휘에게 있어서 어느 정도 경지에 이른 무인에게 깨달음을 주는 것은 쉬운 일이었다.

하지만 한 사람의 무인을 길러 낸다는 것은 차원이 다른 문제.

자신부터가 무공의 기초적인 수법들을 배운 적이 없었기 때문이다.

이 문제는 창천검협 남궁수와 상의하는 것이 옳았다.

"일단 알겠습니다. 신경 쓰도록 하지요."

"네. 가가."

어느덧 찻주전자가 모락모락 김을 뿜고 있었다.

한설현이 고아한 자태로 찻잔에 차를 따르려다 갑자기 황급히 손을 뗐다.

"앗 뜨거!"

"괜찮습니까!"

조휘가 서둘러 몸을 일으켜 한설현의 손을 확인했다.

한껏 붉어진 그녀의 손바닥을 호호 불어 주는 조휘.

그러다 눈이 마주쳤다.

그렇게 조휘가 멍하니 한설현을 올려다보고 있는 그때.

"흡!"

그녀가 본능적으로 조휘에게 입을 포갰다.

조휘는 나릇해지면서도 내심 그녀의 작전이 훌륭하다 생각했다.

화경에 이른 빙공의 고수가 찻주전자에 손을 덴다?

훗. 귀엽다.

키스를 하고 싶었다면 그냥 말로 할 것이지.

그런데.

그녀의 혀가 뱀처럼 영활하게 자신의 입속을 비집고 들어온다.

이내 자신의 입속을 능숙하게 유린하는 그녀의 혀.

그런 농밀한 그녀의 혀놀림은 예사 움직임이 아니었다.

'아, 아니 이 무슨…….'

분명 남자 경험은 일절 없을 텐데?

순간 조휘의 등줄기로 서늘한 소름이 몰아쳤다.

그녀의 혀가 빨판처럼 흡입하며 농락하다 이내 펄떡인다.

마치 장난치듯 자신의 입안을 유린하고 있는 엄청난 혀 놀림.

이내 그녀의 능수능란한 손길이 자신의 장삼을 풀어 헤치고 바지 안을 비집고 들어왔다.

아니 미친!

눈을 감고 입을 맞추고 있는 도중에 꽉 동여매 놓은 장삼의 옷고름을 아무런 저항도 없이 풀어 재낀다?

더욱이 세 개의 매듭으로 묶어 놓은 끈을 한 손으로 유유히 풀고 바지 안으로 들어오는 그녀의 손놀림은 가히 신기에 가까웠다.

와! 도대체 얼마나 남자랑 뒹굴었으면 이런 엄청난 손놀림이?

그야말로 프로 중의 프로!

불길한 예감에 비 오듯 식은땀을 흘리던 조휘가 애써 그녀를 밀치며 벌떡 일어났다.

"와 나! 설마?"

한설현(?)이 입가에 침이 그득한 채로 천연덕스럽게 두 눈을 껌뻑이고 있었다.

"무슨 소리세요 가가?"

조휘의 두 눈은 이미 새하얀 무혼으로 빛나고 있었다.

그렇게 그가 무혼으로 그녀를 살피다 허탈한 웃음을 터뜨렸다.

"하하……!"

청아한 빙기(氷氣)의 기운은커녕 시뻘겋게 너울거리는 핏빛 귀화(鬼火)가 그녀의 몸 주위로 아지랑이처럼 서려 있었다.

핏빛(血)이라!

천변(千變)이라는 단어 뒤에 따라붙는 그녀의 또 다른 면모인 혈후(血后)!

"와 씨 이 무서운 년! 감히 한 소저를 연기해?"

정체가 탄로 난 천변혈후 백화린이 입술을 삐죽이다 다리를 쩍 벌리며 바닥에 침을 찍 뱉었다.

"제길 들켰네. 다 된 밥이었는데. 먹을 수 있었는데, 쌍!"

몹시 아쉬운 듯 조휘를 위아래로 훑으며 입맛을 다시는 백화린.

조휘는 그녀의 시선이 닿은 곳마다 벌레가 지나가는 듯한 소름이 돋았다.

"머, 먹긴 뭘 먹어 이 미친년아! 와 진짜 개소름이네. 하마터면 내 동정을 잃을 뻔했어!"

"호오…… 동정(童貞)?"

"그런 눈으로 보지 마라. 눈알 뽑아 버린다."

욕정으로 그득한 그녀의 눈빛은 가히 짐승의 그것에 가까웠다.

그런 백화린을 어이가 없다는 눈으로 응시하고 있는 조휘.

"하."

진가희를 능가하는 사파 최고의 미친년이라는 염상록의 말은 참으로 옳았다.

어떻게 강호의 세력을 천명한 조가대상회의, 그것도 회장의 침소를 무려 약혼녀로 위장해서 침투하다니!

"아니 어떻게 여기를 이리도 쉽게?"

천변혈후 백화린이 피식 조소를 터뜨렸다.

"이 천변혈후가 천마신교고 무림맹이고 침투하지 못할 곳이 있을 것 같아? 게다가 여긴 너무 허술해."

"……허술하다고?"

조휘는 외부의 적에 대한 방비를 결코 허투루 하지 않았다.

제갈세가의 고명한 진법이 외원 곳곳 두루 미치지 않은 곳이 없었다.

동, 서, 남 세 개의 철문에는 초절정급 고수를 둘씩이나 배치해 두었고, 주요 길목마다 첨탑을 두어 조가천무대원들이 이중 삼중 감시의 눈을 드리우고 있었다.

하지만 천변혈후의 역체변용술을 생각해 보면 불가능해

보이지 않는 것 또한 사실이었다.

한데 그녀의 입에서 의외의 대답이 흘러나왔다.

"생각을 해 봐. 여긴 강호의 세력이기 이전에 상회(商會)야. 물자들이 쉴 새 없이 드나들고 있다구. 세작을 심기에는 최고의 환경이지. 아마 여기보다 침투하기 쉬운 곳은 없을걸?"

"으음……."

짙은 신음성을 흘리고 있는 조휘.

그것은 조휘로서는 뼈아픈 지적.

대상회를 표방하고 있는 이상 어쩔 수 없는 한계가 있다는 것을 조휘도 인지하고는 있었다.

허나 그 점을 백화린이 정확하게 집어 주자 더 이상 그냥 넘어가서 될 일이 아닌 것이다.

세작을 심기가 이처럼 쉽다는데 어찌 무시할 수 있겠는가.

"으음……."

비공일맥의 암상들이 조가대상회의 절수(絕手)들을 그 짧은 시간 안에 포섭할 수 있었던 것은 다 이유가 있었던 것.

뭔가 시스템적인 보완이 필요했다.

비밀스러운 음어(陰語)나 패(牌) 따위를 생각해 보았으나, 주요 산부 중 한 사람만 적에게 회유당하면 모두 들통나기 때문에 일단 배제.

무슨 조직도 아니고 몸에 새기는 비밀스러운 문신 따위도 그리 마뜩치 않았다.

게다가 수법을 들키면 문신보다 뚫리기 쉬운 보안책은 없을 터.

조휘가 그렇게 골몰하자 백화린이 답답하다는 듯 고개를 치켜들었다.

"뭘 그리 고민해. 간단하잖아?"

"간단하다고?"

천연덕스럽게 대답하는 백화린.

"모두의 몸에 고독(蠱毒)을 심어. 그럼 간단히 해결돼. 값이 좀 비싸긴 해도 당신에게 남는 것이 돈인데 뭘."

"……."

사람의 생살을 뚫어 벌레를 심자는 말이 저리도 아무렇지 않게 튀어나오다니.

참으로 지극히 사파인스러운 발상이다.

그런 강압으로 통제하는 세력의 일원들이 충심으로 주군을 받든다?

그런 건 사천회도 하지 않는 일이다.

그 옛날 혈교면 몰라도.

"어휴, 말을 말자."

한데 그때, 침소 밖에 인기척이 느껴졌다.

사박 사박.

조휘의 청력에 감지된 가벼운 발걸음소리.

사내의 그것이 아닌 틀림없는 여인의 발걸음이다.

"야 숨어!"

기겁하는 조휘에게로 백화린이 배시시 웃었다.

"네 약혼녀 아니야. 잠에 든 걸 확인하고 왔다구."

"그럼 누가? 으악! 깜짝이야!"

도대체 저년은 왜 허구한 날 창문틀을 부여잡고 해돋이마냥 스르르 올라오는 거냐!

"씨발, 야 넌 벌써부터 안주인 노릇 하고 있는 거야? 어? 오빠는 왜 옷고름을 다 풀고 있어? 이년이 설마!"

휘릭!

사뿐하게 창문을 넘고 침소로 들어선 진가희가 백화린을 죽일 듯이 노려봤다.

"와, 이 요망한 것 보소? 얌전한 척하더니 보통내기가 아니네? 혼사도 치르기도 전에 거사를 치러 보시겠다?"

"뭐래 밀가루 같은 년이. 분가루를 얼마나 처발라야 그런 얼굴이 되냐? 그거 요즘 유행 지났거든? 어휴, 시대에 뒤떨어진 년."

"뭐, 뭐야?"

육두문자만 아니었지 보통 날 선 입담이 아니었다.

늘 나긋나긋하고 고아한 자태, 그렇게 지독히 재수 없는 년에게 어찌 저런 걸걸한 입담이?

"와! 겁나 발랑 까졌어! 오빠 저년 좀 봐! 혼약하자마자 곧바로 본색을 드러낸 거라니까? 그럼 그렇지. 북방(北方) 년들이 얼마나 발랑 까졌는데 그렇게 내숭 떨 때부터 알아봤어!"

조휘가 고개를 갸웃거렸다.

"남방(南方)의 여인들이 더 개방적인 거 아닌가?"

동서고금, 어떤 대륙을 막론하고 습하고 더운 남방의 여인들이 북방보다 더욱 개방적이다.

진가희가 눈을 희번덕거렸다.

저 창백한 얼굴로 눈까지 뒤집으니 일순 침소 전체가 스산한 기운에 휩싸인다.

"아니거든? 북방 년들이 얼마나 더러운데? 겉으로만 깨끗한 척하지 속은 겁나 썩었다니까? 오빠가 그 음흉한 속을 몰라서 그래!"

"그건 인정."

"뭐, 뭐라고?"

옳다구나 맞장구를 치고 있는 백화린을 이해할 수 없다는 듯 멍하니 쳐다보고 있는 진가희.

"북방 년들 음흉하기야 말하면 입 아프지. 추운 겨우내 골방에만 처박혀 내내 사내들만 생각하는 년들인데. 그년들 허벅지에 장침 자국이 그득할걸?"

"어……?"

이게 아닌데.

그렇게 당혹스런 감정을 고스란히 드러내고 있는 진가희.

북해(北海)에서 살다온 년이 북방 년들을 저리도 잔인하게 간다?

"남방 여인들이 진국이야. 좋으면 좋다. 싫으면 싫다. 확실하게 온몸으로 표현하잖아? 그러다 눈 맞으면 화끈하게 들이대는 거구."

"그, 그렇지?"

어느새 맞장구를 치고 있는 진가희.

문득 백화린이 조휘를 바라보며 음흉한 미소를 만발했다.

"이 대 일도 괜찮은데. 가능하겠어?"

"뭐라는 거야 이 미친년이!"

혀를 날름거리며 시선으로 자신의 사타구니를 훑는 백화린.

백화린이 저리도 천연덕스럽게 더블 플레이를 하자고 설치자 조휘는 그야말로 정신이 아득할 지경이었다.

사파에서 가장 유명한 광녀(狂女) 둘이 어우러지니 철혈(?)의 조휘조차도 정신을 가누지 못하고 있는 것이다.

한편 진가희가 그런 조휘를 묘한 얼굴로 살피고 있었다.

그가 한설현을 미친년이라 부른다고?

그의 입에서 결코 나올 수 없는 호칭이었다.

"설마 당신은……?"

백화린이 피식 웃었다.

"안녕, 후배야?"

"천변혈후!"

같은 희대의 광녀로서 묘한 경쟁심이 발동했을까.

진가희의 두 눈에서 불똥이 튀고 있었다.

천변혈후는 진가희가 소싯적부터 들어온 별호.

그녀의 나이는 아무도 추측하지 못했지만 적어도 이립(而立:30세)이 넘은 것은 확실했다.

혹자는 그녀가 불혹(不惑:40세)을 넘었다며 떠벌리고 다닐 정도.

"이 늙은 년이 지금 여기에 왜 있는 거야? 설마 우리 오빠를? 그 나이에 양심도 없어?"

"야 이년아. 사랑에 나이와 국경을 왜 따져."

별안간 조휘가 백화린을 쳐다본다.

"몇 살이길래?"

"아직 마흔?"

조휘가 소름이 돋은 얼굴로 똥 씹은 얼굴을 했다.

"이런 싯팔……."

불혹의 아줌마와 그리도 농밀한 입맞춤을 했다니.

그렇게 조휘가 퉤퉤 거리다가 자리에서 벌떡 일어났다.

"네년들끼리 내 침소에서 뒹굴든 알아서 해. 아무튼 난 간다."

순간 백화린이 진가희와 눈짓을 주고받더니 그대로 조휘를 덮쳐 갔다.

"야 덮쳐!"

"네, 네! 언니!"

백화린이 눈짓으로 같이 먹자(?)고 호의를 베푸니 금세 늙은 년에서 언니로 호칭을 바꾼 진가희.

조휘가 한숨을 내쉬며 어쩔 수 없이 무혼을 드러냈을 그때.

-저기 무슨 일 있으세요? 가가?

밖에서 들려온 고아한 여인의 음성은 분명 한설현의 그것이었다.

또다시 식은땀을 비 오듯 쏟아 내고 있는 조휘.

자신의 침소를 바라보라!

입가가 침 자국으로 그득한 채 앞섶을 풀어 헤쳐 젖가슴을 절반이나 드러내고 있는 백화린은 자신의 목을 휘감고 있었고.

진가희 역시 자신의 바짓가랑이를 부여잡으며 눈을 희번덕거리고 있었다.

거기에 자신의 모습을 보라!

흐트러진 머리칼에 다 풀어 헤쳐져 있는 장삼, 미처 묶지 못한 바지고름까지.

누가 봐도 이건 오해를 사기 딱 좋은 광경이다.

아아, 이 무시무시한 난관을 도대체 어떻게 극복해야 한단 말인가.

일단 조휘는 없는 척하기로 했다.

그의 무시무시한 시선이 백화린과 진가희를 번갈아 향했다.

-소리 내면 둘 다 진짜 죽는다.

조휘의 살벌한 전음입밀.

눈빛으로만 사람을 죽일 수 있을 것 같은 엄청난 눈빛이다.

감히 그런 소검신의 신위를 경시하지 못하고 백화린과 진가희가 굳게 입을 다물었다.

이어 조휘가 곧바로 침소 전체에 의념의 장막을 둘렀다.

혹시라도 이년들이 기척을 낸다면 그야말로 모든 것이 끝장!

하지만 그의 그런 행동은 완벽히 역효과를 불러왔다.

-안에 계신 거죠? 가가?

아뿔싸!

한설현은 다름 아닌 화경의 고수.

그녀가 의념지도를 느낄 수 있는 무공의 고수라는 것을 깜빡 놓치고 있던 것이다.

조휘가 의념을 풀며 황급히 옷매무새를 가다듬으려는 그때.

-들어갈게요.

아아!

그 찰나가 조휘는 천년처럼 느껴졌다.

그는 자신의 지략과 심계를 전력으로 발휘했다.

그야말로 두뇌 풀가동!

"어?"

침소로 들어온 한설현이 두 눈을 휘둥그레 뜨며 침소 내부를 바라보고 있었다.

"어맛! 이게 무슨!"

너무나도 망측한 광경에 두 손으로 얼굴을 감싸는 한설현.

곧 그녀가 고개를 돌린 채 의문을 드러냈다.

"도대체 지금 소검주께서는 가가의 침소에서 뭐 하는 짓이죠?"

남궁장호(?)가 예의 정중한 포권을 하며 굵은 목소리를 냈다.

"한 소저를 뵙소이다."

"도대체 한 소저는 요 며칠 왜 날 벌레 보듯 하는 거지?"

황당하다는 듯 얼굴을 찌푸리고 있는 남궁장호를 향해 조휘가 아무것도 모르겠다는 표정을 지어 보였다.

"음 글쎄?"

"……혼인을 앞두고 마음이 싱숭생숭하신가 보군."

"그럴시노?"

내심 미안한 마음이 드는 조휘였지만, 그렇다고 혼인도 치르기 전 약혼자의 손에 죽을 수는 없는 노릇이 아닌가?

그저 남궁장호가 운이 없었던 것.

하필 그가 조휘와 체형이 비슷했던 것이 화근이었다.

아무리 역체변용술이 대단한 수법이나 장일룡의 근육, 제갈운의 호리호리한 몸까지 만들어 주진 않았다.

'후우……'

그날 밤만 생각하면 지금도 오금이 저린다.

그녀가 너무나도 망측한 광경에 재빨리 고개를 돌렸길 망정이지, 만약 자신과 똑같은 모습의 백화린을 발견했다면 당장 빙하지옥(氷河地獄)이 현세에 벌어졌을 것이다.

다행히 한설현은 남궁장호(?)를 발견하자마자 뒤도 안 보고 나가 버렸다.

안도의 마음으로 가슴을 쓸어내리던 조휘가 문득 남궁장호를 향해 다시 입을 열었다.

"그 늙은이는 마음이 좀 바뀐 것 같아?"

"……."

조휘에게 제반 설명을 듣긴 했지만 맹(盟)의 일원인 남궁장호로서는 무려 개방의 방주를 안가에 가두고 있다는 것이 도무지 실감이 나지 않았다.

구파일방의 한 축을 담당하는 개방의 방주를 구금하고 있다는 것이 무림맹에 알려지기라도 하는 날에는 심각한 상황이 초래될 것이 분명했다.

당장 무림맹이 동맹이고 뭐고 무력대를 끌고 와도 이상하지 않는 상황.

구파일방의 끈끈한 유대와 의리는 상상을 불허한다.

"정말 괜찮겠냐? 취선개는 정파의 명숙 중에서도 인지도가 높은 걸물이다. 혹시 이 일이 바깥으로 새어 나가기라도 하면……."

"그럼 뭐 개방의 방주라는 자가 비공일맥의 암상이라고 강호에 까발리는 수밖에."

"아직 증좌가 없지 않냐? 결국은 그들의 진술에 의존할 수밖에 없는 상황이다. 태연하게 오리발을 내밀어 버리면 방법이 없다."

"으음."

하기야 그가 무림맹의 영웅들 앞에서 스스로 지하상계의 거물이라고 밝힐 리 만무했다.

조가대상회 측에서 특별한 증거를 내밀지 않는 이상 취선개를 암상이라고 몰아붙일 방법이 없는 것이다.

"일단 그건 조금 더 생각해 보자고. 그것보다 우리 내부의 동태는?"

"이상 없다. 특별히 의심되는 자들도 없고 음어나 표식도 발견되지 않았다. 오히려 너무 조용한 것이 불안할 정도다."

비공일맥 같은 엄청난 세력이라면, 그 무한한 수완으로 쉴 새 없이 압박해 올 거라는 예상과는 달리 너무도 조용했다.

"그럴 리가? 하다못해 우리 상단 쪽도 건들지 않았다고?"

오랫동안 중원의 상계를 암중으로 지배해 온 자들이라면

그 수법이야 불 보듯 뻔했다.

조휘는 그들이 조가대상회의 계열사들이 필요로 하는 원재료의 수급을 불안정하게 만들거나 완성품의 유통을 방해하는 등의 행위를 해 올 것을 예상하고 있었다.

"전혀. 오히려 모든 계열사들이 큰 무리 없이 잘 성장하고 있다. 납품 물량도 우리의 예상대로 점점 늘어나고 있고. 최근에는 보타암의 비구니들까지 왔다 갈 지경이다."

"남해의 보타암(普陀庵)이? 그 섬의 여승들이 이곳까지 왔다고?"

"그래."

보타암이 터를 잡고 있는 곳은 무려 남해의 주산열도(舟山列島)다.

그 외딴섬에서 대륙으로 나오는 것은 보통 험한 여정이 아니었다.

"도대체 보타암의 비구니들이 우리 조가대상회의 무슨 물건을?"

"그것이 좀 의외더군. 그녀들이 요구한 것은 강철주괴다."

"강철주괴?"

"그래. 그것도 아주 대량으로."

암암리에, 혹은 묵인하에 유통되고 있긴 하지만 엄연히 제국에서 거래를 금하고 있는 강철주괴를 보타암의 비구니들이?

"장 부장, 아니 장 전무는 어떻게 대응했지?"

"비구니들의 꿍꿍이를 알 수 없어 일단 거절했다는군."

"휴, 잘했네."

아무런 사전 정보도 없이 강철주괴 같은 민감한 품목을 함부로 거래할 수는 없다.

괜히 거래했다가는 관부에 참견의 빌미를 제공하는 꼴이 될 수도 있는 일.

역시 장일룡이다.

원래도 두뇌 회전이 보통내기가 아니었지만 과연 자리가 사람을 만든다는 건가.

"어쨌든 이제 하루가 남은 건가."

취선개에게 허락된 시간은 이제 하루.

그 전에라도 마음을 정했으면 하는 것이 조휘의 바람이었지만 애써 닦달하고 싶진 않았다.

그에게는 그야말로 인생을 거는 일.

그때 조휘에게로 시비의 공손한 음성이 들려 왔다.

"회장님. 장 전무님의 긴급한 요청이 있습니다."

"음? 무슨 일이길래?"

취선개의 포섭 때문에 어쩔 수 없이 조휘는 출타를 거둬들였다.

개방도의 눈이 지천으로 널려 있는 개봉에서는 자취를 숨기기가 어려웠기 때문이다.

하지만 조휘는 조가대상회의 총단에 돌아오고 나서도 굳

이 회장의 직무를 수행하지 않았다.

장일룡의 성장을 앞당겨 주려면 좀 더 회장 대리를 맡으며 조가대상회의 이런저런 대소사를 겪어 보는 것이 좋았다.

그런 자신의 뜻을 장일룡에게도 이미 전했기에, 그가 웬만한 일로는 굳이 긴급히 자신을 부르지 않을 것이다.

"뭔가 일이 생긴 것 같군. 남궁 형, 가자."

"알았다."

그렇게 조휘가 남궁장호와 함께 회장의 집무실에 도착했을 때, 그들에게도 익숙한 인물을 발견할 수 있었다.

"아니, 대장군님 아니십니까?"

"대장군을 뵙습니다!"

조휘가 황급히 다가가 집무실의 상석(上席)에 앉아 있는 장일룡에게 얼굴을 구기며 호된 눈짓으로 비키라는 뜻을 전했다.

천호대장군(天虎大將軍) 육의문(陸儀文).

그는 강서 전체를 통할하는 절대적인 군부의 지존으로, 황상(皇上)의 총애를 한 몸에 받고 있는 천하의 맹장이라 할 수 있는 인물이었다.

조휘가 그런 육의문에게 허리를 숙이다 의아한 마음을 품었다.

그가 육중한 갑주와 장검, 투구까지 그야말로 모든 무장을 갖추고 있는 것이다.

육의문이 예의 부리부리한 호목을 빛내며 조휘를 응시했다.

"오셨는가."

어딘가 모르게 냉랭한 음성.

뭔가 이상했다.

자신의 뇌물에 그야말로 절여 있는 육의문 대장군은 언제나 호의로 가득한, 자애로운 미소로 자신을 대했거늘.

왠지 불안한 마음에 조휘가 조심스럽게 숙인 허리를 일으켰다.

"기별도 하지 않으시고 어인 일이십니까? 방문의 뜻을 미리 전해 주셨다면 미리 주연(酒筵)을 준비할⋯⋯."

"일없네."

육의문은 무심한 표정으로 그대로 장일룡이 비켜 준 상석에 앉았다.

쿵!

곧 그가 한 차례 장검을 바닥에 찧더니 강렬한 눈빛으로 조휘를 응시했다.

"좀 전에 저 무식한 덩치가 내 요구를 단칼에 거절하더군. 저자의 뜻이 회장을 대리한다던데 그것이 사실인가?"

조휘가 당혹스런 표정을 지어 보였다.

"어떤 청이 있으신지 감히 여쭤봐도 되겠습니까?"

장일룡과 같은 호탕한 사내가 단칼에 거절할 정도라면 틀림없이 말도 안 되는 요구를 늘어놓았을 터.

"조가대상회가 보유하고 있는 모든 곡류(穀類), 마소(馬牛), 견포(絹布), 강철주괴를 포함한 모든 철기(鐵器) 등에 관해 대장군부에게 전매권을 주게."

"……예?"

이 미친놈이 지금 뭐라는 거지?

하루에도 설화신주를 몇 동이씩 처마신다더니 드디어 술에 절어 미쳐 버린 건가?

아니 '모든' 곡류라니?

흑천련이 차지하고 있던 대곳간을 정비하고 그런 대곳간을 활용하기 위해 조가대상회가 매입한 곡류의 양은 실로 어마어마하다.

아무리 장군부가 엄청난 규모를 자랑한다 해도, 그런 장군부만으로도 결코 소화할 수 없는 양이었다.

더욱이 모든 마소와 견포?

강철주괴를 포함한 모든 철기?

조가대상회가 보유하고 있는 그 모든 재고의 값을 치른다?

육의문으로서는 상상도 할 수 없을 만큼 막대할 금화가 소요될 것이다.

강서장군부가 그런 엄청난 금을 보유하고 있단 말인가?

"대장군님. 일단 저희가 팔고 말고를 결정하는 것을 떠나서 그런 엄청난 양의 전매권을 저희에게 제안하신 이유를 들을 수 있겠습니까?"

"결정?"

비릿한 조소를 뿜고 있는 육의문.

그의 눈에서 이내 강렬한 안광이 쏟아졌다.

"자네가 강호의 고수라는 것을 모르지는 않네. 그 경지가 절대경이라던가? 하나 그 경지로 십이만(十二萬) 정병까지 감당할 수 있겠는가?"

조휘의 얼굴이 야차처럼 구겨진다.

"아니 대관절 그게 무슨 말씀이십니까? 한낱 상회를 상대하려고 십이만 병력을 동원한다니요?"

이 미친놈이 장군부의 병력까지 들먹이다니? 진짜 제정신인가?

"애초에 자네에게는 결정권이 없네."

"예?"

순간 육의문이 불같은 노성으로 일갈했다.

"중원의 모든 상단과 상회를 각 성(省)을 맡고 있는 장군부의 예속하에 통할하라는 것이 천자(天子)의 지엄한 황명(皇命)이니라!"

아니 미친!

중원의 모든 상단이 장군부에 예속된다고?

게다가 그게 황명?

자신이 알고 있는 중원의 역사에서 그런 일이 벌어진 것은 전란의 시대를 제외하고는…… 헉 설마?

조휘의 경악한 얼굴이 육의문을 향했다.

"설마…… 전쟁이 벌어진 것입니까?"

어쩐지 육중한 갑주를 걸치고 있더라니!

군인이 평상시에도 무장을 갖추고 있는 경우는 단 하나, 전시(戰時)를 의미한다.

육의문의 진득한 눈빛이 창밖의 북쪽을 가리키고 있었다.

"대초원의 오랑캐들이 난(亂)을 일으켰네."

"허!"

조휘는 한껏 놀라는 척하면서도 두 눈에 기광을 머금고 있었다.

전쟁(戰爭).

민초들에게는 참으로 불운한 일이겠으나 상인들에게 있어서는 엄청난 기회의 시대다.

안휘철방에 따로 부서를 두어 남몰래 용린갑을 생산하여 재고로 쌓아 둔 것은 다 이럴 때를 대비해서다.

조휘의 눈이 매의 그것처럼 반짝였다.

"값은 어떻게 치르실 작정입니까?"

그렇게 냉정한 장사치로 돌아온 조휘.

한데, 육의문의 얼굴에는 황당함을 넘어 분노까지 서려 있었다.

"한낱 상인의 재주가 황제께 쓰이는 것은 수대의 영광이거늘, 감히 나라의 난을 기회로 삼아 이문을 챙기려는 것인가!"

"아니 대장군님?"

저 말인즉 '우리 장군부 돈 없다.'를 에둘러 말하고 있는 것이다.

애초에 값을 치를 생각조차 없었던 것.

그럼 뭐 강제로 빼앗기라도 하겠다는 거야 뭐야?

"그럼 그 많은 물건들을 강제로 가져가시겠다는 말씀이십니까?"

태연자약하게 대답하는 육의문.

"전란이 회복되면 황상께서 그 공을 공의롭게 치하하실 것이네."

조휘의 얼굴이 점점 야차처럼 구겨졌다.

상인들이 가장 싫어하는 종류의 뜬구름 잡는 듯한 약속이다.

'공의롭게.', '그 공을 치하하실.' 따위의 문장은 말만 번지르르하지 실상은 그 값을 얼마나 쳐줄 건지, 또 언제 지급할 건지에 대한 그 어떤 확답도 없다.

조휘는 그런 화려한 수사나 현학적인 언변에 결코 휘둘릴 위인이 아니었다.

졸지에 금화 수십만 냥을 뜯길 판국에 더 이상 예의도 나오지 않았다.

"말씀이 좀 지나치시네요? 그 엄청난 재물들을 꽁으로 먹겠다고? 아니 무슨 나라가 도둑입니까?"

"뭐라?"

조휘의 표정이 더욱 사납게 변했다.

"거 대장군님도 그러는 거 아닙니다. 그만큼 처자셨으면 적당히 의리도 지킬 줄 알아야지 내가 헌상장부를 기록하지 않았을 것 같습니까? 한번 이판사판 해보자는 겁니까 뭡니까?"

마치 그런 조휘의 반응을 예상이라도 했다는 듯 육의문이 장검을 고쳐 잡고 자리에서 일어났다.

"말이 통하지 않는 작자로군."

비릿한 미소와 함께 그대로 집무실 바깥으로 걸음을 옮기는 육의문.

아니 만상조 어르신의 글씨 하나에 온갖 극찬을 늘어놓으며 제발 한 점만 더 달라고 아우성을 칠 때는 언제고 이제 와서 저런 철혈의 대장군 행세를?

순간 조휘의 얼굴 표정에 엄청난 한기가 몰아쳤다.

'설마……?'

국가 간의 전쟁마저 조장할 수 있는 존재들.

일개 성(省)의 대장군부 정도는 가볍게 움직일 수 있는 자들.

그럼 이 모든 것이 바로?

조휘가 어처구니가 없다는 듯한 표정을 지었다.

"와 설마 당신도 비공일맥의 수족이야?"

어느새 새하얀 무혼을 드러낸 조휘의 두 눈이, 대장군 육의문을 찢어져라 응시하고 있었다.

과연 암중으로 중원의 상계를 지배하고 있는 세력의 방식이란 이토록 엄청나단 말인가.

이건 조휘의 예상을 아득히 벗어나 있는 방식이었다.

원재료의 수급을 불안정하게 만들거나 유통을 방해하는 따위의 예상은 너무나 순진했던 생각.

설마하니 조가대상회를 강서장군부에 예속시키기 위해 전란을 조장할 줄이야!

조휘로서는 그야말로 꿈에서도 생각지 못한 일이었다.

"비공일맥? 대관절 그게 무엇이냐? 한데 감히 이 육의문의 앞에서 그 잘난 강호인의 무공을 드러내?"

무공에 대한 강호인과 장군부의 접근 방식은 완전히 다르다.

문제는 무림과 황실이 서로 상대의 무(武)를 가볍고 하찮게 여긴다는 것.

하지만 조휘는 황실 무공에 대한 견문이 황무지에 가까웠다.

-황실의 무공은 철저한 집단성과 실전성에 기반을 두는 무공이다. 일견 변칙적이고 난잡해 보일 것이나 결코 강호의 시선으로 판단하지 말거라.

검신 어른의 진중한 설명에 조휘는 더욱 궁금증이 일어났다.

제국의 천호대장군이라 불리는 자라면 그 실력이 어느 정도일까?

단기필마로 수천의 병력을 헤집으며 단숨에 적장의 수급을 베는 자라면 그 실력이 보통이 아닐 터.

순간, 조휘의 검이 가볍게 흔들린다.

조휘의 첫 검초는 일체의 변식도 허초도 없는 정직한 직선 참격.

상대의 실력을 가늠해 보기 위해 가볍게 검을 휘두른 것이다.

한데 이를 막아 내는 육의문의 대응 방식에 조휘의 눈빛이 흔들렸다.

츠캉! 콰앙!

보통의 강호인이라면 검으로 막아 내거나 비껴 흘렸을 것이다.

한데 육의문은 등에 메고 있던 육중한 방패를 꺼내 가볍게 막아 냈다.

'호오?'

와, 방패는 반칙 아닌가?

그러고 보니 왜 강호인들은 방패를 쓰지 않는 거지?

중원의 검종들은 대부분 한 손 검을 구사한다.

다른 한 손으로 방패를 활용한다면 실전성이 더욱 배가될 것이 분명할 터.

곧이어 믿을 수 없을 만큼 빠른 동작으로 그대로 조휘를 향해 몸을 구르는 육의문!

까아아앙-!

그의 장검을 막아 내며 한 걸음 물러난 조휘의 얼굴에는 당혹감으로 가득했다.

강호 문파들의 초식에는 바닥에 몸을 구르며 기습적으로

검초를 구사하는 방식이 존재하지 않는다.

바닥을 구르는 움직임은 나려타곤(懶驢打滾)이라 하여 치욕으로 여기기 때문이다.

목숨이 경각에 이르지 않고서야 결코 할 수 없는 행동.

한데 이어진 육의문의 움직임은 조휘를 더욱 경악하게 만들었다.

꽈득-!

검초를 비껴 내던 조휘의 철검을 한 치의 망설임도 없이 입으로 물어 버린 육의문!

당황한 것도 있었지만 조휘는 순간적으로 놀라서 검을 놓칠 뻔했다.

아니 전투 중에 상대의 검을 깨물어?

자칫 목이 꿰뚫릴 수도 있는 상황!

진짜 미친놈인가?

조휘가 그렇게 황당해하고 있을 때 육중한 강철 방패가 그대로 조휘의 안면으로 쏘아졌다.

콰아앙!

하지만 소리만 무식하게 울려 퍼질 뿐, 보이지 않는 벽에라도 막힌 듯 방패는 조휘의 얼굴을 한 치도 침범하지 못하고 있었다.

"호오, 이게 그 강호인들의 호신강기(護身罡氣)라는 건가?"

조휘가 뭐라고 대답하려는 찰나에 또다시 육의문의 기습

71

적인 살초가 펼쳐졌다.

쐐애애애액!

그의 장검이 맹렬히 쏘아져 조휘의 목을 노렸다.

조휘가 가볍게 물러나며 철검으로 막아서려는 그때.

갑자기 육의문의 육중한 몸집이 버들가지처럼 흔들거리더니, 이내 자신의 장검을 던져 버리고 옆구리에 차고 있던 비수로 조휘의 심장을 찔러 갔다.

까아앙!

또 호신강기의 벽에 부딪혀 공격이 무위에 그치자 육의문이 잔뜩 얼굴을 찡그렸다.

"도대체 그놈의 호신강기 때문에 아무것도 할 수 없군. 내가 이래서 무림의 무공이 싫어."

육의문도 분명히 알고 있었다.

조휘가 본인의 전력을 제대로 발휘하지 않았음을.

백전노장의 전력을 다한 공격을 가만히 서서 호신강기로만 막아 내는 괴물이다.

그런 놈이 진정한 살초를 꺼내기 시작한다면?

허나 육의문의 강렬한 눈빛은 결코 기죽은 자의 눈빛이 아니었다.

"하지만 내 장담하지."

조휘가 되물었다.

"장담?"

"장수(將帥)의 진가는 통솔력을 발휘할 때다. 지금 이 자리에 일천의 천호군(天虎軍)만 있었어도 그대를 가볍게 참살할 수 있었을 것이다."

이를 지켜보던 장일룡이 의미심장한 얼굴로 고개를 가로젓고 있었다.

"대장군, 일천이 아니라 일만의 병력으로도 그건 무리우."

"일만(一萬)?"

일만이라는 숫자는 결코 가벼운 숫자가 아니었다.

일만의 정병을 유지하고 훈련시키는 데 드는 비용은 상상을 초월한다.

천(千)대의 병력은 지방 군벌로도 꾸리는 것이 가능한 규모였지만, 만(萬)이라는 수는 국가의 역량이 뒷받침되지 않는다면 결코 동원할 수 없는 것이다.

한데 그런 엄청난 병력으로 한 사람을 당해 내지 못한다?

육의문의 입장에서는 가히 미친 소리였다.

"만인지적(萬人之敵) 만부부당(萬夫不當)은 모두 상상과 허구가 만들어 낸 산물! 피륙을 지닌 인간인 이상 단기로는 결코 만 명의 용력을 당해 낼 수는 없다! 이 천호대장군이라 불리는 나조차도 백 명의 장정을 막아 내는 것은 천운이 닿아야 가능한 일!"

그때 남궁장호의 정중한 목소리가 들려왔다.

"관부가 무림강호의 일을 어찌하여 함부로 참견하지 않는지

대장군께서는 아직 그 이유를 잘 모르고 계신 것 같습니다."

"흥! 제아무리 강호인 행세를 하며 어깨에 힘을 주고 다녀 봤자 모두가 천자의 신하요 제국의 신민인 것을!"

금세 장일룡이 으르렁거렸다.

"암묵적으로 지키고 있는 상호 간의 불가침(不可侵)을 깬 다면 장군께서는 꽤나 골치 아파지실 것이우!"

"이 우매한 놈들이! 감히 이 천호대장군을 겁박하려는 것 이냐!"

그런 육의문의 반응에 남궁장호는 절로 한숨이 나올 수밖 에 없었다.

"장군께서는 절대경, 아니 화경의 경지라도 목도하신 적이 있으십니까?"

강호인들조차도 화경의 경지부터는 인외지경(人外之境) 이라 부르며 경외한다.

이 무식한 천호대장군은 강호의 절대고수를 만난 경험이 단 한 번도 없음이 분명했다.

하기야 칠부좌급의 고수를 한 번 만나는 것은 강호를 제집 삼 아 풍진노숙하는 자들에게도 하늘의 기연이라 할 수 있는 터.

그때.

육의문의 시야에 한 줄기 청량한 푸른 섬광이 잠깐 아른거 리다 사라진다.

츠캉!

쿵!

육의문이 왼손에 들고 있던 육중한 강철 방패가 정확히 세로로 갈라져 두 동강이 나 버린 것이다.

"뭐, 뭐냐!"

지극히 당황해하고 있는 육의문.

웬만한 병기의 예기로는 흠집도 나지 않는 강철의 호병순(護兵盾)이 단숨에 두 동강이 났다고?

더욱 놀라운 것은 그 공격 궤적이 보이지도 않았다.

흔들림 없는 눈으로 조용히 창천검을 다시 허리에 갈무리하던 남궁장호가 예의 한숨을 쉬며 다시 입을 열었다.

"비로소 화경에 이른 검수만이 다룰 수 있는 검기성강(劍氣成罡)라고 합니다. 이제 막 화경에 이른 저조차도 대장군을 단 일 합(一合)에 제압하는 것이 가능하지요."

"……."

황망하게 굳어 있는 육의문에게로 다시 남궁장호의 음성이 날아들었다.

"이런 제가 다섯…… 아니 오십이 있더라도 저 소검신의 상대가 될 수 없을 겁니다."

"오, 오십?"

"그렇습니다. 제국의 그 비밀스런 동창 전체가 동원된다고 해도 절대경의 무인을 제압하는 것은 쉬운 일이 아닙니다. 칠무좌…… 아니 팔무좌(八武座)를 절대 가벼이 여기지 마십시오."

동창(東廠)은 강호의 무공을 익힌 비밀 무인 집단으로 오직 황명만을 따르는 황제 직속의 정보기관이었다.

그런 동창의 무시무시한 명성을 익히 들어 알고 있었기에 육의문은 내심 전율할 수밖에 없었다.

조휘가 씨익 웃었다.

"장군부에 드나드는 강호인들이 죄다 굽실굽실하기만 하니 그들의 진면목을 알 턱이 없지."

그렇게 조휘가 비아냥거리고 있었지만 육의문은 애써 결연한 얼굴을 했다.

"흥! 네놈이 비록 만부부당의 일대종사라 해도 이 천호대장군이 지엄 지존한 황명을 받든 이상 이곳은 이제 주춧돌 하나 남지 못할 것이다!"

조휘의 얼굴이 야차처럼 살벌하게 구겨진다.

"조가대상회의 멸문을 운운해 놓고 제 발로 몸성히 나갈 수 있다고 생각하나?"

집무실 밖으로 나가려던 육의문이 홱 하니 돌아봤다.

"황실의 대장군을 구금해 보시겠다? 네놈은 감히 천자(天子)를 상대하겠다는 것이냐!"

순간 조휘의 두 눈이 눈부신 백안으로 화하더니 곧 그가 말없이 검을 치켜들었다.

육의문이 그의 검이 가리키고 있는 곳을 바라본다.

저 멀리 보이는 대전각(大殿閣)의 용마루 상공에 떠오른

칙칙한 검은 빛의 점(點).

츠츠츠츠츠츠-

괴기스런 소음을 내며 허공을 부유하던 점이 그대로 대전각의 중심을 향한다.

꽈직! 꽈직!

우르르르룽!

그 불길한 점(點)은 금방 대전각의 기둥과 서까래를 집어삼키더니 이내 흙먼지를 후드득 쏟아 냈다.

"저, 저럴 수가!"

저 육중한 대전각 전체가 작은 점 하나에 빨려 들어가는 모습은 차라리 기괴할 지경이었다.

저런 게 한낱 검(劍)으로 부린 조화라고?

그런 무한한 의념의 세계, 그 일면을 맛본 육의문은 무인의 정체성마저 무너지는 느낌을 받고 있었다.

한데 그것이 끝이겠는가.

어느새 검을 타고 총단의 상공에 날아오른 조휘가 오연한 얼굴로 다시 검을 치켜들었다.

츠츠츠츠츠츠-

츠츠츠츠츠츠-

그의 반경 백 장 주위로 의념의 포말들이 어리기 시작한다.

까마득한 상공을 가득 메우기 시작한 무수히 많은 점들.

대낮의 밝은 태양빛이 일순 어두워질 정도로 그 수는 족히 수백이 넘어 보였다.

육의문은 그야말로 선 채로 오줌을 쌀 것만 같았다.

인간이 검을 타고 하늘을 나는 것만으로도 기절초풍할 판
국인데 저 무수한 점(點)들은 도대체?

방금 전에 그런 점의 위력을 혹독히 경험했기에 육의문은
가히 정신이 붕괴될 정도의 충격으로 인해 몸서리를 칠 수밖
에 없었다.

"허어……! 이, 이 무슨……!"

그때 조휘의 무심하고도 냉랭한 음성이 들려왔다.

-이 소검신(小劍神)이 고작 만 명을 감당해 내지 못한다고?

순간 육의문은 머릿속에 하나의 상상을 떠올렸다.

오행합수진(五行合守陣), 대돌격진(大突擊陣) 등 수십 가
지의 진용이 머릿속에 떠올랐으나 그 어떤 진용도 무용지물
이었다.

대관절 천공을 날아다니며 저런 기괴한 점들을 뿌리고 다
니는데 무슨 진용인들 소용이 있겠는가?

저런 엄청난 존재가 적진에 있다면 모든 전략과 전술이 무
의미하다.

제갈세가가 괜히 절대경을 경외하는 것이 아닌 것이다.

**-당신이 그 말을 철회하지 않는다면 난 지금 그대로 강서
장군부를 향해 날아갈 것이다. 당신의 십이만 병력?**

육의문이 절망으로 굳어진다.
저런 인간 같지도 않은 신위 앞에 병력의 수(數)가 무슨 소
용이란 말인가?

**-황명? 웅 안 믿어. 지랄하지 마. 강서장군부가 초토화되는
꼴을 보기 싫다면 그런 얼토당토않은 명령을 내린 윗선을 불
어. 그것을 실토하는 것만이 당신이 살길이다.**

조휘가 무려 제국의 천호대장군을 겁박하고 있었지만 남
궁장호와 장일룡은 걱정은커녕 오히려 속이 다 시원했다.
황명을 명분으로 조가대상회의 멸문을 운운한 마당에 계
속 체면을 차린다?
그것은 강호의 세력임을 천명한 조가대상회를 무시하는
처사다.
장일룡이 육의문을 향해 이죽거렸다.
"대장군. 거 판단 잘하셔야 될 것 같수. 우리 형님께서는
한다면 정말로 하는 사람이우."
육의문은 오늘이 자신의 인생에서 가장 잔인한 날이라는
것을 뼈저리게 실감해야만 했다.

강호의 전설적인 고수들이 산을 가르고 물 위를 걷는다는 등의 휘황한 풍문을 육의문 역시 들어 보기는 했다.

하지만 그런 풍문은 도인들이 열심히 도를 닦으면 신의 반열에 올라 마침내 신선이 된다는 말만큼이나 허황된 풍문이라 여겼다.

'절대경'이라는 강호인들의 경지 역시 말하기를 좋아하는 호사가들의 과장된 소문이라 생각한 것이다.

본디 민초들의 풍문이라는 것은 왕왕 와전되기 마련이다.

예로부터 전해지는 설화와 전설 속에 등장하는 인물들이 모두 신적인 존재로 묘사되는 것도, 다 그런 우상을 만들어 숭배하려는 민초들의 속성 때문이 아니던가?

한데, 그런 육의문의 지극히 타당한 상식이 지금 눈앞에서 산산이 부서지고 있었다.

'허어……!'

피륙을 지닌 사람의 몸으로 검을 타고 하늘을 노니는 존재.

더욱이 거대한 전각 하나를 송두리째 흡수하며 파괴해 버리던 엄청난 위력의 점(點)들이, 그의 주위로 새까맣게 너울거리고 있었다.

틀림없는 신(神).

육의문의 눈에 비친 조휘는 그야말로 신적인 존재에 다름이 아닌 것이다.

그런데 그때.

육의문을 수행하던 장수 하나가 저벅저벅 걸어와 물끄러미 창공의 조휘를 올려다본다.

그는 접객당에서 대기하고 있던 육의문의 부장(副將) 단리웅(段理雄)이라는 자.

"대장군. 피하라."

장일룡의 고개가 삐딱하게 기울어졌다.

대장군을 호위하며 수행하는 부장의 말투가 하대(下待)라니?

분명 상식적인 광경은 아니었다.

육의문의 성정으로는 불같이 화를 내거나 당장이라도 칼을 빼어 들어도 이상하지 않을 상황이었으나 오히려 그는 두려움에 찌든 눈치였다.

"괘, 괜찮겠소?"

"돌아가 명을 대기하라."

"아, 알겠소."

그들의 대화를 빠짐없이 듣고 있던 조휘가 천하공공도(天下空空道)의 검세를 거둬들이며 지상으로 착지했다.

조휘가 의혹의 눈초리로 그런 부장을 살폈다.

그는 어느새 총단의 정문을 향해 정신없이 내달리는 육의문을 신경도 쓰지 않았다.

"장군부의 장수는 아닌 것 같네. 당신은 누구지?"

단리웅이 퉁명스레 대답했다.

"변수에 대비된 자."

"변수……?"

"아무리 간담이 대단한 자라 하나 설마하니 천자의 황명(皇命)을 거절할 줄이야. 역시 중원인이 아니란 건가."

중원에 속한 자라면 적어도 천자를 경원하는 마음은 있을 터.

하지만 지엄한 황명을 저리도 쉬이 여기는 자라면 천자(天子)를 향한 존경이 눈곱만큼도 없는 자 봐도 무방한 것이다.

조휘는 아무런 대답도 하지 않으며 상대의 기운을 자세히 살피기 시작했다.

'음…….'

상대는 단출한 흑의 무복 하나만을 걸친 채 아무런 무기도 없이 무덤덤하게 서 있을 뿐이었다.

의념의 기운은커녕 무공이라고는 일초반식도 모르는 자 같았다.

사람에게 어떤 기세(氣勢)도 느껴지지 않는 것은, 오히려 극렬한 기세를 뿜어내는 것보다 훨씬 기이한 광경이었다.

하지만 조휘는 그렇게 그를 관찰하면 할수록 더욱 혼란스러움에 빠져들었다.

상대의 기세를 느낄 수 없는 것이 아니라, 읽을 수가 없다는 것이 좀 더 정확한 표현일 것이리라.

사람에게는 모름지기 특유의 기질이라는 것이 존재한다.

평생토록 창칼을 휘두르며 생사의 경계를 넘나들어 온 장수에게는 엄정한 기개(氣槪)가.

이문을 좇아 중원 전역을 누벼 온 장사치에게는 그 나름의 처세(處世)가.

한 자루의 검을 등에 이고 강호를 가로지르는 협객에게는 비정한 우수(憂愁)가.

장수들을 호령하며 중원을 평정한 군주에게는 올곧은 정의(正意)가 존재하는 법.

허나 상대는 왕후장상처럼 고고해 보이기도 상인처럼 얄팍해 보이기도 했다.

또 산전수전을 겪어 온 강호인처럼 노련해 보이면서 동시에 전장을 누벼 온 장수처럼 비장한 분위기를 내뿜고 있었다.

중원이라는 세상에 떨어진 지 제법 많은 시간이 흘렀지만, 그런 조휘로서도 이와 같이 복잡한 분위기를 지닌 인간을 만난 것은 단연코 처음이었다.

아니, 저런 걸 '인간'이라 부를 수 있을까?

단리웅이 조휘를 향해 다시 입을 열었다.

"조가대상회의 흔적, 아니 너의 흔적을 이 중원에서 모두 지워라. 그렇지 않으면 칠천이백육십육 명의 목숨을 이 세계에서 도려낼 것이다."

칠천이백육십육 명?

순간 조휘는 머릿속에 불똥이 튀는 듯한 느낌을 받아야만 했다.

조가대상회의 직원들과 남궁세가의 무인들, 그리고 조휘

의 동료들, 거기에 자신의 가족들까지 포함하면 완벽히 일치하는 숫자다.

상대의 의중이란, 자신과 관련된 모든 사람들을 죽여 없앤다는 뜻.

무엇보다 소름이 돋는 것은, 외부인인 그가 어찌 자신과 관계된 사람들의 수를 한 명의 오차도 없이 알고 있느냐.

그런 것이 가능하다면?

"비공일맥의 수뇌?"

허나 그런 자신의 질문에 상대는 답을 하지 않았다.

"석 달의 시간을 주지. 그 후에도 이 총단에 사람들의 인기척이 느껴진다면 내가 다시 찾아올 것이다."

그렇게 단리웅이 저벅저벅 걸어가 총단의 철문 밖으로 나가는 데도 조휘가 아무런 제지도 하지 않자 남궁장호가 의문을 드러냈다.

"이대로 보내도 괜찮은 것이냐? 저자 역시 감히 조가대상회의 멸문을 운운한 자가 아니냐?"

조휘가 불길한, 어쩌면 공포가 섞인 표정으로 고개를 가로저었다.

"우리가 살의를 드러냈다면 이곳에 지옥이 펼쳐졌을 거야."

"뭐라고?"

"그, 그게 무슨 말이우 형님?"

멀어져 가는 단리웅의 뒷모습을 한순간도 놓치지 않겠다

는 듯 조휘의 시선은 그에게 흔들림 없이 고정되어 있었다.

"읽히지 않아."

조휘의 진중한 대답에 남궁장호가 묘한 얼굴로 고개를 갸웃거렸다.

"당최 그게 무슨 소리냐? 보다시피 그냥 평범한 장정이다. 그가 장수라는 것도 믿기 힘들 지경이야."

"잠깐! 잠깐만!"

조휘의 얼굴이 온갖 복잡한 감정으로 얼룩져 있었다.

"남궁 형! 도대체 저게 뭐지? 저럴 수가 있나?"

남궁장호가 조휘의 시선을 좇아 단리웅을 응시한다.

일정한 보폭으로 차분히 걸어가고 있는 단리웅.

그런 단순하고 간결한 움직임이, 사람의 보폭치고 조금 어색하게 느껴지는 것을 제외한다면 그다지 특별한 점을 느낄 수 없었다.

"걸음걸이가 묘하군. 그런데 왜?"

"보폭 말고 그림자!"

"그림자?"

다시 모두의 고개가 단리웅 쪽으로 돌아갔다.

"음?"

남궁장호가 묘한 얼굴로 굳어 있을 때, 장일룡이 자신의 발밑과 단리웅을 번갈아 쳐다보다 경악의 얼굴을 했다.

"헉?"

그에게는 그림자가 없었다.

지금은 해가 머리 위에 떠 있는 정오(正午)도 아니었다.

분명 서산으로 기울고 있는 해.

틀림없이 자신들에게는 동편 사선에 각자의 그림자가 드리워져 있었다.

남궁장호의 표정도 점점 경악으로 얼룩졌다.

"그, 그림자가!"

사람이라면, 아니 물체라면 당연히 빛을 가리게 되니 그림자가 드리울 수밖에 없다.

허면 자연계의 빛이 그대로 저자의 몸을 투과한다는 의미?

-영체(靈體)다.

그것은, 살아생전 반신(半神)의 경지에 이르렀던 천우자의 확언이었다.

'예? 영체라니요?'

대답은 검신 어른이 해 주었다.

-영체의 몸으로 혼세일계(混世日界: 인간계를 높여 부르는 말)에 현신할 수 있는 존재라면 단 하나만을 의미하지.

'……무슨?'

-신좌(神座)의 오롯한 힘을 나눠 받은 여섯 존재, 추종자들은 그들을 육존신이라 불렀다.

'육존신(六尊神)이요?'

-그렇다. 그들이 바로 인간의 문명(文明)을 실질적으로 경

영하는 존재들. 육존신이 스스로를 드러내는 것은 극히 이례
적인 일이다. 실제로 보는 것은 나로서도 처음이구나.

그렇다면 방금 그자가 그 무서운 신좌의 적전제자급 인물
이란 말인가?

조휘가 여전히 소름이 돋은 얼굴로 검신에게 다시 물었다.

'육존신의 무위는요? 어느 정도나 됩니까?'

-글쎄. 아무도 모르지. 그들이 혼세일계에 힘을 발휘한 적
이 없으니까. 이 내가 상대했던 것도 신좌의 추종자들 중에서
도 소동(小童)들뿐이었다.

과거 금천종과 소동들을 만났을 때는 마치 어떤 위대한 의
지에 의해 가공된 듯한, 그런 인위적인 존재처럼 느껴졌었다.

한데 저자는 오롯하다.

좀 더 솔직히 말한다면 바라보는 것만으로도 어떤 고귀한
느낌이 들 정도.

검총의 수련 이후, 좀처럼 두려움이라는 감정을 모르고 산
조휘로서도 목구멍까지 치미는 공포를 겨우 삼킬 수밖에 없
었던 자다.

절대경?

자연경?

그것은 사람의 경지다.

진실로 신적인 존재에게 그런 경지가 어떤 의미가 될 수 있
을까?

조휘는 절망적인 기분이 들어 우울해졌다.

강호의 전설적인 무공의 신, 삼신의 신(神)이라면 차라리 현실적이다.

발버둥을 치면 닿을 수 있는 가능성이라도 존재하니까.

조휘는 본능적으로 알 수 있었다.

저건 진짜 신(神)이다.

자신과 같은 경지의 절대경이 백 명이 있다 해도 도저히 이길 수 없을 것 같은 무력감이 밀려왔다.

이건 좀 반칙 같은 상황이 아닌가?

"미치겠네……."

석 달 내에 조가대상회의 모든 흔적을 지우라니?

그렇지 않으면 육존신(尊神)이라 불리는 자가 손수 칠천여 명의 생명을 모두 취해 가겠다고 한다.

이래선 비공일맥이고 장군부고 아무런 의미가 없다.

deus ex machina!

빌어먹을 신적인 의지의 개입이 자신의 모든 몸부림을 무용지물로 만드는 것이다.

-허허, 우습구나.

어이가 없다는 듯 허탈한 웃음을 터뜨리고 있는 검신에게로 조휘가 한껏 의문을 드러냈다.

'이런 상황에 웃음이 나오십니까?'

-다른 이면 몰라도 네 녀석이 신력(神力)의 개입을 원망하

다니 당연히 우스울 수밖에.

마신이 함께 너털웃음을 터뜨렸다.

-이 녀석아. 너는 여기에 모인 무수한 존자(尊者)들을 감히
무시하는 것이냐?

조맹덕도 기분이 상한 듯 불쾌한 목소리로 말했다.

-이곳 영계에 있는 어떤 이가 세상에 나가더라도 천하가
뒤집어질 일. 일세를 풍미한 자들의 온갖 지혜와 가공할 경험
을 네놈은 감히 하찮게 여기는 것이냐?

천우자도 비아냥거렸다.

-가장 어이가 없는 것은 저놈의 신세 한탄이오. 신적인 존
재의 의지를 온몸에 덕지덕지 처바르고 있는 것은 그 누구도
아닌 제 놈이지 않소? 그 대단한 금천종과 소동을 눈빛만으
로 쫓아낸 녀석이 허허!

만상조와 조강도 번갈아 짜증 어린 투로 말했다.

-여기 모인 존자들의 경험이란 그야말로 중원 문명의 총아
(寵兒)라 할 수 있는 터. 이 모든 것의 공동전인이라 할 수 있
는 네놈에게 우리가 거는 희망이란 지대하고 지대하다. 너는
반드시 이점을 대오각성(大悟覺醒)해야 할 것이다.

-이로써 비공일맥이 신좌의 곁다리라는 것이 확실해졌다!
비록 곁다리에 불과하다 하나 이왕 시작한 이상 침투하는 것
을 멈추지 말거라!

검신이 어느새 존자들을 중재하며 근엄한 목소리로 말했다.

-사마천세. 그대가 나설 차례다.

조휘가 의혹의 얼굴을 하다 표정이 밝아졌다.

'설마……!'

지금까지 그의 자존감을 생각해 억지로 요구하지 않았지
만 듣던 중 반가운 소리였다.

사마천세가 말했다.

***-본 좌의 무공을 전할 것이니라. 허나 네 궁극의 목표는 삼
신(三神)의 합일(合一)을 이루는 것이 되어야 할 것이다.***

그렇게 사마천세가 무신(武神)의 무공을 언급하자 조휘의
가슴이 미칠 듯이 뛰기 시작했다.

무림의 전설인 삼신(三神) 중에서도 무신(武神)의 위치는
각별했다.

사마세가라는 무신의 후예들이 지금도 엄연히 천하제일가
의 명성을 떨치고 있었기에, 검신이나 마신에 비해서 강호인
들에게 좀 더 피부로 와닿는 신(神)이었던 것.

또한 새외대전이 할퀴고 간 전란의 기억이 아직도 강호인
들의 뇌리 속에 선연했기에, 새외대전을 종식시킨 무신의 위
치는 더욱 각별할 수밖에 없었다.

그런 무신의 무공은 다른 삼신과 마찬가지로 그 무(武)의
연원을 추측하기 힘들었다.

삼신의 무공은 하나같이 하늘에서 뚝 떨어진 느낌을 강호
인들에게 심어 주었다.

무림 역사상 단 한 번도 경험해 보지 못한 기이한 형태의 무공.

그런 무신의 무공은, 산중의 한 노인이 한 묶음의 양피지(羊皮紙)를 발견하면서부터 시작되었다.

'양피지요?'

-그렇다. 난 그 양피지를 천무도해록(天武圖解錄)이라 이름 붙였지.

하늘에 이른 무예라.

과연 하늘에 이른 검이라는 천검류만큼이나 오만한 무공명이다.

'어디에 있습니까?'

무신이 지금까지 자신의 무공에 대해 별다른 말이 없었던 것에는 다 이유가 있었다.

-본 세가의 비처에 있다.

삽시간에 구겨진 조휘의 얼굴.

사마세가의 비처에 있다고?

개파대전 당시 사마강(司馬强)과의 껄끄러웠던 첫 대면을 생각하니 조휘는 머리가 지끈거려 왔다.

'아니 그자가 그 귀한 걸 제게 보여 줄 리가 없지 않습니까?'

-그건 그렇지.

아니 이 어르신이 그건 그렇지라니?

그럼 아무런 대책도 없이 사마세가라는 그 뜨거운 용담호혈 속으로 자신을 밀어 넣겠단 소린가?

천하제일가라는 사마라면 필시 원로원에 엄청난 괴물들로 득실득실할 것이다.

더욱이 그 사마강만 해도 승부를 장담할 수 없는 절대경의 초극고수.

생각만으로도 머리가 지끈거리는 듯 조휘가 미간을 구기며 천우자를 불렀다.

'그냥 제가 직접 무신 어르신께 사사(師事)하겠습니다. 천우자 어른. 법술로 저를 영계로 소환해 주십시오.'

하지만 무신은 단호하게 거절했다.

-아니 될 소리. 생령(生靈)의 몸으로 영력을 자주 소모하는 것은 매우 위험한 일이다. 그럴 요량이었다면 진즉에 널 불렀을 터. 게다가 너는 신좌의 유물을 반드시 직접 보고 경험해야 할 이유가 있지 않느냐?

'음…….'

하기야 검신의 검총과 마신의 석판처럼 천무도해록 역시 고대의 현대인, 즉 신좌가 남긴 유물이라면 반드시 확인할 필요성이 있었다.

한글과 영어, 수학적인 낙서로 가득할 것이 분명하니 무신이 보지 못한 것을 자신이 올곧게 취할 수 있는 것이다.

조휘가 의문을 품었다.

'그 양피지 속에도 기원을 알 수 없는 문자와 도식들로 가

득했습니까?'

　-그렇다. 본 좌 역시 네 기억을 살펴보았느니. 그것은 네 세계의 문자 체계가 확실하다.

　'호오……!'

　그럼 말이 달라진다.

　무슨 수를 써서라도 천무도해록을 직접 봐야 할 이유가 생긴 것이다.

　'혹, 제가 사마세가에 잠입이 가능하겠습니까?'

　-그걸 내가 어찌 알겠느냐? 본 좌는 기백 년 동안 세가에 기별도 없었느니라.

　아득한 심정에 금세 침울한 표정이 되고 마는 조휘.

　이미 한 번 사마강을 겪어 본 조휘로서는 그와 실랑이를 벌일 생각조차 들지 않았다.

　그렇게 아집으로 꽉 막힌 인간은 벽(壁)에 다름이 아니다.

　가능하다면 천무도해록만 몰래 취하고 나오고 싶은 것이 조휘의 솔직한 심정이었다.

　그때 검신 어른의 잔잔한 음성이 조휘의 머릿속에 울려 퍼졌다.

　-자타공인 네 녀석의 요설(妖舌)은 이미 자연경에 이르지 않았느냐? 세 치 혀로 흑천련의 간부들과 무림맹의 명숙들을 그리도 쉽게 농락한 녀석이 무어가 걱정이란 말이냐? 사마도 별반 다르지 않을 터이니 부딪쳐 보거라!

묘하다.

분명 칭찬은 칭찬인데 왠지 기분이 상한다.

사부님, 사부님께만큼은 검(劍)으로 칭찬을 받고 싶다고요.

자연경에 이른 요설이라니 거 말이 너무 심한 거 아니요!

-시끄럽다.

가늘게 한숨을 내쉬던 조휘가 장일룡과 남궁장호를 번갈아 쳐다보며 쓸쓸하게 웃었다.

"갑자기 갈 데가 생겼어. 그동안 개방의 거지들을 잘 구슬려 줘."

이윽고 조휘가 검에 올라타며 자세를 잡자 장일룡이 다급하게 외쳤다.

"또 어디를 간단 말이우 형님!"

조휘가 어검비행의 공부를 일으키며 북편의 하늘을 향해 멀어져 갔다.

⟨사마(司馬).⟩

장일룡의 귓가로 날아든, 한 줄기 전음성이었다.

55 章.

55章.

산동성(山東省) 무성현(武城縣).

현 내의 곳곳을 지나는 사람들의 표정은 조금 특별했다.

그들의 표정에는 하나같이 다른 지역의 사람들에게서는 느낄 수 없는 열기 어린 감정이 떠올라 있었다.

그들의 가슴속을 자부심으로 가득 메워 주는 것은, 이곳이 무(武)의 성(城)이라 불리는 이유와 맞닿아 있었다.

천하제일가.

이곳이 그 유명한 사마의 땅.

무신의 전설이 살아 숨 쉬는 성스러운 무가(武家)의 터가 이곳에 자리 잡고 있는 것이다.

한데 그런 천하제일이라는 영광스러운 칭호가 무색할 정도로, 사마세가의 전경은 단출하기 그지없었다.

조금 규모가 큰 장원이라고 해도 고개가 끄떡여질 정도.

그도 그럴 것이 기백 년 동안의 봉문으로 인해 세상과의 교류가 단절되었으니 당연한 결과라 할 수 있는 것이었다.

아무리 천하제일의 명성을 떨친다고 해도, 사람들과 더불어 살지 않는 이상 세상에서 도태되는 것은 불변하는 진리.

하지만 그렇게 세력이 쪼그라들었다고는 하나 그 누구도 사마의 천하제일(天下第一)을 의심할 수는 없었다.

그만큼 그들이 세상에 남긴 발자취는 너무도 강렬했던 것이다.

'제길. 도대체 어디서부터 시작해야 되는 거지?'

사마세가의 전경을 바라보고 있는 조휘의 얼굴에는 답답함이 서려 있었다.

일반적인 세가라면 당연히 상단의 물자들이 드나들 텐데, 사흘 동안 관찰한 결과 사마세가에 드나드는 사람이 단 한 명도 없었다.

그들의 대외 활동도 일절 없었다.

조가대상회의 개파대전을 참가한 것 외에는, 사실상 계속 봉문을 유지하고 있다고 보는 것이 옳을 터.

조화면천변을 활용하고 싶어도 그럴 여지가 없는 것이다.

수소문을 해 본 결과, 그들은 석 달에 한 번 정도씩 긴 수레의 행렬을 이끌고 근처의 상단에 방문하여 모든 생필품을 일괄적으로 구매한다고 들었다.

그 말인즉 조화면천변을 활용하려면 최대 석 달을 기다려야 한다는 것인데, 자신에게는 그만한 시간이 없었다.

그렇다고 대놓고 방문하여 천무도해록을 보고 싶다고 요구한다면?

필시 미친놈 취급을 받으며 그들에게 쫓겨날 것이 확실하다.

그렇게 조휘가 이런저런 복잡한 생각으로 머리를 쥐어짜고 있을 때.

저 멀리 부산스러운 소리가 들려왔다.

"오오, 맹기(盟旗)다!"

"무림맹의 고수들이다!"

사람들이 화들짝 놀라며 길을 비키면서도, 맹의 기다란 행렬을 경외 어린 눈으로 쳐다보고 있었다.

일반적인 백성들에게 맹(盟)의 행렬이란, 단지 엎드려야 하느냐 엎드리지 않아도 되느냐 그 차이일 뿐, 그들의 피부에 닿는 위력은 천자(天子)의 행차와 별반 다르지 않았다.

조휘의 두 눈이 반짝인 것도 그때였다.

스스스스스-

신기(神技)에 이른 신법을 일으켜 신속히 무림맹의 행렬 속으로 파고드는 조휘.

이윽고 그는 행렬의 한 짐마차에 은밀히 몸을 숨겼다.

맹이 무성(武城)을 방문했다?

사마세가를 찾아온 것이 아니라면 달리 이유가 없는 것이다.

그런 조휘의 예상대로, 굳게 닫혀 있던 사마세가의 문이 열리며 일단의 가솔들이 나와 맹의 행렬을 맞이하고 있었다.

그 순간, 조휘의 감각권 내에 익숙한 내력(內力)의 파장이 감지되었다.

'어? 이자는?'

이 특이한 내력의 파장을 어찌 모를 수 있을까?

행렬의 맨 선두 마차에서 느껴지는 내력의 파장!

분명 틀림없는 감찰교위 단백우의 그것이었다.

순간, 볏짐 속에서 조휘의 안광이 스산한 빛을 발했다.

단백우 감찰교위라면 이미 자신이 신물이 나도록 겪어 본 인사가 아닌가!

스스스스스스-

극한의 의념을 일으켜 구동한 조휘의 신법은 그야말로 유령(幽靈)!

그렇게 조휘가 유령과 같은 몸놀림으로 창살을 베고 마차로 침투했지만 주변의 그 어떤 무인도 이를 감지하지 못하고 있었다.

사마세가의 원로들을 상대하기 위해 옷매무새를 가다듬던 단백우가 그대로 얼어붙어 버린다.

"허억!"

조휘의 얼음장처럼 차가운 얼굴이 단백우에게 향했다.

"안녕하십니까, 감찰교위님. 이렇게 또 뵙는군요. 우리가 인연은 인연인 모양입니다."

싱긋-

아, 대관절 이 무슨 날벼락이란 말인가!

전혀 예상치도 못한 장소에서 저 쳐 죽일 면상을 또다시 바라보고 있자니, 단백우는 하늘을 원망할 지경이었다.

지난번 조휘와의 협상을 통해 맹에 큰 손해를 입힌 것을 생각하면 지금도 그는 자다가 악몽을 꿀 지경이었다.

그 덕분에 맹주님의 잔소리가 하루도 빠짐없이 이어지고 있거늘!

"내, 내게 또 무슨 짓을 하려는 거요?"

엄연히 소검신(小劍神)은 정파에 속한 자다.

한데 이렇게 노골적으로 맹의 간부에게 적의를 드러낸다?

그렇게 단백우는 분노하면서도 두려움에 찌든 눈을 하고 있었다.

조휘가 태연자약하게 그에게 손을 내밀었다.

"이번 행렬에 관련된 명령서, 맹령 그런 거 다 제게 내놓습니다."

"대, 대관절 그게 무슨 소리요!"

"맹이 무슨 일로 사마세가에 온 건지 저도 알아야 되잖아요?"

"아니, 그걸 조가대상회가 왜?"

지금 감히 조가대상회가 맹의 일거수일투족을 감시하겠다는 뜻인가?

조휘가 더욱 얄밉게 웃고 있었다.

"아아, 우린 동맹이잖습니까? 동맹 좋은 게 뭡니까? 어려울 때 서로 도와야죠."

사마세가의 가솔들이 행렬의 선두에 거의 다 도착해 간다.

조휘는 마음이 조급해져 더욱 단백우를 다그쳤다.

"시간이 없어요 빨리! 빨리 내놔!"

단백우가 어이가 없다는 듯 얼굴을 찡그렸다.

이자는 도대체 맹령을 뭐라고 생각하는 거지?

"세력의 종주라는 자가 이 무슨 패악질이란 말이오! 허튼소리 그만하고 당장 이 마차에서 나가시오!"

"패악질은 시작도 안 했는데."

순간 조휘의 두 눈에서 눈부신 백화(白火)가 피어올랐다.

이어 현신한 절대의 검령.

순식간에 축 늘어져 바닥에 널브러진 단백우가 당혹스럽게 눈알을 굴렸다.

"……이, 이게 무슨!"

"응, 독입니다. 하독(下毒)."

"헉!"

조휘가 무심한 얼굴로 그런 단백우의 의복 곳곳을 샅샅이 뒤지기 시작했다.

"크윽! 이게 무슨 짓이오! 윽 거긴! 크흑!"

이 인간은 이 와중에도 간지러움을 못 참네.

이윽고 맹령이 담긴 명령서와 한 통의 서찰을 발견한 조휘가 환하게 웃었다.

"오호. 여깄구만. 참 깊숙이도 숨겨 놨네요."

"도, 독이라니! 도대체 내게 무슨 원한이 있어서 이러는 것이오!"

"원한은 없고요."

음흉한 얼굴로 명령서와 서찰을 품에 갈무리한 조휘가 싱긋 웃었다.

그러면서 그는 단백우의 얼굴에 가까이 다가가 뚫어져라 응시했다.

"도대체 뭘 하려는 거요!"

"와 더러워. 무슨 생각을 하시는 겁니까? 설마 입맞춤이라도 할까 봐?"

그 순간.

꿈틀꿈틀.

조휘의 얼굴이 파도치며 변화해 간다.

그렇게 눈앞에서 자신으로 변해 가는 조휘를 바라보며 단백우는 기절초풍할 것만 같은 충격으로 굳어져 있었다.

어느덧 완벽히 단백우가 된 조휘.

조휘가 묵묵히 단백우의 옷을 홀딱 벗기다가 예의 화사한 미소를 그 얼굴에 만발했다.

"푹 자고 깨시면 다 끝나 있을 겁니다."

"아, 아니 이보시오!"

그가 수혈을 짚자 견딜 수 없는 수마(睡魔)가 단백우를 덮쳐 갔다.

-감찰교위님? 사마세가 측에서 기다리고 계십니다.

마차의 바깥에서 무사의 조심스러운 목소리가 들려오자, 조휘가 황급히 단백우를 구석에 숨기고는 이불로 그를 덮은 후 태연하게 마차의 문을 열고 나왔다.

단백우는 겉으로야 담백해 보였지만 감찰원의 권위가 온몸에 배어 있는 자.

조휘가 엄정한 표정으로 사마세가 측을 향해 포권했다.

"감찰교위 단백우입니다."

걸걸하고 탁하기 짝이 없는 단백우의 음성은 흉내가 매우 까다로웠다.

물론 풍진강호를 살아가는 무인이라면 용구(龍口)라는 기본적인 변성 수법을 익히고 있을 것이나 이는 조악한 수준이었다.

그러나 조휘는, 영계 속 사마세가의 존자들 중 과거 황궁 최고의 예인, 당시의 황제로부터 예성(藝聖)이라는 찬사를 자아내게 만들었던 사마종악이라는 자의 변성술(變聲術)을 전수받았던 것.

오히려 그 때문에 그 대단한 사파의 재녀 천변혈후보다도 조휘의 역용술의 경지가 더욱 대단하다고 할 수 있었다.

"반갑네. 사마가의 유기(柳記)라 하네."

사마유기?

어디선가 들어 본 듯한 이름.

조휘가 그 머릿속에 강호풍운록을 떠올리다 금방 기함했다.

'와, 설마 백 년 전에 무당과 함께 화산의 자하신공을 검증했던 그 사마세가의 가주란 말인가?'

그는 무당과 함께 화산의 자하신공을 함께 검증한 인물로 이름이 높았다.

과거 무당의 일양진자는 자신의 논조에 더욱 권위를 보태기 위해, 정파의 최고 가문이라 할 수 있는 사마세가에게 자하신공의 공동 검증을 의뢰했다.

물론 봉문 중인 사마세가는 이를 한사코 거부했었다.

허나 구파일방의 거대한 한 축을 담당하고 있는 화산의 신공(神功)이 마공(魔功)으로 변질될 수도 있는 상황.

지고한 구파의 명성이 나락에 떨어질 수도 있었기에 어쩔수 없이 사마세가도 검증에 동참할 수밖에 없었던 것이다.

그렇게 책에서만 보던 과거의 인물이 갑자기 현실에 툭 하고 튀어나왔으니 조휘로서는 당황스러울 수밖에 없었다.

사마세가의 인간들에게 백 년 장수는 일도 아닌 것인가?

하기야 이백 년 전의 인물인 무신 사마천세도 당대까지 수명을 이어 온 마당이다.

그런 신(神)의 무공을 사사한 가솔들도 비록 무신에 비할 수는 없겠으나 천고의 경지에 이르기는 마찬가지였으리라.

조휘가 감히 경시 여기지 못하고 무림의 대원로를 향해 고개를 숙였다.

"무림말학 단 모가 무존을 뵙습니다."

무존(武尊) 사마유기는 무신 다음가는 명성을 지닌 사마세가의 무인.

강호에 끼치는 영향력만 따진다면 오히려 무림맹주 무황보다도 더한 권위를 지닌 인물이었다.

그제야 사마유기가 흡족한 표정으로 수염을 쓰다듬었다.

"자네와 같은 훌륭한 젊은이들이 맹에서 힘을 써 주니 이처럼 강호가 평안한 게지. 다들 먼 길 고된 여독에 일신이 힘겨울 터. 안으로 드시게나."

"감사합니다."

사마세가의 장원 내부는 조휘의 예상대로 허름했다.

전각의 구석구석 손봐야 될 곳이 한두 군데가 아닌 것이다.

그 정도만 살펴봐도 사마세가의 악화된 재정 상태를 조휘는 여실히 느낄 수 있었다.

그렇게 조휘는 사마유기의 안내를 받으며 접객당으로 향

하면서도 내심 생각에 골몰했다.

도대체 맹과 사마세가 간에 나눈 사안이 얼마나 엄중하기에 전설적인 무존이 손수 마중을 나올 정도란 말인가?

아직 서찰과 명령서를 확인하지 못한 조휘로서는 그런 의문이 치밀 수밖에 없는 노릇.

접객당에 도착한 사마유기가 조휘를 향해 자리를 권하며 고마움을 표시했다.

"일단 이번에도 맹의 물자들을 고맙게 받겠네. 매번 미안하구먼."

조휘가 단백우의 마차를 뒤따르던 긴 수레의 행렬을 떠올리다 푸근하게 웃었다.

"아닙니다. 사마(司馬)가 강호에 세운 공덕에 비하면 이 정도야 조족지혈이지요. 오히려 보탬이 되었다니 다행입니다."

맹이 매번 방문할 때마다 사마세가의 봉문을 지원하기 위해 물자들을 가져오는 것이 관례였던 모양.

"허허, 그렇게 본 가의 체면을 세워 주니 더욱 고맙구먼."

얼굴에 한껏 흡족한 빛을 띠며 수염을 쓰다듬던 사마유기가 곧 엄중히 표정을 굳혔다.

"그래, 전서구를 통해 미리 맹의 뜻을 전달받긴 했다만 갑자기 그게 무슨 소린가? 본 사마세가의 터를 맹성(盟城) 주변으로 옮기라니?"

조휘가 이때다 싶어 맹령이 적힌 서찰과 명령서를 품에서 꺼냈다.

"맹주님의 뜻입니다. 읽어 보십시오."

조휘는 맹주의 서찰을 사마유기에게 건네는 것과 동시에 자연스럽게 명령서를 펼쳐 눈에 담았다.

'음?'

뜻밖에도 명령서에는 '조가대상회'와 '소검신'이 수도 없이 언급되고 있었다.

문제는 거의 대부분 부정적인 언급이라는 것.

거칠게 인상을 찌푸리고 있던 조휘가 금세 기분 나쁜 기색을 지워 내며 다시 사마유기를 응시했다.

그 역시 심각한 얼굴로 서찰을 읽어 내려가고 있었다.

"보시다시피 강호에 세력을 천명한 조가대상회의 기세가 만만치 않습니다. 이제는 그 영역을 맹의 권역인 강북(江北)으로 뻗어 가고 있습니다. 특히 검신(劍神)의 적전제자인 소검신의 위세가 대단합니다. 맹 내 검수들의 동요도 심각한 상황이며, 이러다 정파세력이 두 개로 갈라지는 사태에 직면할 수도 있습니다."

단백우를 연기하고 있었기에 스스로 조가대상회와 자신을 까야만 하는 상황.

어처구니가 없게도 명령서에는 자신의 조가대상회를 견제하는 방안이 빼곡하게 기술되어 있었다.

하기야 최근 강북 지방의 검수들이 대거 조가대상회에 찾아와 입회를 요청하는 일이 비일비재했다.

그들 대부분이 검신의 전설을 동경하는 이들.

하지만 그런 강북의 검수들을 대거 영입한다면 곧바로 맹의 동요가 들불처럼 일어날 것이고 아쉽지만 조가대상회로서는 애써 그들을 돌려보낼 수밖에 없었다.

강북의 검수들을 취한다는 것은 맹의 영향력을 빼앗는 일이며 이는 동맹으로서는 선을 넘는 행동.

"흐음. 무황의 뜻은 잘 알겠네."

검신(劍神)의 위세에 비견할 수 있는 것은 오로지 무신(武神)밖에 없었다.

무신의 가문인 사마세가를 무림맹의 맹성 내부로 편입하고, 이를 통해 맹원들의 동요를 다잡아 보겠다는 것이 무황의 뜻.

강북 검수들의 동요를, 그만큼 무림맹은 심각하게 보고 있다는 뜻이었다.

기득권이란 것이 원래 지켜야 하는 것이며, 지킨다는 것은 오히려 빼앗는 것보다 더욱 어려운 법.

"비록 본 가의 봉문이 무색해졌다 하나 오랜 역사를 지닌 세가의 터를 옮기는 것은 결코 쉬운 일이 아니네. 아쉽지만 이런 본 가의 어려운 사정을 무황께 잘 전달해 주시게."

완곡하지만 완강한 거부의 뜻.

"예, 그렇게 전하겠습니다."

맹의 감찰교위가 만류나 설득 한 번 해 보지 않고 곧바로 자신의 뜻을 무황에게 전하겠다고 나서니 오히려 당황해하는 것은 사마유기 쪽이었다.

이 먼 길을 와서 선물을 저만큼이나 바치고도 아무런 수확도 없이 되돌아간다?

맹이 아무리 정도세력의 협의를 자처하는 세력이기는 하나, 그런 맹의 행사는 결코 가볍지 않았다.

"무슨 다른 속뜻이 있는 건가? 아니면 본 가를 시험하겠다는 것인가?"

잔뜩 경계하는 빛으로 물든 사마유기의 얼굴을 향해 단백우(?)가 푸근하게 웃어 보였다.

"아닙니다. 아무리 맹의 권위가 대단하다지만 천하제일가의 터를 옮기는 일에 어찌 감히 감 놔라 배 놔라 할 수 있겠습니까? 무존의 판단이 그러하시다면 당연히 맹도 수긍할 수밖에 없겠지요."

사마세가가 맹성에 편입되는 것은 조가대상회로서는 그리 달가운 일이 아니다.

조휘는 무림맹에 득이 되는 일을 손수 도울 위인이 아니었다.

"내가 맹의 인사들을 수도 없이 겪어 봤지만 자네는 그중에서도 가히 군계일학일세. 허허!"

사마유기가 너털웃음을 터뜨리며 갑자기 자신에게 호감을 드러내자 조휘는 당혹할 수밖에 없었다.

"무, 무슨 말씀이신지?"

사마유기가 눈을 빛냈다.

"이 내가 그동안 살아오며 쟁쟁한 협상가들을 얼마나 많이 만나 봤을 거라 생각하는가?"

"네?"

"모름지기 먼저 제안한 쪽이 약자이지 않은가? 상대가 거절의 의사를 내비치면 당연히 다른 대안이나 대가를 제안하며 설득해 오기 마련이거늘, 오히려 자네는 이 무존을 을(乙)로 만들어 버리지 않았는가?"

"으, 을이라니요?"

상황이 자신이 의도한 방향대로 흘러가지 않자 지극히 당황해하는 조휘.

"맹이 적당한 대가와 성의를 좀 더 내놓는다면 마지못해 응하는 척하는 것이 이 무존의 협상 전략이었다 그 말일세."

"……."

와 이 늙은 너구리 같은 양반 좀 보소.

그럼 애초에 무황의 뜻에 응하기로 결심하고 이번 협상에 나섰다는 뜻이지 않은가?

"후, 그럼 본 맹성으로 사마세가를 옮길 뜻을 애초에 결심했다는 말씀이십니까?"

"그렇다네. 그것이 본 가 아이들의 공통된 뜻이지."

"예?"

순간, 사마유기의 눈빛이 강렬한 빛을 발했다.

"그 소검신이라는 천방지축의 아해(兒孩)가 우리 강아(强兒)를 애송이 취급했다는군. 그를 지켜봤던 본 가의 많은 무인들이 분노를 금치 못하고 있네."

"아⋯⋯."

사마강.

그 거만과 오만의 화신인 자를 생각하니 또다시 조휘는 머리가 지끈거려 왔다.

만약 그때 자신이 사마세가를 내쫓지 않았다면 개파대전의 분위기가 엉망이 되었음이 분명했다.

한데 그때의 일이, 설마 무림맹과 사마세가의 결집을 만들어 낼 줄이야!

"그래서 말인데, 하나 더 내놓으시게."

조휘가 황망한 눈을 했다.

"무엇을 말씀이십니까?"

단호히 대답하는 사마유기.

"부맹주(副盟主)의 위(位). 우리 강아를 맹의 부맹주로 봉해 주게."

"음⋯⋯."

강호의 고고한 전설이니 뭐니 해도 그 역시 어쩔 수 없는 아비(父)인 건가.

조휘가 씁쓸하게 웃었다.

"제 선을 벗어난 결정이군요. 일단 무존님의 뜻을 맹에 전달은 해 보겠습니다."

빌어먹을 사마 놈들!

이미 부맹주 직을 요구할 것을 지들끼리 다 정해 놓고 이런 요식 행위를 하다니!

하지만 조휘가 알기로 구파(九派) 출신이 아닌 오대세가의 인물이 맹주와 부맹주의 직에 봉해진 예는 전무하다시피 했다.

오대세가보다 구파의 연합 세력이 열 배는 더 강성했기 때문이다.

분명 무림맹의 원로들도 난색을 표할 것이리라.

"허면 여독을 풀고 돌아가시게나. 보다시피 본 세가에는 저 많은 맹원들이 묵을 객당이 없네. 미리 객잔을 준비해 놓았으니 모두 그곳에서 여독을 푸시게."

음?

이렇게 나오면 곤란하다.

갑자기 조휘가 엄정하게 포권하며 사마유기를 응시했다.

"평소 사마세가의 명성과 권위를 흠모해 왔던 터라 저만이라도 이곳에서 묵으면 안 되겠습니까? 귀 세가의 고아한 정취를 하루만이라도 느끼고 싶습니다."

저토록 사마세가의 이름에 금칠을 해 주니 사마유기는 흡족한 마음이 절로 일어나 조휘의 청을 수락했다.

"허허, 그렇게 하시게. 시비에게 일러 자네가 묵을 객당을 준비하도록 하지."

"감사합니다."

◆ ◈ ◆

날이 어둑해지자 객당에서 준비하고 있던 조휘가 품 안의 변장 도구를 은밀하게 꺼냈다.

이 변장 도구들은 조화면천변의 완성이다.

상대의 얼굴 생김새를 완벽히 구현해 냈다고 해도, 특유의 피부색이나 점(點), 수염 등을 추가하지 않는다면 무용지물이었기 때문이다.

그렇게 어느새 조화면천변으로 사마유기가 된 조휘가 이마에 점을 찍었고 눈썹과 수염을 붙였으며 분(粉)으로 낯빛을 어둡게 바꾸었다.

이내 동경을 쳐다보더니 흡족한 빛으로 고개를 끄덕이고 있는 조휘.

이건 그야말로 완벽이다.

낮에 접객당에서 마주친 사마유기와 한 치의 오차도 없는 얼굴 그 자체!

이내 그는 그렇게 만족스러운 기분으로 기감을 끌어올렸다.

사마세가는 그야말로 용담호혈.

초대 무신의 무공을 세대로 거듭하며 발전시킨 자들이다.

절대경의 경지를 이룩한 무인이 얼마나 있을지 짐작조차

되지 않는 곳인 것이다.

감각권 내에 특별한 점이 포착되지 않자 그제야 조휘가 유령과 같은 신법으로 객당을 빠져나왔다.

한 전각의 용마루에 몸을 감춘 채 이내 무신 사마천세를 불러 보는 조휘.

'자 이제 어디로 갑니까? 천무도해록은 어디에 있습니까?'

-나도 모른다니까?

'뭐라고요?'

아니 이 어르신이 지금 뭐라는 거야!

그럼 이 넓은 장원을 모두 뒤지라고?

-일단 무원동(武元洞)부터 뒤져 보거라.

'무원동? 거긴 어딥니까?'

-오직 사마의 가주만이 드나들 수 있는 동혈(洞穴)이다. 역대의 가주들은 모두 그곳에서 폐관했지.

순간, 조휘의 눈빛이 새하얗게 물들며, 이내 그의 신형이 무신이 알려 준 방향으로 빛살처럼 쏘아졌다.

사마세가의 가주 전용 폐관실이라 할 수 있는 무원동(武元洞)온 무슨 거창한 상소가 아니었다.

장원의 좌측 절벽에 자리 잡고 있는 그저 허름한 자연 동굴.

그 흔한 경비 무사도 하나 없었고, 관리를 하는 이도 없어 박쥐가 우르르 튀어나올 것만 같은 스산한 모습이었다.

그런 볼품없는 광경을 물끄러미 쳐다보던 조휘는 일순 허탈한 심정이 되었다.

저런 흔한 동굴 따위에 무원(武元)이라는 지극한 이름을 붙이기는 좀 애매하지 않나?

무려 천하제일 사마세가의 담장 내부에 있는, 그것도 가주 전용 폐관실이라는 이름에는 너무도 걸맞지 않는 모습이었다.

저런 추레한 곳에 천무도해록이 있다고?

아니 설사 있다손 치더라도 강호의 난다 긴다 하는 비적(飛賊)들에 의해 벌써 도둑맞고 없을 것이다.

-음? 무원동이 어쩌다 저 지경이?

무신의 기억 속에 존재하는 무원동은 그 주위로 아름다운 녹음과 기화이초가 만발하여 청아한 선향(仙香)이 그득하던 곳.

더욱이 무원동의 아래편에 흐르던 청량한 실개천의 물맛은 지금도 무신의 기억 속에 소담스럽게 자리 잡고 있는 추억이었다.

한데 그런 실개천은 통째로 사라져 있었고, 기화이초는커녕 푸석푸석 바스러지는 잡초들만 사방에 그득할 뿐이었다.

자연 본연의 아름다움도 지키지 못하는 가문의 수준이라니!

무신은 가문의 재정 상태가 설마 이 지경에 이르러 있을 거라곤 생각지도 못했다.

-그 많은 양생초(養生草)들을 다 따다 먹었단 말인가?

조휘가 한심한 눈을 했다.

'어휴, 골방에 처박혀 달포만 죽쳐도 병신이 되는 것이 사람입니다. 수백 년 봉문이 무슨 장난인 줄 아세요?'

–······.

꿀 먹은 벙어리가 된 무신 사마천세.

설마하니 자신이 세운 봉문(封門)의 뜻이 이토록 후손들을 피폐하게 만들 줄은 생각지도 못한 것이다.

문득 무신은 후손들을 향한 미안한 마음에 몸 둘 바를 몰랐다.

그러나 당시의 결정은 가문의 생존을 위한 결단.

그때까지만 해도 정체를 알지 못했던 의문의 무리, 즉 신좌의 추종자들은 자신과 가문을 시시각각 죽음으로 몰아가고 있었다.

-일단 무원동 안으로 들어가 보거라.

조휘가 묵묵히 걸어갔다.

무슨 대단한 잠입을 상상한 것은 아니었지만, 그래도 무려 '사마세가주의 폐관실'을 이렇게 쉽게 드나들 수 있는 상황에 조금은 허탈한 심정이 된 조휘였다.

동굴에 들어선 그가 금세 철검을 꺼내 들었다.

츠츠츠츠츠-

그의 철검에서 솟구친 석 자가량의 새하얀 검강(劍罡).

화경에 이르러야만 겨우 순간적으로 발휘할 수 있다는 검기성강을, 무슨 횃불처럼 꺼내 드는 그 모습에 지켜보던 여러 존자들도 혀를 내둘렀다.

그의 마신공과 융합된 검천대신공의 경지는 존자들로서도 감탄을 거듭할 수밖에 없는 종류.

그렇게 밝아진 동굴의 내부를 유심히 살피는 조휘였다.

'음……?'

아무리 봐도 흔히 볼 수 있는 그저 자연 동굴이었다.

동굴의 벽면, 바닥 어디에도 인간이 가공한 흔적이나 자취를 발견할 수 없는 순수한 자연 동굴.

가주의 폐관 수련실이라면 검총처럼 검흔과 같은 수련흔이 있어야 할 텐데 그런 흔적도 존재하지 않았다.

보이는 거라곤 동굴의 벽면 한구석에 자리 잡고 있는 커다란 항아리 두 개와 요강 하나뿐.

그것들은 벽곡단을 채워 둔 항아리와 물 항아리였다.

"와 씨. 진짜 너무 무식한 거 아닙니까?"

가주의 폐관 수련실만 봐도 사마세가의 가풍(家風)을 여실히 느낄 수 있었다.

지극히 무인스럽게 무식하다는 것!

비록 허술하긴 했으나 검총은 그래도 돌을 깎아 만든 침상과 서책을 읽을 수 있는 좌대(座臺)라도 있었다.

-폐관에 부산스러울 것이 있느냐? 명상 수련에 있어 이보다 더 적합한 장소는 없을 것이다. 그나저나 이곳만큼은 변한 것이 하나도 없구나.

감개무량한 듯 떨리고 있는 무신의 목소리.

허나 그가 추억에 잠기든 말든 조휘는 헛된 발걸음을 한 것 같아 짜증만 부리고 있었다.

"어쨌든 천무도해록은커녕 아무것도 없잖습니까."

-아무것도 없는 것은 아니다.

어이가 없다는 듯 허탈한 얼굴이 되고 마는 조휘.

"아니 여기에 있긴 뭐가 있습니까? 저 항아리요? 요강이요?"

-검기성강을 거두고 바닥에 몸을 뉘이거라.

그런 진중한 무신의 음성에 조휘가 내공을 거두고 바닥에 몸을 뉘였다.

그 순간.

"음?"

동굴의 천장과 벽면에 희미한 무언가가 수도 없이 박혀 있었다.

그것은 조휘의 안력으로도 자세히 살피지 않는다면 결코 알아챌 수 없을 정도로 희미한 빛들.

지구의 모든 무생물 중 스스로 빛을 발하는 것은 야명주와 같은 야광석(夜光石)이 유일하다.

물론 현대인인 조휘는 그 야명주라는 것의 정체를 이미 깨닫고 있었다.

물체가 빛을 발하는 특성을 지녔다는 것은 방사능 에너지가 서서히 붕괴되고 있음을 뜻한다.

강호인들은 그런 방사능 덩어리를 고가에 거래하며 보물

처럼 여기고 있었지만, 조휘는 그것이 얼마나 위험천만한 행동인지 퀴리 부인의 예를 통해 잘 알고 있었다.

이에 당연히 조휘는 찝찝한 마음이 들어 서둘러 자리에서 일어났다.

"으으, 방사능 덩어리 동굴이구만."

-방사능?

"저 빛을 내는 돌들은 지극히 위험한 물질입니다! 가까이 두면 사람을 서서히 죽이는 물질이지요!"

-허! 과연 그래서였어! 어쩐지 야명주를 빻아 잘게 부수어 동굴의 곳곳에 설치한 후, 알 수 없는 음독(陰毒)과 사기(邪氣)가 몸 전체로 치밀어 오랫동안 지독히 고생했었다.

"저걸 어르신께서 직접 설치를 하셨다고요?"

-그렇다. 그래서 내 자세히 보라고 하지 않았더냐?

순간 조휘는 그 지독한 무신의 광기에 소름이 돋았다.

한눈에 봐도 수천, 아니 수만 개는 되어 보이는 저 수많은 야광점들이 진짜 인간의 노가다라고?

게다가 그런 야광점들이 인간의 손길이 닿은 흔적이라 여길 수 없었던 이유!

그 수많은 점들에게 어떤 특유의 질서도 규칙도 발견할 수 없는, 그야말로 자연적인 무질서처럼 느껴졌기 때문이다.

-저 도식들은 평생토록 천무도해록을 해석하고 본 좌가 깨달은 천무무해공(天武無解功)의 진정한 총아(寵兒)다.

순간, 조휘는 검천전능지체의 백안을 일으켰다.

허나 아무리 살펴봐도 어떤 대단한 수학적 현상이 읽혀지지 않았다.

그도 당연한 것이 야광점들은 너무나도 불규칙하여 수많은 가변성(可變性)으로 인해 오류만 나타낼 뿐, 물리적 도식을 이루는 기본적인 수학적 체계가 존재하지 않았기 때문이다.

마치 그것은 무한한 변수의 바다, 양자이론을 보는 것 같은 어지러운 느낌.

저런 것에 무슨 무학적인 진의(眞意)가 존재할 수 있단 말인가?

그림으로 친다면 술에 취한 이가 그저 막 휘갈겨 그린, 아무런 의미도 없는 그런 낙서와 같은 느낌이다.

-그것이 본 좌가 깨달은 무해(無解)다.

무해(無解)?

아무것도 깨달을 수도 풀이할 수도 없다는 뜻이다.

미친, 그럼 그게 무슨 무공이야!

-그럼, 그런 무해를 통해 깨달음을 얻어 무학(武學)의 신(神)에 이른 본 좌는 무엇이란 말이냐?

와, 잘난 척을 저렇게 뻔뻔하게 하는 것도 설마 무신의 재능에 포함되는 건가.

-흰소리 말고 계속 살펴보거라.

한껏 기대 어린 내색을 하는 무신.

역대 사마세가의 가주들 역시 이곳에서 수십 년을 폐관하며 무아지경으로 무신의 심득을 바라보고 연구했으나 결국 아무도 대성하는 이가 없었다.

하나 당대 최고의 기재이자, 무림 역사상 가장 빠른 무공의 성취로 이름 높은 소검신(小劍神)이라면 남다른 무언가가 있을 터.

결국 조휘는 연신 투덜거리면서도 다시 몸을 뉘일 수밖에 없었다.

바닥에 누워 천장과 벽면을 쉴 새 없이 살피는 그였지만, 바닥으로부터 올라오는 몸서리쳐지는 한기만 느껴질 뿐이었다.

아무리 살펴봐도 그냥 제멋대로 휘갈긴 낙서처럼 의미가 없어 보인다.

처음에는 불규칙적인 점과 점들을 심상으로 이어 보았다.

허나 그렇게 아무리 이어 봐도 거미줄처럼 얽히는 선(線)들만 난잡해질 뿐, 결국은 암기력의 한계를 느끼고 그 의지를 접어야만 했다.

그다음에 시도한 것은 각각의 점들을 굳이 객체로 받아들이지 않고 하나의 군집된 의지로 인식하는 일이었다.

이는 조휘가 검총에서 성하력(星河力)을 깨달았을 때의 기이한 감각이었는데, 무신의 무공이 고대 현대인으로 비롯됐다면 비슷한 성질일 수도 있었기 때문이다.

하지만 그것도 수포로 되돌아갔다.

군집된 의지로 인식한 순간 무수히 많은 섬광이 눈앞에서 아른거려 마치 두뇌의 연산력이 일거에 무력화되는 느낌이 들었던 것이다.

조휘는 이 무신의 천무무해공이 단기간에 깨달을 수 있는 성질의 것이 아님을 본능적으로 느낄 수 있었다.

하기야 무학의 천재로 우글거리는 사마세가조차도 그 오랜 세월 무신의 천무무해공을 올곧게 깨달은 자가 단 한 명도 없다고 하지 않았던가.

'젠장할.'

조가대상회에 다시 찾아오겠다는 육존신의 엄포를 떠올리자 조휘는 더욱 다급해졌다.

시간이 그리 많지 않았다.

여기서 이렇게 바닥에 죽치고 누워, 언제 깨달을지 모르는 도해를 쳐다만 보고 있을 수는 없는 노릇.

가는 한숨을 토하던 조휘가 자리에서 일어났다.

"여긴 나중에 다시 오도록 하죠."

-우리의 무공을 합일하기도 전에 신좌의 추종자들을 상대할 수 있다고 생각하느냐?

"하루 이틀로 될 것이 아니지 않습니까? 최소 수년 동안 죽치고 연구해도 될까 말까인데 그럴 시간이 없잖아요."

잠시 동안 이어진 침묵.

결국 결심이 선 듯 무신은 오롯한 자신의 의지를 드러냈다.

-직접 느끼게 해 주겠다.

조휘가 기겁하며 발악의 뜻을 외쳐 보려 했지만 자신의 육체를 차지하려는 무신의 영압(靈壓)은 검신 어른을 오히려 능가할 지경.

화아아아악!

무신이 무덤덤한 표정으로 조휘의 몸을 점검했다.

존자에 이른 후로 생령의 몸에 현신하는 것은 그로서도 처음.

이리저리 몸을 움직이며 금세 적응한 무신이 조휘의 내부를 관조하다 이내 깜짝 놀란 얼굴을 했다.

"놀랍구나. 절대경의 경지에 이만한 신공을 이룩하다니. 마신이여, 실로 놀라운 마공이로다."

그가 조휘의 내부에 강건하게 자리 잡고 있는 마신공의 마화를 발견한 것.

곧 무신이 의지를 일으키자 지옥의 겁화처럼 피어난 암자색 마기가 불처럼 그의 주위로 타오르고 있었다.

화르르르르르!

그야말로 인세에 보기 드문 가공할 기운!

그렇게 무신의 춤(舞)이 시작되었다.

스르르르르-

천지(天地)가 무신의 의지에 동인(動引)한다.

덩실거리는 그 모습이 일견 유약해 보일 수 있었으나 이를 지켜보던 검신과 마신은 그야말로 전율하고 있었다.

그것은 무해(無解)가 아니라 무해(武海)!

아무런 의미도 없어 보이는 유려한 동작 하나하나에 하늘이 동하고 땅이 화답한다.

신령(神靈)스럽다.

저건 자연경이란 경지로 가늠하기도 무색하다.

자연의 법칙을 왜곡하고 파괴하는 자신들과는 달리, 그는 자연을 지배하며 이끌고 있다.

그것은 마치 초월자.

그제야 검신과 마신은 무신 사마천세의 경지가 자신들보다 상위에 있음을 뼈저리게 인정해야만 했다.

얼마간의 시간이 흘렀을까.

천하를 전율케 한 무신의 춤이 잦아들자, 이를 온몸으로 느낄 수 있었던 조휘 역시 큰 충격을 받은 듯 아무런 말도 잇지 못하고 있었다.

한데 그때.

"아…… 아…… 아버님?"

갑자기 무원동에서 신령한 기운이 느껴지자 한달음에 달려온 사마강(司馬强).

그가 전율에 물든 얼굴로 자신의 아버지 사마유기(?)를 하염없이 바라보고 있었다.

"……설마 완성하신 겁니까?"

어느덧 뜨거운 눈물을 흘리고 있는 사마강.

가문의 수백 년 비원이 눈앞에서 재현되자 솟구치는 뜨거운 감정을 주체할 수 없었던 것이다.

사마유기(?)가 인자한 미소로 화답했다.

"천무도해록(天武圖解錄)을 가져오너라. 내 친히 네게 가르침을 내릴 것이다."

"……천무도해록이요?"

이해할 수 없다는 듯한 표정으로 고개를 삐딱하게 기울이는 사마강.

"그걸 왜 저에게 찾으십니까? 아버님께서 가지고 계시지 않습니까?"

아뿔싸!

가주인 사마강이 아니라 태상 가주인 사마유기가 천무도해록을 가지고 있었단 말인가?

무신 사마천세가 난처한 얼굴로 사마강의 시선을 외면했다.

"요즘 내 기억력이 예전만 못하구나. 알겠다."

사마강이 더욱 묘한 얼굴을 했다.

자신의 아버지는 세수에 걸맞지 않게 지극히 몸이 정정하시고 정신도 맑으셔서 아직도 손수 가문의 정무를 돌보고 계신다.

그렇게 매사에 철두철미한 일 처리로 이름 높으신 아버지께서, 세가의 보물인 천무도해록을 어디에 있는지 까먹으셨다?

그건 말도 안 된다. 아버지를 아는 자라면 누구도 그 사실을 인정하려 들지 않을 것이다.

게다가 더욱 이상한 점은 반각 전만 해도 자신과 함께 식사를 나눴던 아버지께서 뜬금없이 무원동에 나타나신 것.

밥을 먹다 말고 깨달음이 몰아치셨나?

천무(天武)의 진리를 깨우치는 대오(大悟)라는 것이 그렇게 갑자기 찾아올 수도 있는 건가?

하지만 그야말로 인세를 초월한 듯한 아버지의 춤사위를 직접 목도한 마당에 무엇인들 부정할 수 있으랴!

"제게도 가르침을 내려 주십시오!"

엎드려 가르침을 청하는 사마강을 무신이 게슴츠레 뜬 눈으로 바라본다.

저토록 무(武)를 궁구(窮究)하는 마음가짐은 무신가의 가주로서 부족함이 없다 하겠으나 자신의 무해(無解)는 가르칠 성질의 것이 아니었다.

그것이 가능했더라면 진즉에 사마세가의 후손늘 중에서 수많은 무신이 탄생했을 터.

"독보정진(獨步精進)하거라."

"아, 아버지!"

깨달음 한 자락 나눠 주는 것이 그리 어렵단 말인가!

그런 사마강의 얼굴에는 일그러진 마음이 잔뜩 드러나 있었다.

오랜 갈망이 욕망으로 변질되어 이제 그 성정마저 편협해진 것.

　그가 매사에 불같고 옹골찬 것이 무공을 향한 갈망으로부터 비롯된 것임을 무신은 곧바로 알아차릴 수 있었다.

　"가만히 놔두면 이내 스스로 마(魔)에 이를 놈이구나."

　순간, 유수(流水)와 같은 청량한 바람이 일어나 사마강의 전신을 어루만졌다.

　무신이 자연지기를 끌어와 그의 피폐해진 심신을 어루만져 준 것이다.

　"아아……!"

　한 줄기 청아한 기운이 정수리부터 발끝까지 휘몰아치자 이내 전율해 버린 사마강.

　그것이 바로 무해의 기운이라는 것을 한 번도 겪지 못했지만 본능적으로 느낄 수 있었다.

　한데 또 다른 기운이 밀려온다.

　툭.

　무신이 무해의 기운을 다시 일으켜 부드럽게 그의 수혈을 짚자 사마강의 몸이 스르르 허물어졌다.

　그가 아무리 절대경의 무량에 이른 자라 하나 무신의 무해 앞에서는 마치 어린아이와 같다 할 수 있었다.

　그런 후에, 무신이 가볍게 발을 굴렀다.

　그러자 주위의 공간이 부드럽게 일렁거리며 곧 그의 신형이 사마세가의 장원 중심부에 나타났다.

이를 지켜보던 조휘가 경악했다.

저런 광경을 딱 한 번 영계에서 본 적이 있었다.

천우자의 축지성촌술(縮地成寸術)!

도술의 극한, 그 고절한 경지를 무신 역시 구사하고 있는 것이다.

만류귀종이라더니, 과연 경지에 이르면 모두 하나로 귀일(歸一)된다는 건가?

저런 신과 같은 무인을 두려움에 떨게 만든 신좌의 추종자들은 도대체 얼마나 미친놈들일까?

한편 무신은, 무덤덤한 표정으로 사마세가의 장원을 살피고 있었다.

자신의 후손들이 세가의 가장 큰 어른을 모실 만한 장소는 단 한 곳밖에 없었다.

중달대각(仲達大閣).

무신은 그곳이 태상가주 사마유기의 처소임을 의심하지 않았다.

덜컥.

곧 중달대각 내부로 들어온 그가 회탁 위에 있는 태상가주인(太上家主印)을 발견하고는 흡족한 미소를 머금었다.

자신의 예상대로 이곳이 바로 손자 사마유기의 처소였던 것이다.

"후우……."

한 차례 가는 숨을 내쉬던 무신이 손자의 처소를 수색하기 시작했다.

무려 무신이라는 존재가 후손의 처소를 뒤지다니 이 무슨 못난 짓이란 말인가!

존자들의 대의(大義)가 아니었더라면 결코 하지 않았을 행동.

허나 그가 그렇게 온갖 서랍장과 모든 책 걸개를 살폈음에도, 천무도해록의 양피지는 어디에도 발견되지 않았다.

하기야 사마세가 최고의 보물을 그렇게 허술하게 보관할 리가 없는 터.

"허어."

결국 탄식을 토하던 무신이 조용히 눈을 감고 좌정했다.

끝내 사마유기를, 자신의 손자를 기다리기로 한 것이다.

그렇게 한 시진이 흘렀을까.

"허억!"

씻어 몸을 정갈히 하고 잠을 청하려 처소에 들어온 사마유기가 자신(?)을 마주하며 경악의 얼굴로 굳어져 버렸다.

"누, 누구냐!"

자신의 의념, 그 민감한 감각권 내에 감지도 되지 않은 자다.

강호의 그 누가 자신의 감각을 속이고 처소까지 침투해 낼 수가 있단 말인가!

무신이 천천히 눈을 떴다.

"앉거라."

앓거라?

감히 자신의 용모로 변장하고 천하제일가에 침투한 도적 놈이 하대라니!

더욱이 당대의 강호에서 자신보다 더 높은 배분을 지닌 자는 소림의 전설적인 고승 몇 명을 제외하고는 전무하다시피 했다.

"간담 한번 그럴싸한 놈이구나! 내 친히 오늘 살계를 열어…… 허억?"

출수하려던 사마유기가 그대로 장승처럼 굳어졌다.

상대에게서 스멀스멀 흘러나온 기운이, 놀랍게도 오롯한 천무무해공의 공부였기 때문이다.

더욱이 이토록 신령스러운 무해의 기운을 속세에 현신(現身)할 수 있는 자라면 자신이 알기로 단 한 명밖에 없었다.

대자연을 지배하는 거대한 기운!

곧 사마유기가 전율하며 털썩 주저앉아 공손히 머리를 조아렸다.

"무조(武祖)이시여……!"

무조께서 어찌하여 자신의 용모로 화(化)해 계시는지 그 이유를 물을 필요도 없었다.

무신의 뜻이란 그야말로 신(神)의 뜻.

감히 범부로서 어찌 그의 뜻을 헤아리려 들겠는가.

이내 그의 가슴에 안도가 가득 차올랐다.

반드시 살아 계신다고 믿고 있었다.

조가대상회의 소검신이란 놈이 감히 무조님의 귀천을 운운했지만, 신령하신 무조께서 그렇게 쉽게 죽음을 맞이할 리가 없는 터.

"호들갑 떨지 말고 일어나라."

이에 사마유기가 꿇은 무릎을 풀지 않은 채 공손한 표정으로 그대로 고개만 들었다.

"이 모자란 소손이 감히 무조의 말씀을 경청하겠나이다."

"천무도해록을 내놓거라."

"예, 그리하도록 하겠…… 예?"

이미 그 무공이 신의 경지에 이른 무조께서 갑자기 천무도해록에 관심을 가지다니?

"내 확인할 것이 있느니라."

"아, 알겠습니다."

당황스러웠지만 이내 자신의 옷고름을 풀어 헤치는 사마유기.

곧 그가 상의를 모두 벗자 새하얀 천을 칭칭 동여맨 그의 상체가 한눈에 드러났다.

놀랍게도 그가 천무도해록을 자신의 몸에 지니고 있었던 것이다.

저 두껍고 거칠기 짝이 없는, 오래되어 그 냄새마저도 고약한 양피지 묶음을, 저렇게 상체에 칭칭 감고 다니는 것은 결코 쉬운 일이 아니었다.

"설마 평생토록 몸에 지니고 있었던 것이냐?"

감개무량한 표정으로 다시 깊게 엎드리는 사마유기.

"소손에게 맡겨진 업(業)이라 여기며 늘 소중히 품에 간직하고 있었나이다."

"허어, 미련한지고."

말이야 질책하고 있었으나 그 음성은 따뜻하기 그지없었다.

그렇게 무조께서 평생토록 짊어졌던 자신의 업을 알아주자, 사마유기는 왠지 눈시울이 붉어져 한 줄기 뜨거운 눈물이 흘러나왔다.

이내 두 손으로 공손히 천무도해록을 바치는 사마유기.

하지만 무신은 천무도해록을 받아 들자마자 갑자기 조휘의 육체를 내팽개치듯 영계로 돌아가 버렸다.

천무도해록을 손에 받아 든 채 황당한 얼굴을 하고 있는 조휘.

아니 이 어른이!

본인이 일을 저질렀으면 해결을 보고 가셔야지 지금 이 얄궂은 상황을 나보고 다 수습하라고?

이유야 어찌 되었든 갑자기 무신까지 연기해야 될 판국이다.

어쨌든 우여곡절 끝에 천무도해록을 득템했으니 재빨리 품 안에 수습하는 조휘.

한데 갑자기 그의 표정이 묘해졌다.

가만?

생각을 달리해 보니 이거 완전 개꿀 같은 상황이 아닌가?

조휘가 짐짓 근엄한 표정을 했다.

"내 묻고 싶은 것이 있느니."

"하문하시옵소서. 소손 무엇이든 대답을 올리겠나이다."

이내 분노 어린 기색으로 호통을 치는 조휘!

"내 오늘 친히 가문의 일을 살펴보았다! 한데 우리 사마가 맹(盟)의 하수인을 자처했더구나!"

순간 싯누렇게 뜬 얼굴로 장승처럼 굳어 버린 사마유기.

"평소에 우리 무신의 가문을 얼마나 알로 봤으면 감히 한낱 무림의 상회를 견제하는 일에 사마(司馬)를 쓰겠다는 흰소리를 늘어놓을 수가 있단 말이더냐!"

"무, 무조이시여! 그런 것이 아니오라……!"

"가알(喝)-!"

"무, 무조 어른!"

마치 오체투지라도 할 기세인 양 머리를 땅에 처박으며 이내 사시나무 떨리듯 몸을 떨고 있는 사마유기.

그 모습이 가히 애처로울 지경이었다.

"명하노니 당대의 가주를 이 사마천세의 앞에 대령하거라! 무원동에 있을 것이다!"

"존명!"

사마유기가 대경실색하며 유령과 같은 신법을 일으키며 사라졌다.

곧 사마유기가 아들의 목덜미를 잡아 끈 채로 처소에 나타났다.

얼마나 놀랐는지 사마유기는 아직도 벌렁거리는 가슴을 주체할 수 없었다.

다름 아닌 그 위대한 무조께서 사마(司馬)의 권위가 흠집이 난 것을 질책하고 계셨기 때문이다.

아들의 완강한 뜻에 의해 마지못해 허락하긴 했지만, 사실 자신도 마치 맹의 휘하에 들어가는 듯한 가문의 모양새가 마뜩치 않았던 상황.

평소에 그런 찝찝함이 있었기에 무조의 호통이 더욱 자신의 가슴을 짓누르고 있는 것이다.

조휘가 짐짓 눈을 부라리며 모가지 채 잡혀 온 사마강을 죽일 듯이 응시했다.

"네 녀석은 사마의 성을 갈고 싶은 것이냐?"

수마(睡魔)에서 아직 회복이 덜 된 사마강이 흐릿한 동공으로 두 명의 아버지를 번갈아 쳐다보다 인지 부조화를 일으키고 있었다.

대체 이게 무슨 상황?

눈치를 보던 사마유기가 그런 아들을 맹렬히 힐난했다.

"뭐 하는 것이냐! 어서 무릎을 꿇지 못할까!"

"아니 대관절 이게 무슨 상황입니까?"

"이놈이 그래도! 무조 어른이시다!"

"예?"

그제야 모든 상황이 이해된 듯 사마강의 머릿속에 번갯불이 튀었다.

허면 방금 전에 무원동에서 보았던 춤사위가 아버지의 것이 아니라 무조 어른의 오롯한 현신이었단 말인가!

곧 그의 눈에서 뜨거운 눈물이 줄기줄기 뿜어져 나왔다.

"흑흑! 무조이시여!"

무조는 모든 사마세가 사람들의 우상이자 신화.

그런 무조를 경원하고 흠모하는 사마강의 마음은 사마유기 못지않았다.

일순 악독한 빛으로 물드는 사마강의 얼굴.

감히 우화등선도 아닌 무신(武神)의 귀천(歸天)이라니!

역시 그 건방진 놈의 말을 믿는 것이 아니었다.

"내 묻고 있느니, 너는 진정 성을 갈고 싶은 것이더냐?"

"무조이시여, 그게 무슨 말씀……."

"닥쳐라 이놈! 감히 천하제일가의 가주 위(位)를 짊어진 자가 스스로 개처럼 기어가 맹을 주인 삼는단 말이더냐!"

사마유기가 아들을 죽일 듯이 노려보자, 사마강 역시 노래진 얼굴로 바닥에 엎드려 부복했다.

"게다가 그 이유란 것이 천마(天魔)도 아니고 절대빙인(絶對氷人)도 아닌, 고작 강호의 상회를 견제하기 위함이다? 허허! 천하제일? 거 개나 줘 버리거라!"

"무, 무조이시여!"

"아아! 소손 주, 죽을죄를 졌사옵니다!"

조휘가 더욱 거칠게 고함친다.

"그래! 죽을죄지! 하여 네놈들의 사마(司馬)를 내 손수 취하겠다! 족보는 어딨느냐? 아니지! 선조의 명성을 갉아먹기만 하는 이 미련한 놈들에게 무슨 세가(世家) 따위가 필요하단 말이냐! 아예 가문을 없애라!"

사마강이 너무나도 엄청난 충격을 받아 차마 말을 잇지 못하고 조휘의 바짓가랑이를 붙잡고 늘어졌다.

"으아아아…… 소손이 무조건 잘못했습니다! 죽으라면 한 치의 망설임도 없이 자진(自盡)하겠습니다! 하지만 제발 그 명만은 거둬 주십시오! 세가를 끝내라니요!"

사마유기도 다른 한쪽의 바짓가랑이를 부여잡았다.

"무조이시여! 제가 이놈을 잘못 키웠습니다! 차라리 소손의 목숨을 거둬 주시고 진노를 가라앉히소서!"

호오.

이토록 서로 죽겠다고 나서니 이제 슬슬 본색을 드러내 볼까?

"네놈들의 뜻이 정 그러하다면 내 손수 기회를 주겠다."

금세 얼굴이 환해지는 사마강.

"제가 어찌하면 되겠습니까?"

조휘가 의미심장하게 웃었다.

"사과하는 의미로 본 세가의 소가주를 조가대상회에 보내 서로 우의를 다지거라!"

56 章.

사마세가로부터 날아든 한 통의 전서구.

그렇게 무황은 사마세가의 가주인(家主印)이 선명하게 찍힌 서찰을 단숨에 읽어 내려가고 있었다.

지진을 만난 듯 흔들리는 눈빛.

"허어……."

이해가 되지 않았다.

아니, 이해를 할 수가 없었다.

불과 얼마 전까지만 해도 부맹주 직까지 요구해 오며 적극성을 드러내던 자들이 뜬금없이 단호한 거절의 의사를 보내온 것.

부맹주 직을 요구해 온 사마세가로 인해 이미 여러 차례 심도 깊은 회의가 이뤄졌었다.

그렇게 오랜 설득으로 겨우 만장일치의 의결을 이뤄 낸 마당.

한데 이제 와서 모든 일을 백지화하자니 이 무슨 얼토당토
않은 경우란 말인가!

무황은 또다시 머리가 지끈거려 왔다.

"한심한지고. 그 긴 세월 동안 봉문을 하더니 세상살이를
모두 잊어버렸단 말인가."

"그렇게 가벼이 여길 일이 아닙니다. 맹주님."

무림맹 군사부를 통할하고 있는 정파의 지낭(智囊), 총군
사 제갈찬휘가 진중한 음성을 보태고 있었다.

"비록 천하에 그 명성이 두텁다고는 하나 맹의 주기적인
배려로 겨우 봉문을 유지하는 자들이지 않은가!"

무황의 눈빛이 더욱 노기를 머금었다.

"그들이 봉문을 풀고 세상에 나선다 해도 사업장을 확보하
고 설치하는 일에 오랜 세월이 걸릴 거라는 것은 다름 아닌
자네의 의견이었네. 밑천이 일천한 그들로서는 무조건 맹과
손을 잡을 수밖에 없다고 주장한 것이 자네란 말일세. 한데
도대체 이게 무슨 경우란 말인가!"

사마세가가 맹의 손을 뿌리칠 수 없을 거라고 주장한 것은
확실히 자신이 맞았다.

하지만 제갈찬휘는 맹의 총군사로서 모든 경우의 수를 배
제할 수는 없었다.

그의 예상 안에는 사마세가가 거절절하는 변수도 분명히 존재했다.

"예상되는 세 가지 가능성이 있습니다."

무황이 겨우 노기를 가라앉히며 기다란 수염을 쓰다듬었다.

"말해 보시게."

"첫 번째는 그들이 그동안 엄청난 재력(財力)을 숨겨 왔을 가능성입니다."

무황은 이해할 수 없다는 눈치였다.

"그들에게 재물이 있었다면 그 오랜 시간 동안 맹이 보내 주는 물자에만 의지하며 고되게 살았을 리가 있겠는가?"

"사정이야 여러 가지 있을 수 있지요. 가법(家法)은 가문마다 모두 다르지 않습니까? 무신의 봉문령이 해제되면서 가문의 보물들을 매각할 수 있는 권리를 가주가 되찾았을 수도 있는 일입니다."

"으음……."

제갈찬휘가 예의 섭선을 펼쳐 들며 두 눈을 빛냈다.

"그들이 표면적으로야 조가대상회를 견제하는 맹의 대의(大義)에 동참하는 듯하지만 실상은 다시 세력을 떨칠 기반을 잡기 위함일 것입니다. 허나 가문에 숨겨 둔 재산이 있다면 말이 달라지지요. 천하제일(天下第一). 충분히 스스로 일어날 역량이 있는 자들입니다."

"두 번째는?"

"그들의 오랜 봉문이 애초에 거짓이었을 경우입니다. 봉문으로 힘겨운 사마세가는 단지 그들의 외견(外見)일 뿐이며, 이미 그들이 강호의 은막에서 모종의 일들을 도모하고 있었다면 굳이 저희와 협력할 필요성을 느끼지 못하겠지요."

만약 제갈찬휘의 두 번째 예상이 진실일 경우, 온 천하가 수백 년 동안 그들에게 속아 왔다는 말인 터.

무려 무신의 가문이 수백 년 동안 봉문으로 세상을 속이며 모종의 일을 꾸며 왔다?

그것은 진실로 무서운 예상이었다.

"세 번째는 또 뭔가?"

문득 제갈찬휘가 가늘게 한숨을 내쉬었다.

"세 번째는 앞선 두 예보다 더욱 생각하기 싫은 최악의 경우입니다."

의문의 얼굴로 고개가 모로 꺾여지는 무황.

재물을 숨겨 왔다는 첫 번째 예상은 차치하고서라도, 그들의 오랜 봉문이 거짓이었다는 예상보다 더욱 최악의 경우의 수가 존재할 수 있단 말인가?

"대관절 그 세 번째 예가 무엇이기에 가장 최악이란 말인가?"

"저희보다 앞선 포섭입니다. 소검신의 뛰어난 심계와 지략으로 미뤄 보아 충분히 가능성이 있는 일이지요."

"앞선 포섭? 그놈의?"

소검신 조휘.

그가 맹보다도 한발자국 앞서 사마세가를 포섭했다고?

"저희 맹(盟)과의 논의가 중간에서 틀어진 것으로 보아 그가 협상 도중에 끼어들었을 수도 있지요."

사마세가와 조가대상회의 합심(合心)이라!

그 말이 무엇을 뜻하는지 모를 정도로 무황은 결코 어리석지 않았다.

"조가대상회가 검신과 무신의 명성을 모두 취한단 말인가!"

제갈찬휘가 진중한 얼굴로 고개를 끄덕인다.

"네. 그래서 가장 두려운 예상이라 말씀드린 겁니다. 만약일이 그렇게 진행되고 있다면 저희 맹(盟)은 갈수록 존재감을 잃고 세력의 누수가 가속화될 것입니다."

"허어……!"

"결국 정파세력 전체가 조가대상회 중심으로 돌아가게 되겠지요. 그야말로 최악은, 구파(九派) 중에서 맹을 탈맹하고 그들의 휘하로 자처하는 문파가 나타날 경우입니다. 검신과 무신의 전설이 강호의 구심점이 된다면 구파의 검종(劍宗)들로서도 동요하지 않을 수가 없겠지요."

무황이 상상도 하기 싫다는 듯 두 눈을 질끈 감아 버렸다.

그 구파의 검종 중에 무당(武當)도 포함되기 때문이다.

"이런 치졸한……!"

한데 그런 그들의 음울한 예상이 현실로 이뤄지는 듯한 전조(前兆)가 나타났다.

145

"충! 긴급히 보고드리겠습니다!"

맹주의 집무실에 숨을 헐떡이며 들어선 이는 감찰교위 단백우!

무황이 놀란 눈으로 그를 맞이했다.

"그 처참한 몰골은 또 무어란 말인가?"

여정이 얼마나 고되었는지 그의 두 눈은 퀭하니 움푹 들어가 있었고 안색도 창백하기 그지없었다.

분명 몇 날 며칠 제대로 먹지도 자지도 못하고 맹성으로 쉼 없이 달려온 행색이었다.

"후우…… 급보를 전하기 위해 수하들을 수습하여 오지 않고 먼저 홀로 돌아왔습니다."

"말하게 어서!"

단백우가 그대로 바닥에 부복한다.

"소검신(小劍神)이 역체변용술을 익히고 있습니다."

"여, 역체변용술(易體變容術)?"

검신의 적전제자란 놈이 그 사마외도의 비열한 수법을 어찌?

"그자가 눈앞에서 제 모습으로 변하는 것을 똑똑히 보았습니다. 진정 소름이 돋을 정도로 정교한 역체변용술이었습니다."

역체변용술이란 익히기가 지극히 까다로워 마학(魔學)이라 불릴 정도였다.

그런 사파의 놀라운 기예를 소검신이 익히고 있다고?

그 말인즉 이제 그는 누구라도 될 수 있다는 의미였다.

"그, 그래서요? 그자가 감찰교위님으로 역용하고 무슨 짓을 한 겁니까!"

벌떡 일어나 단백우를 추궁하고 있는 제갈찬휘.

"그가 기이한 수법으로 제 육체를 구속시켰습니다. 처음에는 독(毒)이라고 생각했으나 시일이 흘러도 몸에 아무런 이상이 없는 것을 보니 그의 고유한 무공인 듯 여겨집니다. 한데……"

"한데?"

"그가 제 품의 명령서와 맹령이 담긴 서찰을 꺼내 그대로 사마세가에 잠입했습니다."

"으아아아아!"

웬만한 일로는 좀처럼 동요를 보이지 않는 제갈찬휘가 머리를 쥐어뜯으며 절규하고 있었다.

맹이 그들과 동맹을 자처해 놓고 뒤로는 일을 꾸미고 있었다는 사실을 기어코 알아내 버린 소검신.

그의 다음 행동 반경이야 불 보듯 뻔한 일이었다.

그가 맹의 행사를 도울 리 없었다. 분명 단백우 행세를 하며 온갖 방해를 늘어놓았을 것이다.

무황 역시 치부를 들킨 것마냥 그 얼굴을 수치스럽게 구겼다.

"그래서 일이 틀어진 거로군."

"하……"

무황과 제갈찬휘를 바라보는 단백우의 눈빛이 더욱 심상치 않았다.

"⋯⋯보고할 것이 또 하나 있습니다."

"어서 고하라!"

무황의 다급한 외침에 단백우가 잠시 우물쭈물하더니 힘겹게 다시 입을 열었다.

"무군의 마차가 조가대상회로 향한 듯 보입니다."

"무군(武君)?"

무군 사마중(司馬中)이라면 사마세가의 미래를 짊어질 소가주가 아니던가?

"예. 한데 그의 마차에 사마세가의 세가기 대신 백기(白旗)가 걸려 있었습니다."

"백기?"

백기가 의미하는 바는 단 두 가지, 항복하거나 사죄의 뜻을 나타낼 때다.

천하제일 사마세가가 백기를 세운 마차에 소가주를 전령으로 보낸다는 뜻이 뭐겠는가!

털썩.

생각하기도 싫었던 최악의 경우가 도래하자 결국 힘없이 주저앉고 마는 제갈찬휘.

무황도 신경질적으로 소리쳤다.

"이, 이런 우라질!"

끝장이다.

그렇지 않아도 강북의 검수들이 끊임없이 동요하고 있는

이 판국에 조가대상회가 사마세가의 백기를 받아들이고 이를 강호에 드러낸다?

더욱이 다른 오대세가의 후기지수들처럼 무군 역시 터줏대감마냥 조가대상회의 품에 안착하기라도 한다면?

무엇보다 맹에 배신감을 느끼고 있을 소검신이 어떤 행동을 해 올지 예상할 수 없다는 것이 가장 큰 문제다.

'설마!'

순간 제갈찬휘는 전율했다.

조가대상회와의 동맹을 천명해 놓고 뒤로는 수많은 견제 방안을 늘어놓았던 그 서찰을 강호에 까기라도 한다면?

더욱이 이번 일은 맹령이었음에, 무황의 권위가 땅에 떨어질 것은 불 보듯 뻔한 일이었다.

제갈찬휘의 두뇌가 맹렬히 회전하기 시작한다.

"이러고 있을 때가 아닙니다! 소검신이 다른 행동을 취하기 전에 한시라도 빨리 다른 방안을 모색해야 합니다!"

"무슨 묘책이 있겠는가?"

"조가대상회가 강호의 시선을 먼저 모으기 전에 무슨 짓이든 해야만 합니다! 무림대회를 개최하시죠! 비용이 얼마가 들든 무림 역사상 가장 성대한 무림대회를 열어서라도 모든 정파 세력의 시선을 맹으로 모아야 합니다! 그것으로도 안 된다면!"

"안 된다면?"

"모든 명분과 시선이 맹(盟)으로 향하도록 사천회와 쟁(爭)

이라도 벌여야 합니다!"

"허……!"

맹 내의 강경파들이 그토록 사마외도를 토벌하자고 주장
해 왔지만, 맹원들의 피를 함부로 흘릴 수 없다며 한사코 반
대하던 총군사였다.

그런 온건한 자가 서슴없이 전쟁을 말할 정도이니 무황은
전에 없이 심각한 표정이 되었다.

그만큼 총군사가 지금의 사안을 무겁게 보고 있다는 뜻이
기 때문.

허나 무황은 더욱 진중한 어조로 뇌까렸다.

"난(亂)은 함부로 일으킬 수 없네. 강호무림의 혼란은 마교
에게 발호(跋扈)의 빌미를 제공하는 일. 여우를 잡으려다 호
랑이를 깨울 수는 없지 않은가."

허나 제갈찬휘가 거칠게 고개를 가로젓는다.

"호랑이에게 물리기도 전에 집을 잃을 수가 있습니다. 저
는 마교보다도 조가대상회가 더욱 두렵습니다."

강남의 거대한 상권과 검신의 명성, 거기에 무신의 영광이
합쳐진 조가대상회란 가히 상상도 되지 않았다.

무엇보다 문제는 조가대상회의 그 소검신이라는 자가 무
인(武人)이라기보다 상인(商人)에 가까운 성향을 지니고 있
다는 것이었다.

지금까지의 무림 역사에 절대경의 무위를 이룬 자들 중에

서 소검신과 같은 성향을 지닌 자는 존재하지 않았다.

팔무좌의 고절한 경지에 이른 자가 이문으로 강호를 바라본다면 얼마나 무서운 일이 일어날지 제갈찬휘는 누구보다 잘 알고 있었다.

"무엇보다 그 약은 놈이 우리가 사천회를 치려 한다면 가만히 있겠는가? 사천회는 강서의 지척이지 않은가?"

"오롯한 맹의 싸움이라는 것을 확실하게 공표해야 합니다. 사전에 조가대상회의 개입을 철저히 막아야겠지요."

한데 그 순간.

이 모든 대화를 듣고 있던 단백우가 묘하게 입매를 비틀고 있었다.

그런 그의 기묘한 표정을 발견한 제갈찬휘가 잠시 당황했다.

대나무처럼 곧은 성정을 지닌 단백우가 이 절체절명의 와중에 저런 묘한 비웃음을?

한데 이어진 단백우의 음성이, 제갈찬휘의 뇌를 새하얗게 불태우고 말았다.

"거, 지랄들 하고 자빠지셨네요."

엎드려 부복하고 있던 그가 태연히 몸을 일으킨다.

"아무리 이해하려 들어도 도무지 이해를 할 수가 없어. 정파인들은 그 잘난 명예에 왜 그리 집착하지?"

멍하니 굳어 버린 무황과 제갈찬휘.

"아니 그렇잖아. 상대에게 해(害)를 끼칠 궁리를 하다 들키면 보통은 부끄러움이 먼저고 사죄가 당연한 것 아니야? 그런데 뭐 전쟁? 사람 목숨이 무슨 장난이야? 장난이냐고."

"누, 누구?"

순간 단백우(?)의 얼굴이 물결치며 소검신(小劍神)의 용모로 화한다.

"누구긴. 당신들이 그토록 괴롭히고 싶어 하는 소검신이지."

히죽.

눈앞에서 역체변용술이 현신하자 제갈찬휘는 그대로 주저앉고 말았다.

그야말로 상상도 할 수 없는 경지의 역체변용술!

수십 년간 단백우를 지켜본 자신들마저 이렇게 감쪽같이 속이는데 다른 자들의 눈을 속이는 건 얼마나 더 쉽겠는가?

조휘가 품 안의 서찰 뭉치들을 꺼내 그대로 무황과 제갈찬휘를 향해 뿌려 버렸다.

촤라라라락!

다시 조휘가 이죽거린다.

"보시다시피 맹령의 필사본이야. 맹성 바깥에 수천 장이 더 있다고. 그러니 수하들을 불러 날 어떻게 해볼 생각은 말아. 성도 전체에 방으로 붙여 버릴 테니까."

"워, 원하는 게 무엇입니까?"

제갈찬휘의 떨리는 음성이 조휘의 귓속으로 파고들었다.

조휘는 이미 생각해 온 요구를 태연하게 늘어놓았다.

"멸마비각의 완벽한 공유를 원해."

무황이 경악하여 눈을 크게 떴다.

"며, 멸마비각(滅魔秘閣)을?"

맹의 비밀 정보 조직인 멸마비각의 존재를 아는 것만으로도 놀라울 지경.

한데 그런 멸마비각의 정보를 공유해 달라고?

"말도 안 돼! 멸마비각은 천하의 정보가 모두 모이는 곳입니다! 조가대상회가 그만한 자격이 있다고 생각하십니까?"

조휘의 통명한 눈이 흩뿌려진 맹의 서찰들을 향했다.

"자격이야 만들면 되지. 내 생각에는 그런 자격이 차고도 넘치는 것 같은데."

저 서찰이 강호에 공개된다면 맹의 명성이 땅에 떨어질 것이 분명하지만, 그래도 멸마비각을 내어 주는 것은 차원이 다른 문제였다. 그만큼 무림맹의 가장 중요한 자산이라 할 수 있는 것이다.

"찾는 정보가 있다면 차라리 개방에 협조를 구하시게. 내친히 개방의 방주께 서찰을 보내 주겠네."

그 말에 조휘는 피식 웃어 버렸다.

그 잘난 개방 방주는 우리 조가대상회에 붙잡혀 있는데?

"개방의 정보를 믿으라고?"

정파세력의 당당한 일익(一翼)을 담당하고 있는 개방을 믿지 그럼 도대체 누굴 믿나?

문득 제갈찬휘가 섭선을 접으며 엄중한 목소리로 말했다.

"당장 서찰이 공개되건 말건 맹주께 더 이상의 하대(下待)는 용납할 수 없습니다. 그런 불손한 태도를 계속 유지하시겠다면 결국 당신은 이 자리에서 무림맹 전체를 상대해야 할 거요."

때 아닌 협박에 조휘가 이를 뿌득 갈았다.

개새끼들!

동맹의 뒤통수를 치려던 놈들이 이리도 뻔뻔하게 나오다니!

매섭게 눈을 빛내던 조휘는 하는 수 없이 분노의 마음을 조금씩 가라앉히며 호흡을 가다듬었다.

"무황께서야말로 정파의 거두(巨頭)이시니 제가 솔직하게 하나만 물어보죠."

조휘가 짓궂은 태를 벗고 갑자기 진중해지자 무황도 자세를 바로 고치며 기다란 수염을 쓰다듬었다.

"말해 보시게."

이어진 조휘의 돌직구.

"혹시 신좌(神座)라는 존재를 들어 보셨습니까?"

제갈찬휘는 고개를 갸웃거릴 뿐이었으나 무황만큼은 지극히 놀란 얼굴을 하고 있었다.

"……자네가 신좌를 어떻게?"

"오? 알고 계시다고요?"

역시 무황은 무황이다 이건가.

무황이 잠시 동안 진중한 얼굴로 골몰하더니 이내 제갈찬휘에게 축객령을 내렸다.

"총사께서는 잠시 자리를 비켜 주시게."

"아, 알겠습니다."

그렇게 제갈찬휘가 나가자 조휘는 무황의 맞은편 자리에 착석한 후 조용히 두 눈을 빛냈다.

"맹이 신좌의 존재를 의식하고 있었다는 건 정말 의외군요."

하지만 무황은 나직이 고개를 가로저을 뿐이었다.

"맹(盟)이 아닐세. 본 맹주만이 알고 있는 사실이지."

"그래요?"

조휘가 조가철검을 회탁에 올려놓은 후 옷매무새를 가다 듬으며 다시 입을 열었다.

"그럼 강호에 신좌가 출현할 시 그에 대한 대비책도 없겠 군요."

순간 무황이 허탈한 얼굴을 했다.

"신좌의 전설을 믿을 수조차도 없는 판국에 무슨 대비가 있을 수 있겠는가."

"전설이요?"

무황이 침중하게 고개를 끄덕였다.

"나도 맹의 비고에서 고대의 맹주셨던 천조 대협(天照大 俠) 일기를 우연히 발견하기 전까지는 그 존재조차 몰랐던 전 설일세. 게다가 그 내용이란 것도 너무나 터무니없어 수뇌들 에게 공개도 할 수가 없었네."

"그 천조 대협께서 남기신 일기의 내용을 말해 주실 수는 없는 겁니까?"

"으음……."

무황이 게슴츠레 눈을 반개하며 회상에 잠기는 듯했다.

"소싯적 천조 대협께서는 잠시 소림에 몸담은 적이 있었네. 한데 어느 날 놀라운 신인(神人)이 찾아와 소림의 보물을 내놓으라고 겁박했다더군. 더욱이 그자의 무공은 인간의 경지가 아니었네."

"으음."

왠지 자신이 아는 얘기를 하는 것 같아 조휘는 조금 무료한 표정을 했다.

"소림에게 '제석천의 법보'를 요구했던 놈을 말하는군요."

"아, 알고 있었단 말인가?"

고대 강호의 맹주셨던 천조 대협조차 함부로 떠벌릴 수 없어 평생의 비밀처럼 간직하고 있었던 이야기다.

그야말로 무림의 역사에서 가장 신비로운 이야기라 해도 무방한 전설을 그가 알고 있다고?

새파랗게 젊은 놈의 견문이라고는 도무지 믿을 수가 없었다.

이 소검신이란 놈은 도대체 어떻게 생겨 먹은 놈이란 말인가?

"그럼 말이 빠르겠군. 소림방장, 십팔나한, 그 전설적인 금강동인(金剛銅人)들, 심지어 속세와의 연을 완전히 끊은 무명의 고승들조차도 그에게는 역부족이었네. 모두 처참히 패퇴하고 말았지. 한데 그때 놀랍게도 소림의 심처에 몸을 숨기고 있던……."

"마신이 나섰죠."

"그래 그 마신이, 그 천마(天魔)가…… 좀 가만히 있어 보게!"

무황은 자꾸만 조휘가 맥을 끊자 짜증이 난 듯 미간을 찌푸리고 있었다.

"알고 있는 내용입니다. 생략해서 말씀해 주시죠. 제가 궁금한 것은 마신마저 패퇴한 그 이후의 이야기입니다. 그 후로 어떻게 되었죠?"

아니 그 마신이, 무려 천마(天魔)가 아무런 명성도 없는 무명의 무인에게 패퇴한 것이 가장 흥미롭고 충격적인 이야기다.

그걸 빼고 나면 사실 전설이랄 것도 없었다.

"아니 놀랍지도 않단 말인가? 마신이 패퇴했다는 것이?"

조휘가 피식 웃었다.

"신좌를 추종하는 가장 말단의 소동들도 삼신과 동수(同手)를 이루는 마당에 뭐가 충격적입니까."

일격에 무신을 죽음에 이르게 한 신적인 법술마저 직접 경험한 조휘였다.

"소동(小童)?"

"신좌의 인형 같은 놈들이죠. 저도 한 번 보기는 했는데 그 새끼들 악질 중의 악질입니다. 세상을 무슨 장난처럼 여겨요."

"시, 신좌와 연결된 존재들을 직접 보았다고?"

"네."

"허어……!"

신좌의 무리들을 직접 목도한 일은 그 전설적인 명성을 떨친 천조 대협의 일생에서도 가장 놀라운 경험이었다.

그 후 마침내 무림맹주에 오른 천조 대협은 비밀리에 신좌의 무리들을 추적해 왔고 그 일은 그가 평생토록 몰두한 일이었다.

이야기를 모두 들은 조휘가 결국 심드렁한 표정으로 턱을 쓰다듬었다.

"천조 대협 역시 별 수확은 없었네요."

그렇게 천조 대협은 평생을 바쳐 무명고수의 정체를 밝히려 노력했지만, 그가 얻은 정보라고는 신좌(神座)라는 단어와 그의 추종자들이 강호에 암약하고 있다는 것 외에는 사실 전무하다고 봐야 했다.

"그 후로 천조 대협께서는 맹의 비고에 손수 자신의 일기를 남겨 후대의 손에 당신의 숙제를 남기셨으나 사실 너무도 허황된 이야기라 역대 맹주들께서도 그리 신경을 쓰지 않았네. 나 역시 마찬가지의 상황이지."

"그래서 놀라셨군요."

무황이 신중하게 고개를 끄덕였다.

"인정하네. 천조 대협의 일기를 본 후로 신좌라는 단어를 듣는 것은 자네에게서가 유일했으니까."

무황이 솔직하게 자신이 알고 있는 비밀을 모두 드러내 주자, 조휘도 그의 성의에 진솔하게 답해 주었다.

"개방이 신좌의 추종자들에게 잠식된 것 같습니다."

"개, 개방이? 자, 잠식?"

개방은 구파일방.

그야말로 무림맹의 주춧돌이라 할 수 있는 한 축이었다.

"아직 정확한 것은 아니고요. 어쨌든 개방의 방주가 지하
상계를 일통한 비공일맥의 암상이었으니까요. 개방이 비공
일맥의 외견일 확률은 십중팔구에 가깝습니다."

"비공일맥(秘公一脈)!"

무황 역시 비공일맥의 존재를 확실히 알고 있는 듯했다.

"방주께서 비공일맥의 암상이라고? 그게 확실한 사실인가?"

비공일맥은 중원의 내로라하는 권력가들을 늘 괴롭혀 온
자들이다.

배제할 수도 없고 그렇다고 가까이해서도 안 되는 그야말
로 계륵과 같은 존재들.

역대 맹주들도 그런 지하상계와 철저하게 거리를 유지해
왔다.

그것은 무황 역시 마찬가지.

한데 개방이 비공일맥의 외견이라니?

"허튼소리면 경을 치를 게야!"

조휘가 씁쓸하게 웃었다.

"비록 제가 좀 치사하고 이기적이기는 해도 사기를 치는

놈은 아니지 않습니까."

때 아닌 조휘의 주제 파악에, 잠시 멍해졌다가 다시 신중한 표정으로 되돌아온 무황.

"대체 개방이 왜⋯⋯."

대관절 개방이 어떤 문파인가!

비록 세상에서 가장 낮은 자들이 뭉친 집단이라 하나, 협의와 정의를 향한 곧은 그들의 마음은 가히 의혈(義血)이라 부르기에 모자람이 없었다.

협의지도 하나만큼은 그 어떤 문파와 견주어도 손색이 없다 여겼거늘!

"뭔가 일이 잘못된 것이 틀림없네! 절대 그럴 위인들이 아니야!"

조휘가 오히려 고개를 끄덕였다.

"언제나 세상은 대가리, 수뇌가 문제죠. 방도들의 마음에야 어디 마(魔)가 있겠습니까."

"허⋯⋯."

무황은 조휘의 말에 반박할 수가 없다.

다수를 이끄는 자의 잘못된 선택과 변절.

그런 자들이 이 세상에 해악을 끼친 예는 수도 없이 많아, 굳이 책을 펼쳐 역사를 뒤질 필요도 없었다.

"문제는 개방으로 끝이 아닐 수도 있다는 거죠. 물경 십만 방도를 거느린 거대한 방파가 비공일맥의 외견이 될 수 있다면 다른 문파들이 깨끗하다고 그 누가 장담할 수 있겠습니까?"

그 위대한 불심(佛心)이, 그 고고한 태극(太極)이, 그 만개한 매화(梅花)가 모두 암상일 수도 있다니!

생각하기도 싫은 듯 무황이 정신없이 고개를 도리질 쳤다.

"과한 가정일세!"

"그저 가능성이 있다는 겁니다."

"허어⋯⋯!"

무황이 잠시 허탈하게 한숨을 내쉬더니 이내 의문을 드러냈다.

"한데, 그 비공일맥이 신좌의 무리들과는 또 무슨 관계가 있단 말인가?"

"그들이 현대의 문물⋯⋯ 아니, 오직 신좌만이 알고 있는 문물을 지니고 있습니다."

"신좌만이 알고 있는 문물?"

"예."

중원강호는 너무도 넓어 온갖 다양한 문물이 산재하는 곳.

전설의 신좌를 추종하는 무리들이 고유의 문물을 지니고 있다는 것은 그다지 놀라운 일이 아니었다.

당장 구파(九派)만 해도 지역적 특색이나 색다른 문물로 인해 문화적 차이가 존재하니까.

한데 이상한 것은 이 소검신이 '신좌의 문물'이라고 확정지어 말하는 태도였다.

그가 신좌의 문물을 어떻게 알아볼 수 있단 말인가?

하지만 소검신.

그가 이토록 신중하게 언급하고 있는 이상, 이제는 팔무좌에 이른 그의 주장을 아무리 무황이라 해도 허투루 넘길 수는 없는 노릇이었다.

그렇게 무황이 곰곰이 생각을 정리하다 별안간 눈을 빛냈다.

"내게 이런 황망한 이야기를 늘어놓는 이유가 뭔가?"

"제가 이런 얘기를 솔직하게 하지 않으면 계속 절 괴롭히실 것 아닙니까?"

조휘가 지친 듯이 후 하고 한숨을 내쉬다 마른 입술을 달싹였다.

"번지수를 잘못…… 아니 적어도 무황님의 무림맹은 제 적(敵)이 아니라고 말씀드리는 겁니다. 제게 명성이 쏠리는 것을 두려워하지 마십시오. 강북의 고수들이 동요하든 말든 전혀 제 관심 밖이니까."

"……."

조휘가 의자에 몸을 깊숙이 뉘이며 축 늘어졌다.

"꼬장꼬장한 어르신들의 등쌀에 못 이겨 어쩔 수 없이 이 짓을 하고 있긴 한데 저도 사람이라 조금 지쳐요. 애초에 그냥 잘 먹고 잘살고 싶은 것이 목표인 놈에게 이게 무슨 짓입니까?"

조휘가 조금은 알 수 없는 말을 늘어놓자 무황은 궁금증이 치밀었지만, 왠지 그런 그의 분위기에 압도되어 차마 입을 열

수가 없었다.

"그 전설의 신좌를 상대하는 것이 자네의 업(業)이란 말인가?"

"예. 빌어먹게도."

"허어!"

저 젊은 나이에 자신으로서도 상상조차 할 수 없는 목표를 필생의 업으로 삼은 소검신.

조휘는 어쩌면 간절한 마음으로 소리치고 있었다.

"그러니 제발 저 좀 도와주십시오. 맹(盟)이 도와주지 않으면 누가 절 도와주겠습니까."

무황은 왠지 그런 조휘의 처연한 얼굴을 바라본다.

마치 그 마음이 울부짖고 있는 듯한 모습.

순간 그는 지독히 부끄러웠다.

장강 이북의 절대자라는 자신으로서도 상상도 할 수 없는 업을 짊어진 젊은이에게 지금까지 무슨 짓을 해 왔단 말인가.

"그동안 미안하고 미안하이."

허허로운 얼굴로 조휘에게 손을 내미는 무황.

"그런 모습은 소검신에게 어울리지 않네. 어서 일어나게."

조휘가 얼떨떨한 표정으로 그의 손을 마주잡았다.

"아니 이렇게 갑자기?"

조휘를 향해 푸근하게 미소를 건네는 무황.

"우린 동맹이지 않은가."

이번에는 무신께서 몸져누우셨다.

돌아가며 병자 신세가 되는 것은 어쩌면 영계 존자들의 예정된 운명이었나 보다.

후손의 방을 뒤진 것도 그렇고 왠지 겁박한 모양새로 천무도해록을 빼앗듯 취한 마당이라 당연히 무신으로서는 부끄러운 마음이 들어 한시라도 빨리 영계로 돌아가고 싶었던 것이다.

한데 그런 잘못된 판단이 자신의 사마세가를 지옥으로 몰아넣는 결과를 낳고 말았다.

대관절 천하제일가의 백기 투항이라니!

사마유기에게 무신의 신위를 드러내고 그대로 조휘에게 그 몸을 맡긴다는 것은 고양이에게 생선을 맡기는 것에 다름이 아니었다.

그 짧은 시간 내에 조휘가 그런 놀라운 심계를 발휘할 줄은 무신으로서는 꿈도 꾸지 못했던 것.

제 이득을 챙기는 일에는 보통의 수완을 지닌 놈이 아닌 것이다.

그런 와중에서도 조가의 존자들이 심심하면 곁으로 다가와 낄낄거리며 고소해하니 그야말로 속이 뒤집어질 지경.

사마의 후손들이 조가에 백기로 투항을 하였으니 그들로서는 그 마음이 얼마나 시원하고 통쾌하겠는가?

-*제깟 사마 놈들이 아무리 천하제일이니 떠벌이고 다녀 봤자 우리 손(孫)에 비하면 달빛 아래 반딧불이라 할 수 있지! 낄낄!*

아무리 피도 눈물도 없는 패왕이니 해도 그래도 그 유명한 역사 속의 조 맹덕이다.

저리도 속이 좁은 자라는 것을 미리 알았더라면 애초에 진수(陳壽)의 위서(魏書)를 읽지도 않고 덮었을 것이다.

그렇게 무신이 몸져눕든 말든, 조가대상회의 총단 침소로 돌아온 조휘는 서둘러 양피지를 품에서 꺼내 들고 있었다.

양피지 꾸러미를 살피던 조휘가 가볍게 인상을 찌푸린다.

천무도해록이라는 거창한 명칭과는 어울리지 않게 여기저기 낡고 삭아 몇몇 장은 제대로 알아볼 수 없을 정도였다.

양피지처럼 동물의 가죽으로 만든 서책은 건조하고 서늘한 곳에 보관하는 것이 원칙이다.

적어도 반세기 동안은 사람의 체온과 땀에 노출되었으니 이 정도 형체를 유지하는 것만으로도 차라리 기적이라 할 수 있었다.

아무리 가문의 보물이 소중해도 그렇지!

이런 양피지 묶음을 무식하게 평생 동안 맨살에 칭칭 동여매고 다니다니, 도대체 생각이 있는 건가 없는 건가?

그런 사마유기의 무식하고 고지식한 성정에 이내 고개를 절레절레 내젓는 조휘.

어쨌든 조휘는 마음을 정갈하게 하고 조심스럽게 첫 장을 펼쳤다.

한데 그 첫 장부터가 그를 흥미롭게 만들었다.

양피지 속의 무수한 글귀는 틀림없는 '한글'.

한데 그 어투가 검총과 천마삼검의 석판 때와는 달리 진중하거나 자전적이지 않았다.

어딘가 모르게 고고하고 오만한 느낌.

그것은 마치 전혀 다른 사람이 쓴 글귀 같았다.

-전진교(全眞敎)의 도사들이 이 나를 천외(天外)로 인정하고 신(神)으로 모셨다. 이 내가 고작 삼청(三淸)의 현신(現身)이라…… 삼청은 애초에 실체가 없는 허상의 존재거늘, 감히 이 나를 그런 삼청에 비교하다니 어리석은 놈들.

어…….

고대의 무림인들이 검신 어른의 공(空)이나 마신 어른의 멸(滅)을 접했다면 충분히 신으로 여길 만하다.

그게 그리 욕할 일인가?

-하지만 제석천은 다르다. 그는 분명 실존하는 신격(神格). 예상하자면, 그는 이미 좌(座)들의 목소리를 듣고 끝내 부름을 받아 그들과 동격(同格)이 된 듯하다. 온 천하를 뒤져서라

도 그의 법보들을 찾아내 연구해야 한다. 반드시 이 나도 신격에 이르는 방법을 찾아낼 것이다.

조휘의 등줄기에서 소름이 돋았다.

이름 모를 신비인이 소림을 찾아와 제석천의 보물을 요구했던 일.

고대의 현대인이 신좌(神座)라는 것은 이로써 확실해졌다. 비로소 모든 인과가 명확해진 것이다.

-분명 그 당시 내 영혼을 관통했던 의식의 주체는 머나먼 우주에서 날아든 신격이 분명하다. 하지만 그 후 다시는 그 목소리가 들려오지 않았다. 나는 당시를 끊임없이 되새기며 같은 상황을 만들기 위해 노력했지만 끝내 그 무아(無我)의 끝자락에 펼쳤던 무공을 다시 펼칠 수가 없었다.

이 한 줄기 문장으로 조휘는 많은 것을 유추해 낼 수 있었다.

그가 어떤 특정 무공을 무아의 상태에서 펼쳐 보였을 때 머나먼 우주에서 어떤 목소리가 들려왔고, 본능적으로 신좌는 그 목소리의 주체가 신격(神格)이라는 것을 알아챈 것.

그 목소리가 그에게 운명처럼 다가가 평생을 집착하게 만든 것이다.

그가 들었던 목소리는 바로 '신좌에 이르라'.

사실 천마삼검의 석판에 적혀 있던 '신좌에 이르라'라는 글귀는 고대의 현대인이 조휘에게 전하려던 것이 아닌 그가 들었던 신격의 오롯한 음성을 그저 기록해 둔 것이었다.

그 메시지는 인간에게 지극한 홀황(惚慌)을 선사하며 이내 강렬한 갈망에 빠져들 수밖에 없다는 것이 이어진 그의 설명.

그 후로 더 이상은 글귀가 없었다.

그저 엄청난 점과 선, 도식으로 이뤄진, 그야말로 기하학적인 흩날림들.

그것은 그로서도 무아지경에서 우연히 펼칠 수 있었던 신의 경지를 다시금 되새기기 위한 처절한 몸부림이었다.

과연 그것은 무신 어른이 무해(無解)라 부를 만한 것이었다.

무공의 도식이라면 일련의 규칙성과 법칙이 반드시 존재하기 마련인데, 언뜻 봐서는 아무런 의미도 없는 낙서처럼 허망했다.

하지만 조휘는 그 무한한 도식들을 끝까지 의지견정하게 응시하고 있었다.

지금 자신이 바라보고 있는 것은 다름 아닌 머나먼 우주의 신격들조차 찬탄할 수밖에 없었던 놀라운 무공의 파편.

어쩌면 자신은 무림 역사상 가장 위대한 기연을 마주하고 있는 것일지도 몰랐다.

한데 어느 순간부터 조휘의 표정이 묘하게 변해 갔다.

이 무해(無解)를 고유의 무공으로 인식하기를 포기한 어느 순간.

공(空)의 무수한 점과.

세상을 짓이기는 멸(滅)의 도식이.

그 무해의 무리(武理)와 함께 어우러져 있다는 것을 마침내 깨달은 것이었다.

순간, 조휘의 두 눈!

화르르르르!

그것은 지금까지 전혀 볼 수 없었던 현상이었다.

왼쪽 눈은 검신의 새하얀 백화.

오른쪽 눈은 마신의 암자색 자화.

검천(劍天)과 천마(天魔)가 조휘의 육체에 동시에 현신한 것이다.

온몸이 작열하는 듯한 극한의 고통이 물밀듯이 밀려왔지만 조휘는 피가 나도록 이를 깨물었다.

이것은 자신의 의지로 비롯된 현상이 아니었다.

본능적으로 지금 이 순간을 놓친다면 모든 것이 수포가 된다는 것을 느끼고 있었기 때문이다.

그때, 천무동에서 눈에 담았던 무수한 점과 선, 도형들이 환상처럼 아스라이 시아로 나타나 양피지의 도식들과 어우러진다.

검천지경(劍天之境) 공공력(空空力).

천마지경(天魔之境) 마화멸(魔火滅).

무해지경(無解之境) 천무해(天武海).

무림 역사상 가장 위대한 세 무인의 오롯한 공능이 현신하여 이내 함께 춤사위를 벌인다.

조휘의 시야로 수없이 많은 도식이 별빛처럼 반짝이다 터지며 사그라져 갔다.

그러나 그 충격적이고 강렬한 고양감만큼은 그의 영혼에 화인처럼 각인되고 있었다.

순간 조휘는 천지(天地)를 관통하는 어떤 법칙을 느꼈다.

기기묘묘한 자연의 숨결이.

삼라만상을 아우르는 어떤 고결한 자아(自我)가.

그 무한한 정보들이 끊임없이 뇌리 속으로 밀려들어 왔다.

그것은 그 어떤 인세의 단어로도 표현할 수 없을 만큼 황홀하고 전율적인 전능감(全能感)이었다.

이어 그의 오롯한 의형지도(意形之道)가 해체되었다.

샅샅이 분해된 의념 조각들은 이내 전혀 다른 성질의 '무엇'으로 재구성되기 시작했다.

이 전율적인 힘을, 이 초월적인 능력을 조휘는 무엇이라 불러야 할지 감을 잡을 수 없었다.

하지만 그런 가공할 힘이 발휘된 것은 찰나에 불과했다.

여기서 조금만 더 손을 뻗으면, 시간만 좀 더 있었더라면 어떻게든 간신히 닿을 수 있을 것만 같았다.

그것은 마치 천 년 같은 '순간'.

조휘는 이내 환상을 마주한 것처럼 아스라한 느낌으로 허탈해했다.

그 순간.

-*그대는 신좌(神座)에 이를 수 없는 자.*

그것은 문자와 같은 체계적인 말의 형태가 아니었다.

마치 '어떤 의지'가 말이나 문자와 같은 체계를 거치지 않고 그대로 뇌 속으로 파고드는 듯한 기묘한 느낌.

이것이 고대 현대인이 언급했던 우주적 존재의 언령(言靈)이란 말인가!

한데 조금 이상하다.

그대는 신좌에 이를 수 없는 자?

아니 누구는 되고 누구는 안 돼?

조휘는 억울한 마음이 들어 곧바로 질문하고 싶었지만 인간의 목소리가 우주적 존재에 닿을 수 있을 리 만무.

그렇게 그가 허탈한 심정으로 굳어져 있을 때 그의 몸에 현신했던 삼신의 고절한 기운이 점차 안개처럼 흩어지기 시작했다.

"아아……!"

아련히 바스러지며 모든 것이 빠져나가는 느낌.

조휘는 고대의 현대인과 마찬가지로 자신 역시 이 홀황의 순간을 평생토록 그리워할 것이라는 것을 직감하고 있었다.

하지만 결국은 부질없이 모두 사라지고 말았다.

조휘가 우두커니 서서 멍하니 허공을 올려다보고 있었다.

잠시나마 자신은 신(神)이었다.

자연경 그 너머의 초월적 경지를 순간적으로 경험한 것.

의지만 일으키면 모든 것을 할 수 있을 것만 같은 방금 전의 전능감은 분명 인간의 그것이 아니었다.

이내 무서워진다.

그토록 갈망하더니 고대의 현대인은 결국 이런 경지를 이뤄 내고야 말았단 말인가.

-그리 허탈해할 필요는 없느니.

그 마음에 경이(驚異)가 느껴지는 검신 어른의 목소리였다.

조휘는 아직도 자신의 존재력까지 빠져나가 버린 듯한 허망한 심정에 정신을 가누지 못하고 있었다.

그 아련한 심정이란 사랑하는 여자와 이별을 했을 때의 한 백만 배, 천만 배쯤?

그렇게 아련히 사무치는 마음이 아직도 그 마음에 그득했기에 검신의 위로는 조휘에게 아무런 소용이 없었다.

이어진 조휘의 자조.

"왜 저는 좌(座)에 이를 자격이 없는 거죠?"

무엇보다 빡치는 것은 자신을 향한 우주적 존재의 저주.

고대의 현대인은 마치 신의 인정이라도 받은 듯 '신좌에 이르라'라는 우주적 언령에 열락과 쾌감으로 몸을 떨었다고 한다.

하지만 그런 우주적 존재가 왜 자신에게는 저주를 퍼붓고 사라졌단 말인가?

검신 어른 역시 한숨을 내쉬었다.

-*후우…… 신의 의지를 한낱 피류의 인간이 어찌 가늠할 수 있겠느냐?*

마신이 흥분한 듯 소리쳤다.

-*나는 지금 자연경 너머의 경지를 목도할 수 있었다는 것에 하늘에 감사를 드렸다! 방금 전의 네 경지는 우리 삼신(三神)을 아득히 능가하는 것! 그런 경지를 확인한 것만으로도 엄청난 수확이라 할 수 있거늘 왜 그리 의기소침한 것이냐!*

무신 역시 탄복한 듯한 음성으로 말했다.

-*무엇보다 신적인 존재의 의지를 확인한 것만으로도 놀랍지 않소? 무공만으로 신의 부름을 받을 수 있다니 지금도 나는 믿어지지가 않소이다. 지금까지 그 신좌를 두려워하면서도 도저히 믿을 수 없었거늘……*

검신 어른이 다시 입을 열었다.

-*무엇보다 대오(大悟)를 경험한 무인이 그 이전과 같은 경지일 리가 없다. 너는 스스로 달라졌다는 것을 눈치채지 못했느냐?*

"예? 제가 달라졌다구요?"

느낌은 평소와 그대로였다.

해체되었다가 다시 구성된 의념은 본래 자신의 의형지도가 분명했고, 그것은 방금 전의 전능감과는 완전히 거리가 멀었다.

-확인해 보거라!

-의형지도를 일으켜 보라! 어서!

한동안 조휘는 툴툴거리더니 하는 수 없이 의념을 구동했다.

"음?"

그렇게 다시금 현신한 의형지도.

조휘는 익숙한 감각 속에서도 뭔가가 달라져 있음을 인정하지 않을 수가 없었다.

"이, 이게 어떻게 된 거죠?"

화르르르르!

새하얗게 타오르는 좌안(左眼)!

암자색 귀화로 번들거리는 우안(右眼)!

의념을 구동하자 동시에 검천과 천마가 현신한 것이다.

전능감만큼은 방금 전과 같진 않았지만 분명 뭔가가 자신의 몸에 새겨져 있었다.

오로지 그에게 없는 것은 무해(無解).

그것은 고대의 현대인처럼 앞으로 그가 평생을 헤매일 이름이었다.

57 章.

57 章.

　조휘가 명상을 통해 자신의 새로운 경지에 적응하며 무공을 정리하고 있을 때 그의 집무실로 남궁장호와 장일룡이 함께 찾아왔다.

　깊은 명상에 잠겨 있는 조휘를 발견하며 잠시 당황했지만 사안이 사안이니만큼 하는 수 없이 그들은 인기척을 낼 수밖에 없었다.

　"흠."

　"조휘 형님?"

　조휘가 좌정한 채로 조용히 눈을 뜨며 장일룡을 올려다보았다.

"무슨 일이 생겼나?"

장일룡이 침중하게 고개를 끄덕인다.

"방주께서 이레 전부터 형님이 돌아오시기만을 기다리고 계셨수."

"이레?"

이레면 자신이 사마세가로 출발한 지 얼마 되지 않은 시점.

결국 취선개는 생각을 정리할 것도 없다는 듯 빠른 결단을 내린 것이다.

"오케이. 데려와."

"오케이? 그게 무슨 말이우?"

"……."

무림 세계로 떨어진 지 벌써 십여 년 가까이 흘렀지만 시시때때로 튀어나오는 이 현대 어투는 도무지 고쳐질 기미가 보이지 않는다.

이제는 정말 작정하고 의식하여 고칠 때가 되었다.

"아무것도 아니야. 어서 그를 데려와."

"알겠수 형님."

장일룡이 취선개를 데려오기 위해 집무실 밖으로 나서자, 남궁장호가 자리에 앉으며 침중하게 얼굴을 굳혔다.

"할 말이 있다."

"음? 남궁 형은 또 왜?"

남궁장호의 얼굴은 치욕스러운 감정을 숨기지 못하고 있

었다.

"조가대상회를 내사(內事)하던 중 혹시나 싶어 본가도 살펴보았다."

남궁세가는 수백 년 역사를 지닌 그야말로 무림의 명가.

가솔들을 단속하는 일이야 그들이 어련히 알아서 잘하겠거니 싶어, 평소 조휘는 남궁장호나 가주 남궁수에게 별다른 당부를 하지 않았었다.

"흠. 남궁세가의 소검주가 그런 판단을 내렸다면 뭔가 이유가 있겠지. 그런데?"

"……원로 몇몇이 종적을 감췄다."

"뭐?"

남궁세가의 원로원이라면 조휘로서도 그 인연이 각별하다.

애초에 자신이 남궁세가와 인연을 맺을 수 있었던 것 자체부터가 창천담로원 어르신들과의 인연으로 비롯된 일.

"아니 당장 나부터 믿을 수 없겠는데? 담로원의 어르신들치고 청정(淸淨)하지 않은 분이 없으신데 내사가 착수되자마자 종적을 감추셨다고?"

"그래. 그 때문에 본가의 분위기가 말이 아니다."

세가기 내사에 돌입되자마자 종적을 감췄다는 것. 그것이 의미하는 바야 뻔했다.

오랜 간자(間者)이거나 혹은 부패(腐敗)한 자이거나.

"남궁 형, 섣불리 가문의 어르신들을 간자로 단정 짓지는

마. 일단 담로원으로 드나들던 자금 흐름부터."

"이미 담로원의 출납 기록 전체를 내사 중이다."

허나 조휘는 참을 수 없는 의문이 하나 있었다.

"남궁성찬 어르신은…… 아니지……?"

다행스럽게도 남궁장호의 고개가 끄덕여졌다.

"담로원주님과는 무관한 일로 보인다."

조휘는 내심 정말 다행이라고 생각했다.

창천검선은 가주이신 남궁수와 더불어 자신이 남궁세가에서 가장 존경하는 어른.

그렇게 존경하는 어른이 갑자기 추락하는 모습을 보게 된다면 조휘로서도 견디기가 힘들 것이다.

조휘가 푸근하게 웃었다.

"대(大)남궁(南宮)이잖아. 창천의 푸름을 이렇게 나도 믿고 있는데 소검주는 당연히 믿어야지."

그런 조휘의 위로에 축 처져 있던 남궁장호의 어깨가 조금은 펴졌다.

그는 왠지 눈시울이 붉어질 것만 같아 고개를 돌린 채 자리에서 일어났다.

"내사가 모두 마무리되면 다시 오겠다."

"어. 믿어."

가볍게 툭 하고 뱉는 듯한 조휘의 어조였으나, 그것은 남궁장호에게 말할 수 없는 감동으로 다가갔다.

아! 이런 것이 바로 수하의 기쁨이란 건가?

그렇게 남궁장호가 상기된 얼굴로 집무실을 빠져나간 후, 얼마 지나지 않아 장일룡과 취선개가 도착했다.

장일룡이 눈짓하자 취선개가 굳은 얼굴로 조휘의 맞은편 자리에 앉았다.

"먼저 묻고 싶은 것이 있습니다."

조휘의 정중한 태도.

무림맹과 진정한 동맹으로 맺어진 이상 맹의 거두인 취선 개를 더 이상 허투루 대할 수가 없는 것이다.

"말씀하시오."

취선개 역시 조휘를 세력의 종주이자 검신의 적전제자로 인정한 듯 진중하게 예를 다하고 있었다.

"개방은 비록 세상에서 가장 낮은 자들이 뭉친 곳이라 하나, 그들이 세운 뜻만큼은 협의과 기개로 가득하다는 것을 온 천하가 그렇게 믿고 있습니다."

전과는 결이 다른 조휘의 태도에 취선개는 어리둥절한 얼굴로 두 눈만 껌뻑이고 있었다.

하지만 그는 이내 회한 서린 얼굴이 되어 버렸다.

그다음 이어질 조휘의 말을 이미 예상하고 있었기 때문이다.

조휘가 이내 품 안에서 서류를 빼어 들었다.

"이건 취선개의 삶을 모두 기록해 놓은 정보입니다. 야접 에게 꽤 비싸게 사들인 정보죠."

"……."

"여기에 적혀 있는 취선개의 삶은 과연 그 별호에 선(仙)이 들어갈 만한 인생이었습니다. 행적 하나하나가 모두 올곧은 협의와 정의였죠. 저는 그 유명한 야접이 한 사람의 인생을 가공(加工)했다고는 생각지 않습니다."

조휘의 두 눈이 더욱 진중한 빛을 발했다.

"……왜 그랬습니까?"

그것은 개방의 방주를 구금하고 있는 패자(覇者)로서가 아니라, 강호의 후배로서의 진심 어린 물음이었다.

조휘는 개방의 방주라는 고결한 자가 어찌하여 비공일맥의 개가 되길 자처했는지 그 동기가 너무도 궁금했던 것.

설마 물욕은 아니겠지?

개방의 거지(乞)들은 굶주림과 떠돌이의 삶 속에서 궁극의 진리를 구하는 자들.

어떤 측면에서는 도인과 비슷하다 할 수 있는 그들이, 한낱 재물에 혹한다는 것은 있을 수 없는 일이다.

또한 정보를 다루는 그들의 특성상, 만약 재물을 모으려 작정했다면 천하에서 가장 부자 집단이 될 수도 있는 것이 바로 개방이었다.

한데, 취선개의 대답은 조휘로서도 뜻밖이었다.

"사랑하는 여인이 있었소."

"예? 여인이요?"

"겨우내 홀로 외롭게 버티다 봄꽃처럼 다가온 그녀를 오랜 세월 사무치도록 그리워했었소. 하루라도 술에 취하지 않으면 도저히 견딜 수 없을 만큼."

조휘가 묵묵하게 고개를 끄덕였다.

그의 별호에 왜 취할 취(醉) 자가 새겨져 있는지 유추할 수 있는 대답이었다.

"그렇게 십여 년을 술로 그리워하다 그녀를 다시 만났소. 그리고 그녀는 내 뜨거운 진심에 마침내 화답을 해 주었소. 그건 마치 세상을 다 얻은 기분이었소."

명석한 조휘의 두뇌는 그 후로 일이 어떻게 흘러갔는지 가볍게 예상할 수 있었다.

"하, 고작 미인계(美人計)에 당하신 거라고요?"

"……그대는 아직 연심을 모르는군. 함부로 말하지 마시오. 연모하는 사람의 감정이란 그리 간단치 않소이다."

취선개는 이내 두 눈을 감으며 입술을 깨물다 온몸을 부르르 떨었다.

"일이 잘못되었다는 것을 깨달았을 때, 이미 내 영혼은 그녀에게 귀속되어 있었소. 결국 그렇게 그녀의 손에 이끌려 암상들의 대회합(大會合) 자리에 나서고 말았지. 그 후로는……."

차마 말을 잇기가 힘든 듯 그는 이내 굳게 입을 다물고 말았다.

조휘는 그가 다시 입을 열기를 한참이나 기다려 주었다.

취조의 기본은 상대의 마음을 해체하는 것.

그가 격정적인 감정의 동요를 보인 이상, 결국 그는 자신의 모든 것을 드러내며 협조할 것이 분명했다.

조휘의 그런 예상은 과연 적중했다.

"어쨌든 당신이 이 취선개로 살며 비공일맥에 잠입을 시도할 것이라면 한시라도 서둘러야 될 거요. 만약 그녀가 일이 잘못되었음을 인지한다면 모든 것이 끝장이니까."

조휘가 의문을 드러냈다.

"왜죠?"

"그녀는…… 나와 동침하며 내 몸에 은밀히 고독(蠱毒)을 심었소."

"하?"

와, 진짜 개 같은 년일세?

미인계야 상부의 지시로 어쩔 수 없었다지만, 그래도 영혼 바쳐 자신을 사랑해 준 사내에게 고독을?

"물론 개방의 방주라는 위치의 암상(暗商)은 그들에게도 희소성이 남다른지라 함부로 죽이진 않을 것이오. 하나 변절이 확인된다면 이야기가 달라지지. 필시 내 몸속의 고독을 터뜨릴 것이 분명하오."

그제야 조휘는 그의 모든 것이 이해가 되었다.

그 고고한 취선개가 자신의 제자까지 암상으로 엮었다는 것이 가장 이상한 일이었는데, 그 미친년이 그의 몸속에 고독을 심어 협박했다면 말이 달라지는 것이다.

조휘가 침중한 기색으로 생각에 잠기다 문득 눈을 빛냈다.

"기회가 닿는다면 그녀를 죽여도 되겠습니까?"

그냥 두면 그 명이 다할 때까지 강호무림을 어지럽힐 여인 이었다.

조휘는 반드시 그녀를 징치하고 싶었다.

한데 의외로 취선개의 고개가 끄덕여졌다.

"부디 고통 없이 죽여 주시오."

그의 각오는 대단했다.

영혼을 바쳐 사랑했지만 동시에 그녀를 얼마나 저주하고 있는지 느낄 수 있는 대목.

"좋습니다. 내일부터 제가 선배님의 모든 것을 취할 것입 니다. 모쪼록 잠을 많이 자 두시지요."

"그리하리다."

자리를 털고 일어나려던 취선개를 조휘가 다시금 불러 세 웠다.

"참, 그 여인의 이름이 뭐죠?"

"춘선이라는 밀명(密名)을 지닌 여인이오. 실제 이름이나 성은 아는 바가 없소."

그 암호명이 춘선(春燔)이라…….

직역을 해 보니 '봄의 꼬드김'.

그야말로 노골적인 암호명에, 순간 조휘는 실소가 흘러나왔다.

"평생 술에 취할 만하십니다."

사랑하는 여인에게서 춘선이라는 암호명을 듣는 순간, 그는 얼마나 자괴감과 수치심에 몸을 떨었을까?

그 엿 같은 심정이 어느 정도일지 조휘는 감히 상상도 되지 않았다.

"그리고 그 고독(蠱毒)은 제가 지금 바로 없애 드리겠습니다."

조휘가 의념을 일으켜 그의 체내를 탐색하려 하자 취선개가 기겁을 하며 고개를 도리질했다.

"불가(不可)! 고독이 사라지면 그녀가 곧바로 감지할 수 있소! 이를 상부에 보고할 것이 분명한데 허면 당신의 잠입은 수포로 돌아갈 것이오!"

"음……."

조휘가 한 차례 신음을 흘리다 이내 고개를 끄덕였다.

"좋습니다. 일이 마무리되면 제거해 드리도록 하죠."

"고맙소……."

그렇게 취선개가 자신의 처소에 돌아가자, 조휘가 금방 강력한 의념을 너르게 펼쳐 조가대상회 총단 전체를 탐색하기 시작했다.

마침내 흐릿한 미소를 머금던 그가 홀연히 사라졌다.

스팟!

빨래를 널고 있던 한설현(?)이 갑자기 눈앞에 조휘가 나타나자 황망한 얼굴로 깜짝 놀라고 있었다.

조휘의 입매가 기이하게 비틀린다.

"야, 아직 포기를 못 했냐?"

"가가? 갑자기 웬 황망한 말씀이세요?"

"개수작 그만 부리고 한 소저 얼굴 풀어라."

"가, 가가께서 이렇게 예의를 모르시는 분일 줄은 정말 모, 몰랐네요."

순간, 조휘의 두 눈이 기이한 이채를 발하더니 광대무변한 의념, 그 무한한 힘이 뭉게뭉게 피어오르기 시작했다.

도무지 상상도 할 수 없는 거대한 의념의 기운에 한설현(?)이 기겁을 하며 얼굴이 새파래졌다.

"아, 아이씨! 알았어! 알겠다고!"

입술을 삐죽이며 본래의 얼굴로 돌아오는 천변혈후 백화린.

하지만 사실은 저게 본래의 얼굴인지도 장담할 수 없었다.

피식 웃음이 터져 나오고 마는 조휘.

"너 때문에 내가 의념을 항시 구동하고 산다. 빙령(氷靈)을 몸에 두르기 전에는 어림도 없으니 이제 한 소저 행세는 포기하시지?"

"싯팔 알았다니까! 겁나 짜증 나!"

갑자기 조휘가 진중한 얼굴이 되었다.

"너 나하고 일 하나 같이 할래?"

"일? 무슨 일?"

토라졌던 것도 잠시, 금방 커다란 눈알을 반짝이고 있는 백화린.

"불쌍한 한 사내를 구제하는 일이지."

"싯팔, 내 인생이 가장 불쌍한데 누가 누굴 구해?"

"그다지 불쌍해 보이진 않는데?"

백화린이 뾰족한 음성을 내질렀다.

"당신이 내 구질구질했던 과거를 알아?"

"구구절절 과거 없는 사람이 누가 있나? 어쨌든 나랑 같이 일을 할 거야 말 거야?"

"무슨 일인데? 들어나 볼게."

조휘가 의미심장하게 웃었다.

"지하상계."

"에에엑?"

사파를 자처하는 강호인들에게는 불문율처럼 지켜야만 하는 몸가짐이 있었다.

바로 지하상계와 은원을 맺지 말라는 것!

지하상계의 암상들에게 대적한다는 것은 그야말로 목숨을 걸어야 하는 일에 다름이 아니었다.

"설마 지하상계에 같이 잠입하자는 건 아니겠지?"

"맞는데?"

"미친! 안 해! 절대 못 해!"

백화린은 마치 소금이라도 뿌릴 기세인 양 미친 듯이 고개를 도리질하고 있었다.

"사례라면 넉넉하게 하지."

"야! 내가 돈 따위에 흔들릴 거라고 생각해?"

미친년.

천변혈후에게 홀려 가산을 탕진한 사내들을 줄로 세우면 이 너른 포양호를 빙 두를 수 있다는 소문이 파다하거늘.

"그럼 원하는 게 뭔데?"

백화린이 망설임 없이 손가락으로 조휘를 가리켰다.

"너?"

"쓰읍! 안 돼."

조휘가 그렇게 한 차례 눈을 부라리더니 음흉하게 웃었다.

"대신 나 따위와는 비교도 되지 않는 미남자를 소개시켜 주지."

"지, 진짜?"

"그래. 아마 개안(開眼)을 경험할 거다. 지금까지 그 사내보다 잘생긴 사내를 본 적이 없다."

"어느 정도야?"

"그냥 끝이야. 잘생김의 끝. 천상의 미남자라고 할까? 게다가 숫총각이지."

"헉……!"

숫총각이라는 말에 결국 백화린은 눈이 돌아 버렸다.

"내가 연기해야 될 년이 누군데?"

"춘선(春燭)."

백화린의 표정이 묘하게 일그러진다.

"별호 한번 좆같은 년이네?"

◆ ◈ ◆

천마신교(天魔神敎).

신녀궁(神女宮).

신녀는 만마 위에 군림하는 마신상(魔神像)의 전면에서 지극한 종복의 자세로 엎드려 있었다.

그녀는 새하얀 능라의를 걸치고 있었지만 너무나도 얇디얇아 결국은 속살이 다 비쳐 드러난 모습이었다.

오히려 나신보다 더욱 뇌쇄적인 모습.

그런 신녀의 주위로 수많은 신녀궁의 여종(女從)들이 둘러싸 쉴 새 없이 주문을 외고 있었다.

오늘은 다름 아닌 월음의 마력이 가득 차올라 광명신의 신언(神言)이 강림하는 날.

신의 오롯한 목소리를 들을 수 있는 존재는 오직 선택받은 신녀뿐이니, 그녀를 경배하며 축원하는 것은 신녀궁의 여종들에게는 당연히 마음속으로부터 우러나오는 경이(驚異)였다.

한데, 그런 위대한 신녀가 오늘은 조금 달랐다.

늘 경건한 표정으로 엄숙히 신언의 강림을 기다렸던 평소와는 달리, 그 표정에 지극한 당혹과 두려움이 쉼 없이 교차되고 있었다.

신녀궁의 여종들로서도 그런 신녀의 동요하는 모습을 보는 것은 처음 있는 일.

신녀의 강건하고 흔들림 없는 성정을 누구보다 잘 알고 있는 그녀들이었기에, 일이 뭔가 심상치 않게 돌아가고 있음을 모두 본능적으로 느끼고 있었다.

그렇게 긴장된 시간을 뒤로하고 마침내 신녀가 고운 눈을 번쩍 떴다.

곧 그녀가 여종들의 우두머리인 이소여(李小麗)를 엄숙히 불렀다.

"너는 비록 신언을 받들 자질이 없어 신녀에 이를 수는 없겠으나 지금으로선 어쩔 수 없느니. 오늘부로 너는 본 녀의 자리를 잇거라. 네 너를 마후(魔后)에 봉할 것이다."

이소여는 지극히 당혹한 얼굴을 했다.

"가, 감히 이 미천한 종복이 어찌 신녀님의 고귀한 책무를 이을 수 있겠나이까!"

신녀가 오연하게 고개를 끄덕인다.

"맞다. 너는 미천하다. 하지만 어쩔 수가 없구나. 지금은 너만 한 아이조차 없으니."

"신녀이시여! 외람되오나 갑자기 그런 명을 내리시는 연유를 알 수 있겠나이까?"

그 순간 엄혹한 표정으로 굳어 버린 신녀.

"오늘 본 녀의 성화(聖火)는 승천한다. 이 미천한 종복의 혼을 광명께서 거둬 가시겠다는구나."

"예?"

"신녀님!"

신교의 교도들에게 있어서 성화의 승천이 의미하는 바는 죽음.

당연히 여종들의 동요는 엄청났다.

신녀의 죽음이라니!

그것은 있어서도 있을 수도 없는 일이었다.

신교의 교주인 천마 바로 아래의 권력과 위세를 지닌 존재가 바로 신녀이며, 교도들에 대한 영향력만큼은 천마와 대등하다고도 말할 수 있는 존재!

그야말로 신교의 정체성 자체가 흔들리는 일에 다름이 아니었다.

그 순간, 신녀궁 전체가 엄청난 마기로 휩싸였다.

신녀궁의 회랑을 천천히 걸어오는 마의 노인.

그야말로 숨조차 쉴 수 없는 거대한 마기의 폭풍 그 자체였다.

그런 산악(山岳)의 무게만큼이나 강렬한 마기의 압박감에, 그의 발소리가 들려올 때마다 여종들의 심장도 함께 거칠게 요동친다.

저벅저벅.

그는 신교의 제례를 담당하는 대제사장이요, 사실상 지금까지 천마의 위계를 대리해 온 혁련강.

정파의 팔무좌와 비견되는 사파의 사패황이며, 그들 중에서도 천하제일인 자하검성 단천양에 맞설 수 있는 유일한 마인으로 여겨지는 존재.

그가 바로 현 천마신교를 사실상 이끄는 절대마인 암천마(暗天魔)였다.

신녀궁의 여종들은 믿을 수 없었다.

신녀는 신교의 교도들에게 있어서 신성(神聖)이다.

한데 그런 신녀가 현신해 있는 신녀궁을 방문하면서 저런 악랄하고 가공한 마기를 일으키다니!

한데 놀랍게도 신녀궁을 방문한 자들은 그가 전부가 아니었다.

사실상의 부교주라 할 수 있는 마령주(魔令主)와 육대주교(六代主教), 팔마좌사(八魔左士) 등 그야말로 신교의 핵심이라 할 수 있는 존성들이 모두 신녀궁에 들고 있는 것이었다.

더욱이 그들 역시 마찬가지로 지독한 마기와 살기를 가득 뿜어내고 있었다.

그제야 신녀는 암천마 혁련강이 신교를 완벽히 장악하고 있다는 것을 뼈저리게 실감해야만 했다.

누구보다도 천마신교의 전통과 율법을 지켜 내자고 주창해 온 그 온건한 명존좌사마저 저들 무리에 끼어 있으니 그녀의 충격은 이루 말할 수가 없었다.

"끝끝내 그대들은 성화(聖火)를 부정하고 그 삿되고 더러운 욕망을 앞세울 생각이었나요?"

신녀의 질문에 암천마 혁련강이 무료한 얼굴로 대답했다.

"성화의 뜻을 부정하는 것이 아니지."

혁련강이 자신의 뒤에 시립해 있는 수많은 존성들을 시선으로 훑으며 확고한 어조로 말했다.

"더 이상 우리 위대한 신교가 한낱 여인의 세 치 혀에 놀아날 수 없다는 것. 그것이 여기 모인 존성들의 뜻이다."

그런 그의 대답에 신녀의 두 눈이 화등잔만 하게 떠졌다.

"설마 그대는 이 신녀궁을……!"

혁련강은 굳이 부정하지 않았다.

"그래. 본 좌는 오늘부로 신녀궁을 신교에서 도려낼 것이다."

"아아……!"

신녀는 창백한 얼굴로 그 자리에 주저앉아 버렸다.

애초에 이소여로 하여금 자신의 뜻과 책무를 잇게 하려는 의지조차 의미 없는 몸부림에 불과했던 것.

지금 저 무도한 사내는 신녀궁 자체를 멸살하려는 것이었다.

"당신은 진정 광명(光明)의 분노를 감당할 자신이 있는 건가요?"

혁련강이 이죽거리며 실소를 머금었다.

"천하에 뻗어 있던 교도들을 가두어, 이 신강을 지옥으로 만든 네년이 감히 지금 분노를 운운하는가?"

"그것은 천마님의 뜻……!"

"하! 천마(天魔)?"

혁련강이 음침한 눈을 빛내며 성대를 긁는 듯한 거친 음성을 토해 냈다.

"마령주, 그대가 말해 보라."

그의 뒤편에 시립해 있던 마령주가 극도의 살기를 드러내며 입을 열었다.

"그자는 흑천련을 쫓아내고 강서성을 차지한 조가대상회라는 상회의 우두머리이오. 최근 그들은 개파대전을 열어 세력을 천명했으며 또한 무림맹과 동맹을 선언했소."

혁련강의 이글거리는 시선이 다시 신녀에게 쏘아졌다.

"그놈은 무려 검신의 적전제자라는군. 그 별호 역시 소검신(小劍神). 그 잘난 신언이 깃든 입으로 다시 말해 보라. 그는 천마인가?"

검신은 그 옛날 암흑마교를 단신으로 무너뜨린 자다.

그런 암흑마교와 뿌리를 같이하는 신교였기에, 그야말로 검신은 마(魔)의 종주를 자처하는 신교에게 있어서 생사대적이라 할 수 있는 존재.

그런 검신의 적전제자인 소검신은 신교 최대의 숙적이라 해도 무방한 것이다.

"그렇다 해도 그 모두가 광명성화(光明聖火)의 뜻이에요."

"뭐라?"

혁련강은 그 눈빛만으로 신녀를 죽일 듯이 노려보고 있었다.

"그 옛날 수없는 존성들을 주살한 검신의 후예를 천마로 모시는 것이 광명성화의 뜻이다? 신녀가 아니라 미친년이었 군. 모두 보아라!"

혁련강이 신녀궁에 모인 존성들에게 거칠게 소리치고 있 었다.

"저 요설(妖舌)이 본 신교를 수백 년간 유린해 온 신성이라 는 이름의 실체다! 과연 저것이 만마 위에 군림하시는 마신의 광명이란 말인가!"

고오오오-

그의 전신에 서려 있던 마기가 폭풍과도 같은 기세를 일으 켜 온 신녀궁을 덮쳐 가고 있었다.

"수백 년 동안 본 신교를 농락해 온 이 간악한 계집들의 혼 을 모두 불사를 것이다!"

신녀가 모든 것을 포기한 듯 바닥에 몸을 뉘였다.

"그대들에게 저주가 내려질 것이니."

이내 허망한 동공으로 신녀궁의 천장을 응시하며 작게 읊 조리는 신녀.

"신언의 언로(言路)를 닫아 버린 종들이여…… 결국 그대 들의 영혼은 만마의 불꽃으로 억겁토록 불타리라……."

이내 흉포한 마기가 그녀의 전신을 휘감자.

그녀의 육체가 혈풍을 일으키며 산산조각 허망하게 비산했다.

이어 신녀궁에 간살(姦殺)의 축제가 벌어진다.

마신을 경배해 온 신교의 역사 속에서 최초로 신녀(神女)가 살해된 날.

끼아아악!

여종들의 비명 소리와 함께 아득한 어둠이 밀려와 천마신교의 성채에 짙게 드리워졌다.

◆ ◈ ◆

사천회(邪天會) 총단(總團).

집무실의 창밖으로 후원을 바라보고 있는 사황(邪皇)의 귓가로 은밀한 전음성 하나가 날아들었다.

〈충(忠). 시간을 방해해서 죄송합니다. 잠시 들어가도 되겠습니까?〉

그의 귓가로 날아든 전음성은 다름 아닌 사천회의 이인자라 할 수 있는 밀사검주(密邪劍主)의 음성.

그를 보는 것은 일 년에 손에 꼽을 정도였다.

그 정도로 폐관 수련에 미쳐 사는 순수한 무공광인 밀사검주였기에 사황의 두 눈이 가벼운 이채로 감돌았다.

"들어오라."

사황의 명이 떨어지기가 무섭게 기다렸다는 듯 밀사검주가 집무실로 들어왔다.

"호오……."

사황의 흥미가 더욱 확장된다.

마치 한 자루의 검과 같았던 그의 기도.

한데 이제 그 검마저 그에게서 느껴지지 않았다.

검(劍)에서만큼은 사도제일이라는 밀사검주가 이제는 사도를 넘어 천하를 바라보고 있는 것이다.

검에 관한 그의 열정과 집착은 가히 상상도 할 수 없는 지경.

불과 이립을 갓 넘어선 나이로 화경의 끝에 다다른 그의 검공이란 사도 역사상 거의 전무했던 일이었다.

그런 그가 그 흔한 인사치례도 없이 다짜고짜 본론을 꺼내놓는다.

"출도를 허(許)해 주십시오."

"출도?"

황당하다는 얼굴로 미간을 찌푸리고 있는 사황.

"네놈은 본 회가 어찌 돌아가는지 알고는 있느냐?"

그 인생에 검밖에 없는 놈이다.

알 턱이 없는 것이다.

"후…… 언제 폐관을 마쳤느냐?"

"사흘 전입니다."

아이구 머리야!

그대로 두 손으로 머리를 감싸 안으며 고개를 절레절레 젓고 마는 사황.

도대체 얼마나 검에 미쳐야 일 년 중에 삼백 일 이상을 폐관에 매진할 수 있단 말인가.

"흑천련이 강서에서 패퇴했다. 황당하게도 그 자리를 한 상인 놈이 꿰찼지. 한데 그놈이 놀랍게도……."

"들었습니다. 검신의 적전제자라는 것을."

별빛처럼 반짝이고 있는 밀사검주의 두 눈.

"그럼 네놈이 출도하고 싶다는 이유가?"

"예."

지극히 진중한 태도였으나 그의 두 눈 속에 담겨 있는 지극히 광기 어린 열정에 사황은 그대로 질려 버렸다.

"빌어먹을 놈. 강서를 잃은 흑천련 때문에 사파 세력 전체가 쪼그라들고 있거늘! 그런 절체절명의 와중에 또 검을 향한 네놈의 이기심만 좇겠단 말이냐?"

사황이 눈을 부릅뜨며 시선으로 창밖을 가리켰다.

저 멀리 사천회의 정문으로 허름한 차림의 무인들이 물밀 듯이 밀려오고 있었다.

"자 봐라! 본 회가 쌓아 놓은 모든 재물을 풀어 낭인들을 규합하고 있다! 지금 이 순간에도 강북의 무림맹은 더욱 강성해지고 있단 말이다! 네놈은 도대체가……!"

"보내 주십시오."

제 할 말만 끝내고 이내 다물어 버린 입.

결국 사황의 입에서 육두문자가 흘러나오고 말았다.

"싯팔 새끼."

평생 산중에 처박혀 검만 익힐 놈이라는 것을 애초에 알고 있었음에도, 그를 데려와 사천회에 입회시킨 것은 다름 아닌 자신.

자신의 눈이 썩었었다.

자유로운 강호를 겪는다면 조금은 그의 지독함이 사그라 질 것이라는 자신의 판단은 완전히 틀린 것이었다.

결국 하는 수 없다는 듯 후 하고 한숨을 내쉬는 사황.

"그 별호에 신(神)을 새긴 놈이다. 절대란 말이다."

"알고 있습니다."

"알고 있다? 그럼 그가 대무에서 자하검성과 동수(同手)를 이룬 것도 알고 있느냐?"

"예?"

두 눈을 껌뻑이며 놀라고 있는 밀사검주.

정사(正邪)를 떠나 천하제일검으로 칭송받는 단천양을 소 싯적부터 흠모해 온 밀사검주였다.

그는 자신보다 어린 나이라는 소검신이, 그 천하의 고절한 매화검수와 동수를 이뤘다는 것이 도저히 믿기지 않았다.

"그것이…… 정말입니까……?"

그 와중에도 지독히 흥분하고 있는 그의 표정을 살피고 있자니, 사황은 비로소 해탈해 버렸다.

"그래 이 빌어먹을 놈아! 의심할 여지가 없는 절대지경, 아니 그 이상일 것이다! 이 사황조차 그놈의 실력을 가늠할 수 없거늘 고작 네놈의 미약한 검(劒)이 통하기나 하겠느냐?"

격정으로 온몸을 부르르 떨다 그대로 엎어지는 밀사검주.

"출도를 허해 주십시오!"

"당장 내 앞에서 사라져라! 어차피 요식 행위 아니냐! 허락하지 않으면 담벼락이라도 넘을 놈이 무슨 얼어 죽을!"

사천회의 밀사검주.

조휘를 지독하게 괴롭힐 그 이름은 바로 강비우(姜飛雨)였다.

58章.

58 章.

의혈단주 구천기(具天紀)가 개방의 방주이자 '취선개'라는
것은, 일결 신개(新丐)들 사이에서도 공공연한 비밀이었다.

또한 개방의 하남 총타란 따로 존재하는 것이 아니며, 그라
는 인물 자체가 총타를 뜻한다는 것 역시 방도들이 외부에 쉬
쉬하는 사안이었다.

그래서인지, 의혈단주 구천기는 취선개라는 별호와는 어
울리지 않게 그 성정이 매우 까다롭기로 정평이 난 인물.

그는 아무리 바빠도 보고해 오는 밀지 하나하나를 다 챙겼
으며, 신개들이 조금의 정보라도 놓칠 때면 그날은 타구봉이
춤추는 날이었다.

그렇게 신개들이 쉼 없이 구타당하면서 '바, 방주님! 잘못했습니다!'라는 말이 나오기라도 하는 날에는 그야말로 모든 것이 끝장이었다.

의혈단주로 위장하고 있는 그가 가장 듣기 싫어하는 소리가 바로 '방주님'.

의혈단의 일결 신개 왕웅은, 이번에야말로 그런 실수를 하지 않기 위해 겨우 마음을 다잡으며 취선개의 문 앞에 서서 호흡을 가다듬고 있었다.

그가 약 달포 동안 의혈단을 비운 것은 무엇 때문이었을까?

자신들이 보고한 정보력을 못마땅하게 여긴 그가 손수 현장을 직접 뛰고 돌아온 것이 분명하다고, 신개들이 하나같이 입을 모아 수군거리고 있었다.

그런 불편한 심기로 가득 차 있을 그에게 가장 먼저 걸리는 놈은 어떻게 될까?

그야말로 뒈지는 것이다.

당연히 왕웅은 자신이 그 첫 번째 희생양이 될 생각은 눈곱만큼도 없었다.

그가 침을 꿀꺽 삼키며 침착한 얼굴로 인기척을 냈다.

"다, 단주님. 왕웅입니다."

그렇게 마음을 다잡았거늘 말을 더듬다니! 다시금 자신의 뺨을 때리며 '정신 차리자'를 수없이 되뇌는 왕웅.

-들어와라.

꿀꺽.

한 차례 침을 삼키더니 떨리는 마음을 겨우 다잡으며 집무실의 문을 열어 재낀 그 순간.

이내 타구봉이 오묘한 각도를 그리며 날아와 자신의 대가리에 꽂힌다.

빠각!

"악!"

왕웅이 본능적으로 방어 자세를 취하며 타구봉의 움직임을 가늠했다.

허나 옆구리를 막으면 그 각도가 휘어져 배에 꽂히고, 배를 막으면 현란한 역포물선으로 화해 다시 머리에 꽂힌다.

머리와 상체를 동시에 보호하기 위해 몸을 웅크리는 것은 사람의 본능이라 어쩔 수 없는 것.

하지만 그것은 어쩌면 가장 멍청한 행동이었다.

미친개를 때려잡는다는 타구봉법의 현란하고 오묘한 조화가 널따란 등판에 무차별적으로 꽂히기 때문.

팍팍픽팍팍!

"아악! 아아아악! 바, 방주님! 잘못했…… 헉?"

"뭐 방주님?"

"아아아아아아악!"

촤라라라라!

수백, 수천 개의 봉영(棒影)이 눈앞에 현신하자 그대로 얼어붙고 마는 왕응!

저건 혹시 타구봉 최후 절초라는 천하무구(天下無狗)가 아닌가?

아니 방주 독문 최강의 초식을 고작 수하를 패는 데 쓴다고?

비록 내공이 깃들어 있지 않아 그 위력은 반감된 듯 보였으나 그래도 무려 취선개의 천하무구다.

죽을 수는 없었는지 결국 왕응이 그대로 자신의 몸을 포탄처럼 쏘아 취선개의 바짓가랑이를 부여잡았다.

"사, 살려 주십쇼! 아니 이유! 이유나 듣고 맞겠습니다!"

취선개, 아니 조휘는 묘한 흥분이 깃든 얼굴로 그런 왕응을 응시하고 있었다.

이 타구봉법.

분명 뭔가 묘한 여운을 준다.

비록 그 공능이 검신의 검천비의나 마신의 삼검에 비할 수는 없겠지만 이상하게도 묘한 쾌감을 선사하는 무공이었다.

그야말로 찰진 손맛.

때린다는 가장 원초적인 무공의 방식이 이렇게나 사람을 흥분시킬 줄이야?

과연 역사 속의 거지 왕초들이 그토록 집착했을 만하다.

이내 조휘가 노기가 섞인 표정으로 근엄하게 말한다.

"네놈은 지금 빈손이지 않느냐?"

"……예?"

멍한 얼굴로 자신의 두 손을 살피는 왕웅.

그러면서 동시에 망연자실한 표정이 되어 털썩 주저앉는다.

과연 자신은 맞을 만했다.

너무 긴장해서였을까?

명백한 실수!

무려 취선개의 집무실에 방문한 주제에 술을 안 사 온 것이다.

왕웅이 그대로 철퍼덕 엎어졌다.

"주, 죽을죄를 졌습니다! 다음에 찾아올 때는 극상의 명주를 대접해 드리겠습니다!"

"최소 여아홍."

"다, 당연합죠! 예! 예!"

그제야 흡족한 표정이 된 취선개(?)가 타구봉을 거두고 자리에 앉았다.

"그래, 무슨 일이냐?"

왕웅이 힘겹게 몸을 수습하며 일어나더니 이내 심각한 표정을 지어 보였다.

"일단 이거부터 받으십시오."

왕웅이 조휘에게 건넨 것은 신개들의 밀지를 취합한 서찰 꾸러미.

"살펴보면 아시겠지만 정주(鄭州)가 심상치 않습니다."

"심상치 않다?"

"예. 만금상단의 거의 모든 사업장들이 주인이 바뀌거나 매각되고 있습니다."

조휘는 내심 씁쓸해졌다.

만금상단은 이제 비공일맥이 버린 패.

분명 그의 보고는 중원 상계로서는 뒤집어질 만한 내용이었으나 조휘가 충분히 예상한 일이기 때문이었다.

"알았다. 나가 보거라."

"예?"

왕웅은 취선개의 저런 무덤덤한 태도를 쉽게 이해할 수 없었다.

그들이 취하는 태도에 따라 강호 권력의 판도마저 바뀔 수 있는 천하제일의 상단이다.

이 일은 관부에서도 그 시선이 집중된 사안.

그런 상계의 절대적인 집단이 갑자기 강호에서 모든 사업을 철수하다시피 하는데도 어찌 저렇게 무덤덤할 수 있단 말인가?

"본 단(團)이 좀 더 살펴봐야 하지 않겠습니까?"

"일없다. 돈으로 세상을 좌지우지하던 놈들이 그 권력의 맛을 잊을 수 있겠느냐? 그놈들이 할 짓이야 뻔하지. 이름을 갈든 해서 다시 강호에 나타날 것이 분명하다. 본 단이 움직여야 될 것은 바로 그때다."

작정하여 숨는 놈들을 추적해 봐야 꼬리가 잡힐 리가 만무하다.

더욱이 일결 신개들의 역량으로는 그들의 진정한 실력을 채 일 할도 드러나게 하지 못할 것이다.

지금까지 자신이 조화면천변을 배우고 사마세가까지 가서 무공을 다듬고 온 이유가 무엇인가.

소검신이라 불리는 자신으로서도 쉽사리 성공을 장담할 수 없는 것이 비공일맥.

하물며 비공일맥이 진정 신좌의 의지와 어우러지는 자들이라면, 강호 전체의 역량을 동원한다 해도 의미가 없었다.

"단주님의 뜻을 신개들에게 전하겠습니다. 그럼……."

"여아홍. 잊지 말거라."

"예……."

몸서리쳐지는 듯 부르르 몸을 떨더니 재빨리 집무실을 벗어나는 왕옹. 그러자 이내 조휘가 무료하다는 듯 의자의 등받이에 축 몸을 늘어뜨렸다.

'제길, 도대체 그년은 언제 나타나는 거야?'

조휘가 사흘 밤낮으로 기다리고 있는 사람은 춘선(春爧).

그녀가 바로 비공일맥으로 잠입하려는 자신의 길에 꽃을 뿌려 줄 유일한 존재다.

취선개에게 전해 듣기로, 그녀에게는 일정한 거처나 동선이 없었다.

어쩔 때는 사흘이 멀다 하고 나타나 취선개에게 임무를 전하기도 했지만, 반년 이상 자취를 감춘 적도 많았다고 한다.

언제든 비공일맥이 조가대상회에게 마수를 뻗어 올 수 있는 지금의 상황.

도대체 언제까지 취선개 노릇을 하며 하염없이 그녀를 기다려야만 한단 말인가.

만약 한 달 이내로 그녀가 나타나지 않는다면 조휘는 어쩔수 없이 조가대상회로 돌아가 다가올 비공일맥의 악의(惡意)를 대비할 수밖에 없었다.

한데 그때.

촛불의 빛살이 드리워지지 않는 어둠 속에서, 두 개의 그림자가 흐느적거리더니 이내 불쑥 일어났다.

당연히 조휘는 그야말로 놀라며 두 눈을 휘둥그레 떴다.

현재 그는 취선개로 화해 있다.

당연히 자신의 의념지도를 완벽히 갈무리하고 있었으며, 때문에 절대지경의 감각권은 제한될 수밖에 없었던 것이다.

나타난 자들은 짙은 흑의로 몸을 감싼 일남 일녀.

감각권이 제한되어 있던 조휘로서는 그들이 언제부터 잠입해 있었는지도 몰랐기에 그야말로 소름이 돋았다.

그런 일남 일녀 중의 한 여인.

취선개가 그려 준 춘선의 용모파기를 수도 없이 암기했기에, 조휘는 보자마자 그녀를 알아볼 수 있었다.

"춘…… 선……!"

폐부를 쥐어짜는 듯한 취선개(?)의 회한 서린 음성에, 춘선은 그 도도한 얼굴을 가볍게 찌푸렸다.

"이제는 본 녀를 향해 증오를 드러내는 것이 꽤 자연스럽군요."

그 나이가 불혹을 지난 듯 보였으나 과연 용모파기에서 살폈던 대로 그 아름다움이 절정에 이른 여인이었다.

만약 젊었더라면 한설현과도 자웅을 겨룰 수 있을 만한 엄청난 미색!

조휘가 처절한 신음을 삼키는 척하더니 이번엔 사내 쪽으로 시선을 옮겼다.

필시 그는 취선개가 말한 암흑귀랑(暗黑鬼郞).

개방의 방주인 취선개로서도 가히 그 무공을 가늠조차 할 수 없었던 사내라 들었는데, 과연 그 경지가 지금의 감각권으로는 도저히 살필 수 없었다.

조휘는 본연의 무위를 드러낼 수 없는 지금의 상황이 답답했지만, 아직은 때가 아니었기에 어쩔 수 없이 진득한 눈만 빛낼 뿐이었다.

이어진 조휘의 무심한 어조.

"이번엔 또 무엇이오."

그런 조휘의 질문에 뜻밖의 대답이 흘러나왔다.

"개방이 야접을 도모해 주세요."

"야접? 도모?"

쉽게 이해가 되지 않는다는 듯한 조휘의 표정.

춘선의 얼굴에 서서히 살기가 깃들었다.

"본 비공일맥(秘公一脈)이 취할 수 있으면 좋겠지만 여의치 않는다면 그들을 말살(抹殺)해도 무방해요."

조휘가 눈살을 찌푸렸다.

"개방은 엄연히 무림맹의 영향력 아래 있는 문파이오. 과연 본 방의 그런 움직임에 맹이 가만히 있겠소?"

천하제일의 명성을 구가하고 있는 정보 단체 야접(夜蝶)은 철저한 정사지간(正邪之間).

무림맹의 정보 조직인 멸마비각 역시 그들의 능력을 인정하여 암암리에 서로 정보를 교류하고 있었다.

다루는 정보의 양은 분명 개방이 압도적이었지만 그 질에서만큼은 야접보다 한 수 아래라 평가받고 있는 개방.

이런 상황에서 개방이 야접을 도모한다면, 같은 정보 단체로서 기득권과 이권을 챙기기 위해 투쟁하는 모양새가 될 것이 자명했다. 맹이 두고만 볼 리가 없는 것이다.

"맹의 반발은 당연히 예상할 수 있는 일이죠. 하지만 그럼에도 불구하고 꼭 해야만 하는 일이에요."

조휘의 얼굴이 더욱 진중해진다.

"본 방주 역시 엄연히 비공일맥의 암상이오. 그 세월이 무려 십 년을 넘었소이다. 당신이 내리는 명을 그저 따라야만 할 때는 이제 지난 것 같지 않소?"

춘선의 얼굴이 묘한 표정이 되었다.

"감히 본 비공일맥의 행사에 이유를 묻는 것인가요?"

"본 방의 십만 방도! 그 안위가 달린 일이지 않소이까! 본 방이 맹에서 축출된다면 그대가 그 책임을 모두 질 수 있단 말이오!"

이내 고운 아미를 찌푸리며 입술을 깨물어 비트는 춘선.

취선개가 저리도 반발하니 그녀로서도 감히 무시할 수가 없었다.

하는 수 없이 그녀는 미약한 정보라도 토해 내야 했다.

"야접은 조가대상회와 너무 깊은 유대를 맺고 있어요. 소검신은 그들의 정보를 너무도 잘 활용하는 자죠."

"소검신(小劍神)?"

그녀에게서 뜻밖의 대답이 흘러나오자 조휘는 일순 당황할 수밖에 없었다.

"그는 본 비공일맥의 적이 된 자. 그를 징치하기 위한 일환이니 순순히 따라 주세요."

"흐음……."

그렇게 모든 상황을 이해한 조휘의 얼굴이 이내 의미심장한 빛으로 물들어 갔다.

잠시 생각을 정리하던 조휘가 묘한 미소를 머금으며 자신의 수염에 손을 가져간다.

찌이이익!

"어휴, 답답해서 짜증 나 죽는 줄 알았네."

취선개가 갑자기 스스로 수염을 뜯으며 묘하게 웃고 있자, 춘선은 그대로 사고가 정지되고 말았다.

"무, 무슨!"

서둘러 품 안을 뒤져 혈황고(血荒蠱)가 담긴 호리병을 꺼내 든 춘선!

곧 그녀가 정신없는 표정으로 혈황고를 흔들어 깨우며 취선개의 반응을 기다렸다.

한데.

극도의 고통으로 쓰러져야 할 취선개가 아무렇지도 않다는 듯 얄밉게 웃고 있다.

순간 조휘의 두 눈이 각각 백색과 자색으로 빛나기 시작했다.

"억!"

기이함을 느낀 암흑귀랑이 서둘러 출수하려 했으나 그야말로 상상도 할 수 없는 막대한 의념의 기운에 그대로 몸이 얼어붙고야 말았다.

어느새 암흑귀랑과 춘선이 서 있는 곳의 주위로 무수한 점(點)들이 현신했다.

기기긱!

기기기기긱!

점 하나가 통째 강철로 만들어진 금고 하나를 순식간에 찌그러뜨려 압착시키더니 이내 구슬처럼 변해 버렸다.

그 상상도 할 수 없는 기괴한 장면에, 춘선은 차마 입을 열 생각도 하지 못하고 그대로 굳어졌다.

그때.

꽈앙!

집무실 문을 발로 박차고 들어온 웬 아낙네.

그녀는 가까운 시전에 좌판을 펼쳐 야채를 팔고 있던 야채상(?) 백화린이었다.

조휘가 의념을 드러내는 순간이 바로 신호였던 것!

백화린이 손에 밴 마늘 냄새를 맡으며 인상을 찌푸리다 춘선을 힐긋 쳐다본다.

"이년이야?"

웬 허름한 차림의 야채팔이 아낙네가 갑자기 문을 발로 박차고 들어오더니, 대뜸 자신에게 이년저년을 해 대니 춘선은 그 와중에도 분노가 치밀었다.

"감히 어디 거지같은 게……!"

짜아아아악!

작열하는 듯한 통증과 함께 홱 하니 고개가 꺾어진 춘선.

따귀 장인 천변혈후의 싸다구는 인간이 견딜 수 있는 한계까지 고통을 일으킨다.

"꺄흑!"

춘선은 가히 상상도 할 수 없는 극통으로 인해 자신의 볼을 감싸며 주저앉아 버렸다.

그러다 그녀의 하단에 두둥실 떠 있던 엄청난 위력의 점(點)에 한층 더 가까워졌고 이에 그녀가 기겁을 하며 뒤로 발라당 나자빠졌다.

덜덜덜.

저 괴물 같은 취선개(?) 놈의 의형지도도 놀랍지만, 안력으로 좇을 수도 없는 속도의 따귀를 날리는 야채팔이 아낙네도 보통의 고수가 아니었다.

비로소 춘선은 지금이 자신의 역량 밖에 있는 상황이라는 것을 인지하기 시작한 것이다.

그런 절망의 감정으로 물든 것은 그녀의 호위인 암흑귀랑 역시 마찬가지.

"도, 도대체 당신들은……!"

춘선의 당혹스런 외침에 조휘가 무료하다는 듯 의자에 몸을 축 늘어뜨렸다.

"그런 짧은 견문으로 무슨 지하상계의 암상 노릇을 하겠다고."

"……."

그제야 냉정이 돌아온 춘선이 돌연 참혹하게 얼굴을 구겼다.

허공에 수많은 압착의 점(點)을 구사하는 검수?

이 넓디넓은 강호무림에서 그러한 신위를 내보였던 자는 단 한 명밖에 없었다.

"소, 소검신?"

그 말에 조휘의 얼굴이 비로소 물결치며 본래의 모습으로 되돌아온다.

"어휴 악독한 년. 일이 틀어지자마자 곧바로 고독을 흔들어 대는 네년의 모습에 당사자가 아닌데도 치가 떨리더라. 무슨 여자의 마음씀씀이가 그 모양이냐? 아무리 상부의 명령이라지만 그래도 혼사를 치렀으면 천륜(天倫)으로 이어진 사이가 아닌가?"

"……."

정파의 거두인 개방의 방주에게 고독을 심어 암상으로 포섭한 것은 그야말로 강호 최대의 비밀이며 드러나지 말아야 할 비공일맥의 치부.

하지만 저 소검신은 마치 모든 것을 알고 있는 듯한 말투다.

춘선의 두 눈이 금세 화등잔만 해졌다.

"그가…… 변절했단 말이냐……?"

"안 닥쳐? 네년이 변절 운운할 자격이나 있냐?"

조휘가 철검을 거두자 히공의 모든 점이 사그라졌다.

"한번 허튼짓 해 봐. 내가 언제든지 죽일 수 있는 거 알지? 잘 협조해야 할 거야. 야, 시작해!"

아직도 못마땅한 듯 손에 배인 마늘 냄새를 킁킁거리며 미간을 찌푸리고 있던 친변혈후 백화린이 뚜벅뚜벅 걸어가 뜬금없이 춘선의 옷고름을 풀기 시작했다.

"무, 무슨 짓이냐!"

"쌍년. 본다고 닳아 없어져?"

이내 한 자루의 비수를 꺼내 입에 무는 백화린.

"가만히 있지 않으면 죽을 줄 알아."

그렇게 백화린이 갑자기 춘선의 옷을 벗겨 가자 조휘가 지극히 당황해했다.

"야, 지금 뭐 하는 거야?"

백화린이 조휘를 힐끗 쳐다봤다.

"딱 보면 모르니? 반반한 얼굴과 몸으로 출세한 년이잖아! 몸이 무기인 년이라고!"

"그, 그런데?"

백화린이 답답하다는 듯 혀를 끌끌 찼다.

"쯧쯧. 나더러 이년으로 위장하라며? 그 위험천만한 곳으로 잠입하라면서 날 죽여 없앨 작정이야? 수뇌와의 동침 한 번으로 내 정체를 드러내라고?"

"아……."

어느새 춘선을 모두 발가벗기고 난 후 망설임 없이 자신의 옷도 모두 풀어 헤치는 백화린.

그런 황망한 광경에 조휘는 시선을 피할 생각도 하지 못하고 멍하게 굳어져 버렸다.

아무리 강호의 여인이 자유분방하고 개방적이라지만 이건 좀 너무 거리낌이 없는 것이 아닌가?

하지만 오랫동안 천변혈후로 살아온 백화린에게 있어서 육체의 껍질 따위야 언제든지 갈아치울 수 있는 의복 같은 것이었다.

다른 여인과는 달리 그녀에게 외모란 큰 의미가 되지 못하는 것이다.

-호오……!

두 여인의 농염한 나신이 드러나니 마신이 지극한 흥미를 드러낸다.

순간 조휘는 소림의 불마동(佛魔洞)에서의 그가 그린 춘화도가 떠올랐다.

광기마저 느껴졌던 그의 섬세한 여체 묘사에 얼마나 감탄을 했던가?

춘선과 백화린의 나체는 마신의 작품(?) 속 여인과 비교해도 결코 모자람이 없었다.

백화린이 멍하니 얼어 있는 춘선을 이리저리 살피더니 이내 변장 도구를 꺼내 춘선의 몸 곳곳에 자리 잡고 있는 독특한 점(點)의 색깔과 위치, 심지어 음모(陰毛)의 숱, 모양까지도 동일하게 가꾸기 시작했다.

그렇게 심혈을 기울여 변장해 가는 백화린의 작업 광경은 가히 장인 정신에 다름이 아니었다.

그러다 백화린의 시선이 춘선의 가슴께에 머물더니 이내 자신과 비교해 본다.

"쌍년."

짙은 패배감에 얼굴빛이 어두워지는 백화린에게로 조휘가

간족거렸다.

"야 그건 어떻게 처리할 거냐?"

백화린이 치욕스럽게 입술을 깨물다 변장 도구가 담긴 가방을 뒤적거렸다.

그녀가 꺼내 든 것은 영롱한 빛깔의 액체가 담긴, 작은 유리병이었다.

그러다 백화린이 힐끗 조휘를 흘겨봤다.

"이거 엄청 비싼 거니까 나중에 다 청구할 거야."

"그래."

유리병을 대하는 태도로 미뤄 보아 그녀가 얼마나 소중히 다루는 물건인지 한눈에 느껴질 정도.

백화린이 조심스럽게 유리병의 마개를 열더니 소량을 손바닥에 적셔 그대로 자신의 가슴을 문지르기 시작했다.

"허?"

황당한 빛으로 물들어 가는 조휘의 얼굴.

다름 아닌, 그녀의 가슴이 점차 부풀어 오르고 있었기 때문이다.

"와 씨! 그거 사기 아니냐?"

저 영롱한 액체를 현대로 가져간다면 반드시 대박이 날 상품!

"독(毒)이거든? 이게 얼마나 위험한 짓인 줄 알아? 쉴 새 없이 내공으로 다스리지 않는다면 바로 죽는다고!"

어느덧 툴툴거리며 모든 작업을 마친 그녀가 널브러져 있던 춘선의 옷을 하나씩 걸치더니 의자를 드르륵 당겨 그 자리에 앉았다.

백화린의 살기등등한 시선이 다시 춘선에게 향했다.

"신음."

"뭐, 뭐라고?"

짜아아아악!

"쌍년. 네년의 신음 소리를 듣는 건 나도 역겹거든? 그러니 빨리해. 뜸 들이지 말고."

또다시 싸대기를 후려 맞은 춘선은 그 고통보다도 정신적인 충격이 더욱 지극했다.

지하상계 내에서도 암상의 지위는 각별하다.

더구나 오랫동안 이룩해 온 처세로 관부의 고위 관료들조차도 자신에게 함부로 할 수 없었다.

무림강호에서의 위치도 가볍지 않았다.

그녀는 무려 무림맹의 일익을 담당하고 있는 개방, 그 거대한 집단을 통할하는 방주의 처였다. 방주가 지닌 타구봉의 위세가 그녀에게도 미치고 있는 것이다.

그렇게 반평생을 주위로부터 우러름을 받으며 살아온 그녀.

당연히 지금과 같은 고약한 처지는 그녀의 정신을 붕괴시킬 정도였다.

백화린이 비수를 그녀의 목젖에 갖다 댔다.

"안 해? 신음? 내가 만져 주기라도 하리?"

"아아……!"

상대의 손이 마치 자신의 음부를 만질 듯 서서히 다가오자 춘선이 기겁을 하며 교성을 질렀다.

"훗…… 아흥……!"

도저히 거기까진 지켜볼 수 없었던 조휘가 시선을 외면하며 얼굴을 구겼다.

"꼭 그렇게까지 해야 하냐?"

"난 죽기 싫거든?"

백화린의 의도야 충분히 이해할 수 있었지만 막상 지켜보고 있자니 찝찝해 죽을 지경.

"그럼 데리고 나가. 딴 곳에서 해."

"장난해? 사방에 거지들이 쫙 깔렸는데 나가서 하라고? 어디서? 여기가 제일 안전해."

"그럼 내가 나가지."

그렇게 조휘가 나가려고 하자 백화린이 암흑귀랑을 힐끗 쳐다봤다.

"갈 거면 이놈은 처리하고 가야지. 이년까지는 내가 어떻게 할 수 있어도 쟤는 안 되거든?"

조휘가 난처한 얼굴을 했다.

취선개에게 듣기로, 암흑귀랑은 비공일맥 내에서도 그 위치가 각별한 무인이었다.

출중한 무위와 능력을 인정받아 암상들을 호위하는 임무

를 도맡아 하는 비공일맥 내 최고의 수신호위.

그를 죽이거나 구금한다면 곧바로 비공일맥의 시선이 개방에게로 집중될 것이 분명하다.

조휘는 비공일맥을 향한 그의 충성심이 어느 정도인지 알아보고 싶었다.

조휘가 곧바로 천하절대검령을 일으켜 상대의 육체를 구동하던 힘의 중심을 무너뜨리자 암흑귀랑이 그대로 철퍼덕 바닥에 엎어졌다.

붕어마냥 두 눈만 껌뻑이며 당혹스런 감정을 고스란히 드러내고 있는 암흑귀랑.

그런 그의 귓가로 조휘의 음침한 음성이 날아들었다.

"어이, 살막(殺幕)."

그런 조휘의 음성을 듣는 순간, 암흑귀랑의 두 눈이 찢어질 듯 부릅떠졌다.

도대체 저자가 자신이 살막 출신의 살수라는 것을 어떻게 알았단 말인가?

"무인과 살수가 가장 다른 점이 뭔 줄 알아? 눈이야 눈."

조휘가 피식 웃었다.

"네놈들은 희안부터 익히잖냐?"

희안(熙眼).

목표에 시선을 맞추지 않고, 소위말해 끊임없이 곁눈질로 목표를 주시하는 안법이다.

고수들은 상대방의 시선 처리만 봐도 그 의중을 꿰뚫어 보는 법.

당연히 강력한 살심으로 그득한 마음이 그 눈빛에 모두 드러난다면 살행은 반드시 실패할 수밖에 없었다.

그래서 살수들은 목표물을 향해 시선을 고정하려는 본능을 회피하는 방법인 희안(熙眼)을 반드시 익혀야만 했다.

"처음부터 끝까지 나를 곁눈질로만 쳐다봤으면서 살수의 본업이 들통나지 않길 바라는 건 너무 이기적이라 생각되지 않나?"

암흑귀랑이 황당한 표정을 하다가 이를 뿌득 깨물었다.

아니 이 넓은 천하에 살수가 살막밖에 없나?

단순히 살수임을 눈치채는 것과 곧바로 살막의 살수임을 파악하는 것은 천양지차가 아닌가?

어쨌든 살막은 정사(正邪)를 막론하고 하나같이 저주하는 이름이며, 당연히 전 무림이 눈에 불을 켜고 찾아다니는 무림공적이었다.

그 정도로 강호의 역사 속에서 살막이 끼친 해악은 결코 가볍지 않았다.

더욱이 그들은 황제의 추살령을 받은 최초의 무림집단이기도 했다.

그것이 비공일맥으로 숨어들 수밖에 없었던 그들의 근본적인 이유.

때문에 암흑귀랑의 입장에서는 조휘를 반드시 죽여야만 했으나 온몸이 구속당해 그럴 수 없는 것이 그는 치욕스러웠다.

"놈! 죽여라!"

처절한 빛으로 물든 그의 눈동자를 조휘가 무심히 응시한다.

"싫은데? 죽이면 네놈의 친구들이 죄다 개방으로 달려올 거잖아? 그건 나로서도 피곤한 일이지."

"개새끼! 어차피 네놈은 죽을 운명이다!"

조휘가 푸근하게 웃었다.

"죄를 지은 건 네놈의 선조들이고. 솔직히 네놈은 살수의 무공만 배운 거지 진짜 살수는 아니잖아? 살수가 수신호위로 벌어먹고 사는 게 얼마나 천지가 개벽할 일이야? 내가 이래 뵈도 눈썰미가 있는 놈이라고."

평생토록 사람을 죽이는 방법만 배워 온 살수가 사람을 지키는 수신호위로 산다는 것은 지극히 힘든 일이다.

무인이 자신의 무공에 담긴 정체성 자체를 부정하며 살아야 하는 것.

그것이 무인에게 얼마나 고통을 수반하는 일인지 조휘는 결코 모르지 않았다.

"업종마저 바꿀 수 있을 정도의 의지라면 못 할 일이 어디에 있겠어? 그래서 말인데……."

무슨 사정이 있는지 몰라도 암흑귀랑은 지독히 돈을 밝힌다고 들었다.

돈이라면 무슨 일이든 마다치 않는 암흑귀랑.

취선개는 그를 무조건 재물로 포섭할 수 있을 것이라 단언했다.

조휘가 희멀건 얼굴로 예리한 눈을 빛냈다.

"얼마면 내가 당신을 살 수 있을까?"

"흥!"

암흑귀랑은 어이가 없었다.

자신은 다름 아닌 지하상계의 일원.

암상들이 건네는 거액에 길들여진 자신을 돈으로 산다?

그저 우습기만 했다.

한데.

"일단 금화 오천 냥 정도면 인사치레로 충분할 테고……
이건 알아보겠어?"

피슉!

슈슉슉!

조휘의 철검에서 일어난 희뿌연 빛살.

그것은 마치 현대의 레이저 같은 모습이었다.

그 빛살은 어떤 파공음도 일으키지 않고 쏘아져 이내 천장에 미세한 구멍을 만들어 냈다.

조휘의 철검이 그와 같은 조화를 부린 것은 그야말로 찰나.

"몰라?"

순간 암흑귀랑의 두 눈이 잠시 멍해지더니 이내 경악의 얼굴이 되었다.

살수 업계에 전설처럼 내려오는 살공(殺功)이 하나 있었다.

역사상 최고의 살수!

모든 살행을 단 일검(一劍)으로 마무리했다는 일검천살의 전설이 그의 머릿속에 떠오른 것이다.

"서, 설마…… 그것이…… 일검천살 독문의 일검천홍(一劍天紅)……?"

일검천살(一劍天殺) 조룡(曹龍).

조휘의 영계에서 살아 숨 쉬고 있는 살수계의 전설적인 이름이었다.

"내게 협조한다면?"

꿀꺽.

취선개의 집무실에 암흑귀랑의 침 삼키는 소리가 천둥처럼 울려 퍼진다.

일격필살(一擊必殺).

그것은 살수 무예의 치명적인 단점이요, 동시에 가장 강력한 장점이기도 했다.

단점은 일합에 혼신의 힘을 모두 담아야만 하기에 뒤를 대비할 수 없다는 것이었고.

장점은 문자 그대로 필살(必殺)의 경지에 오를 수만 있다면 천하에 적수가 없다는 것이었다.

허나 무림의 오랜 역사를 통틀어 그런 필살(必殺)의 경지에 이른 살수는 그야말로 극소수.

무인(武人).

자신이 지닌 재능과 강점을 바탕으로 스스로 무공을 재정립해야 하며, 이후 무수한 수련과 실전을 통해 비로소 한 사람의 무인으로서 우뚝 서는 자들.

짧은 팔을 지녔으며 민첩한 몸놀림에 재능이 있는 자라면 발검과 쾌검식에 유리하니 곤륜검종과 해남검종의 검식에 맞는 법이며.

남다른 시야와 내력을 폭발하는 시점을 천부적으로 짚을 줄 아는 자는 지법(指法)과 비도술(飛刀術)에 유리하니 사천 당가의 무공에 적합하다 할 수 있었다.

참을성이 좋고 인성이 우직하며 하체의 강건함이 남다른 이는 소림무공에 어울렸고.

영활한 머리로 초식을 분석하며 수 싸움에 능한 자라면 환검(幻劒)과 변초(變初)의 극한 화산검종의 문하로 모자람이 없을 터였다.

이렇듯 각자의 재능에 맞게 개화되는 것이 무공이기에, 무림 천하에 그토록 많은 무학들이 산재되어 있는 것.

조휘의 천검류, 천마삼검이 그 사부들과는 완전히 결이 다른 무공처럼 보이는 것 또한 바로 그런 이유 때문이었다.

하지만 살수들은 그런 자신의 장점과 특성을 모두 지운 채, 오로지 일격필살의 묘리에만 집착하니 높은 경지에 이르기가 매우 요원했다.

본디 몰개성(沒個性)을 강요하는 무공은 상승의 경지를 밟기가 어려운 법.

허나 그런 살수계의 상식을 완전히 깨부순 자가 있었으니, 그가 바로 살수계의 전설 일검천살 조룡이었다.

그는 팔이 길었다.

그리고 천성이 둔했고 몸놀림도 투박했다.

게다가 그 품성은 온화했으며 살수라면 필수적으로 지녀야 할 인내심도 부족했다.

그가 처음으로 살수계에 입문했을 때 모두가 그를 비웃었다.

그야말로 살수무공이 어울리지 않는, 아니 어울리지 않는다는 그 말조차 과분할 지경.

육체적 특성부터 인간 본연의 성품, 심지어 온화한 외모까지, 그 모든 점으로 미뤄 보아 그에게는 최소한의 가능성도 없어 보였기 때문이다.

살수무공에 너무나도 부적합한 인간.

하지만 조룡은 그런 살수들의 평을 모두 비웃으며 마침내 전설이 되었다.

단 일 초.

거창한 기수식도 화려한 기법도 없는 그저 지극히 빠른 직선 투로의 검.

사람들은 왕왕 엄청난 속도에 찬탄을 보낼 때, '빛처럼 빠르다'며 감탄을 한다.

하지만 말이 그렇다는 것이지 실제로 빛보다 빠른 것은 아닐 것이다.

허나 조룡의 쾌검은 진정 빛보다 빠른 것이었다.

온화하게 웃고 있다가 갑자기 그의 팔이 흐릿해진 순간 모두 이마가 꿰뚫린 채 죽어 버렸다.

그에게 죽은 자들의 시체를 살펴보면 하나같이 경악하거나 동요한 표정을 찾을 수 없었다.

그저 미소를 띠며 대화를 하다가 멈춘 듯한 일상적인 모습.

살수들의 우려와는 달리, 온화한 성정과 호감 어린 외모는 오히려 조룡의 최대 무기가 된 것이다.

마침내 살수들은 그의 일검이라면 하늘마저 죽일 수 있다고 수군거리기 시작했다.

일검천살(一劍天殺).

살수계에 족적을 남긴 유명한 살수들은 무수히 많았지만, 그보다 완벽히 일격필살을 구현해 낸 자는 존재하지 않았다.

당연히 살수들은 그의 위대한 살예를 전수받기 위해 온 강호를 뒤지고 다녔지만 그는 어느 순간 홀연히 살수계에서 사라져 버리고 말았다.

살수들을 저열하게 여기는 강호의 풍토만 아니었다면, 그는 천(天)의 휘호가 아니라 신(神)으로 칭송받아, 마땅히 살신(殺神)이라 불렸을 이였다.

한데 그런 살수계의 전설적인 무공이 조휘의 손에서 기백 년 만에 다시 현신한 것이다.

분명 암흑귀랑은 두 눈으로 똑똑히 보았다.

그것은 모든 살수들에게 있어서 닿을 수 없는 꿈.

핏빛처럼 붉게 타오르던 일직선의 선(線).

틀림없이 강기(罡氣)를 다루는 의념의 극한, 검강사(劍罡絲)였다.

그 난이도가 이기어검술에 비견되는 검술의 가장 지고한 경지.

"설마…… 내게…… 위대한 살예를…… 전수해 주겠다는 뜻이오……?"

지극히 떨리고 있는 암흑귀랑의 목소리에 춘선이 휘둥그레 뜬 눈으로 그를 바라보고 있었다.

그 어떤 상황에서도 냉정을 잃지 않았던 암흑귀랑.

그런 무심하고 냉정한 사내의 표본 같았던 이가 이토록 동요하다니?

"안 될 거 있나?"

꿀꺽.

암흑귀랑의 두 눈이 금세 처절한 욕망으로 물들었다.

"……내가 무엇을 하면 되겠소?"

이를 지켜보던 춘선이 혼비백산하며 뾰족한 괴성을 질렀다.

"이봐요 귀랑!"

짜아아아아아악!

인정사정없이 싸다구를 갈긴 백화린이 눈에 쌍심지를 켜며 춘선의 몸을 다시 고정시켰다.

"쌍년! 가만히 있지 못해? 지금 내가 네년의 가슴을 만들고 있는 거 안 보여?"

조금 전부터 백화린은 다시 자신의 옷을 벗더니 가슴이 마음에 들지 않아 다시 다듬고 있었다.

그녀로서는 지금이 가장 중요한 순간.

독에 의해 부풀어진 가슴이 곧 며칠 동안 그 모양 그대로 굳어 버린다.

그전에 빨리 모양을 잡지 않으면 그 비싼 독액을 그대로 날리는 셈인 것이다.

하물며 중독에 의해 점점 고통이 밀려오는 와중이라 그녀로서는 짜증이 이만저만이 아니었다.

"한 번만 더 움직이면 네년의 가슴을 잘라 버릴 거야."

그렇지 않아도 짙은 패배감(?) 때문에 심기가 불편한 와중이라 백화린의 살벌한 표정은 흉흉하기 짝이 없었다.

분명 한 치의 망설임도 없이 자신의 가슴을 베어 버릴 년.

이내 춘선이 창백한 얼굴로 굳게 입을 다물자, 조휘가 고개를 절레절레 젓다 다시 암흑귀랑을 쳐다봤다.

"뭐 내가 원하는 거야 뻔한 거 아니겠어? 우리 조가대상회의 직원이 되는 거지. 이 소검신의 명에 절대복종하는 수하가 되는 거야."

"……."

그런 조휘의 대답에 암흑귀랑은 고뇌하는 기색이 역력했다.

춘선이 그런 그를 힐끗거리다 허탈한 심정이 되고 말았다.

저 단단한 사내가 고뇌를 하는 것 자체가 이미 그의 마음이 기울고 있다는 증거.

그렇게 한참 동안 고민하던 그가 마침내 무거운 입을 열었다.

"내게 선금은 중요하지 않소. 내게 중요한 것은 녹봉이오."

조휘의 표정이 일순 환해졌다가 금세 그런 태를 지우고 장사치로 되돌아왔다.

"얼마를 원하지?"

암흑귀랑은 대답에 망설임이 없었다.

"작은 마을 하나를 한 달 동안 유지할 수 있을 정도이오."

"작은 마을?"

"백 호(戶) 정도 되오."

백 호면 아무리 작게 잡아도 사백 명.

미친놈. 그게 작은 마을이냐?

그가 왜 그토록 돈을 밝히며 살아왔는지 조휘는 대충 짐작할 수 있었다.

무슨 사연이 있는지 정확하게는 알 수 없어도, 그가 한 마을의 생계를 통째로 짊어지고 있는 것만큼은 틀림없을 것이다.

조휘가 잠시 고민하더니 미간을 찌푸렸다.

"월봉의 범위로 감당하기에는 너무 센데? 최소 사오백 명이 소모하는 생활비를 달라는 거잖아?"

"판단은 당신에게 맡기겠소. 이 암흑귀랑에게 그만한 가치를 느끼지 못했다면 나로선 어쩔 수 없는 노릇이 아니겠소?"

자신에게 그만한 가치가 있다는 것을 충분히 아는 자의 태도였다.

지하상계를 지배하고 있는 비공일맥, 그런 위험하고 비밀스러운 자들을 평생토록 지켜 온 수신호위라면 귀동냥으로 들은 정보만 해도 어마어마할 것이다.

그럼에도 그가 제시한 액수는 한 사람의 월봉으로 감당하기에는 너무 많았다.

조휘가 미간을 찌푸렸다.

"그냥 금액으로 말해."

"금화 백 냥이오."

"헐."

확실히 너무 세다.

월봉으로 금화 백 냥이면 조가대상회의 창업 공신들보다도 많이 받아 가는 셈.

부회장인 제갈운이나 전무인 장일룡보다도 높은 월봉을 달라니!

뭐 조휘에게 크게 부담이 되는 금액은 아니었지만 이건 나중에 반드시 문제가 될 소지가 있었다.

어떤 조직이든 오래 지속되려면 형평성과 공정성은 필수.

그 말인즉 암흑귀랑에게 금화 일백 냥의 월봉을 지급하려면 그와 비슷한 위계에 있는 사원들까지 모두 동등하게 대우해야만 하는 것이다.

이 문제는 조휘에게 있어서 단순히 금화 일백 냥의 월봉만 손해를 보는 수준이 아니었다.

"당신이 뭔데 부장 이상 직급 전체의 연봉을 한꺼번에 올리는데?"

"연, 연봉? 그게 무엇이오?"

"하……"

먼 산을 바라보며 허탈한 얼굴을 하고 있는 조휘.

살수계의 전설적인 살공을 내어 주는 것보다도 오히려 돈을 더 아까워하는 그런 조휘의 모습에, 이를 지켜보던 삼신(三神)들은 실로 어처구니가 없었다.

-허…….

-이 빌어먹을 놈! 돈이 나가는 게 무공을 내어 주는 것보다 더 아깝단 말이냐?

고작 금화 백 냥?

일검천홍(一劍天紅)의 가치가 과연 백 냥만 될까?

십만 냥, 백만 냥에 판다고 해도 바리바리 금화를 싸 들고 올 사람들이 천하에 널렸을 것이다.

과연 조휘는 무인이라기보다는 장사치에 더욱 어울리는

인간.

하지만 그렇다고 상대를 죽일 수도 없는 지금과 같은 상황에서, 그를 얻지 못하고서야 아무런 일도 진행할 수 없었다.

결국 조휘가 거칠게 미간을 찌푸리더니 이를 뿌득 갈았다.

"좋아. 월봉 백 냥…… 그렇게 대우해 드리지. 하지만 각오해야 할 거야."

이렇게 된 이상 할 수 없었다.

그를 갈아 넣을 것이다!

그 혼(魂)까지 모두 취할 것이다!

그렇게 철저한 업주의 마인드로 무장한 조휘가 당장이라도 그를 현장에 투입할 것마냥 두 소매를 걷어붙였다.

곧 조휘가 짜증을 가득 담은 시선으로 백화린을 흘깃 쳐다보았다.

"야, 아직 덜 끝냈어?"

"씨발, 보채지 좀 마."

미세한 것까지 하나하나 놓칠 수 없다는 듯 연신 분칠을 해 피부색을 맞추고 있는 백화린을 바라보며 조휘는 그 철두철미함에 혀를 내둘렀다.

그야말로 제 목숨 하나는 귀신같이 살피는 년이다.

"하 씨발! 넌 또 왜 이 와중에 뻐드렁니까지 있냐?"

춘선의 입술을 뒤집어 그 치아를 확인하더니 이내 절망적으로 굳어진 백화린.

조휘의 고개가 의문으로 삐딱하게 꺾어졌다.

"가이를 붙이면 될 거 아니야?"

상아(象牙)로 만들어진 가이(加齒)를 덧붙이는 방법은 다름 아닌 그녀가 조휘에게 전수해 준 방법이었다.

"눈이 사시야? 이거 봐! 이년 뻐드렁니가 보통의 뻐드렁니가 아니잖아! 진짜 좆같이도 생겼네 아 씨발! 씨바아알!"

"아……."

확실히 그 모양이 특이하긴 했다.

저 정도라면 가이를 가공하는 기술자에게 특별히 따로 의뢰를 해야 할 지경.

그때, 놀라운 일이 일어났다.

퍼퍽!

"아아악!"

암흑귀랑이 검집으로 그대로 춘선의 안면을 후려갈기더니 저만치 날아가 처박혀 있는 그녀를 향해 뚜벅뚜벅 걸어가고 있었다.

"다, 당신! 미, 미쳤어요?"

춘선은 평소 상상도 해 보지 못했던 상황이 펼쳐지자, 피투성이가 된 얼굴을 부여잡고 있으면서도 악다구니를 내고 있었다.

한데 암흑귀랑은 한 치의 망설임도 없었다.

"뭐, 뭐 하는 짓……!"

투박하고 큼지막한 그의 손이 그녀의 머리를 구속한다.

이어 그녀의 덧니를 통째로 뽑아 버리는 암흑귀랑.

"꺄아아아악!"

갑작스레 일이 벌어지자 조휘조차 멍하니 두 눈만 껌뻑거리고 있었다.

곧 암흑귀랑이 피로 흥건한 춘선의 덧니를 백화린에게 건네며 씨익 웃었다.

"실물만큼 확실한 게 있겠소?"

"와, 와 씨! 겁나 똑똑해!"

조휘 역시 황당한 와중에서도 그와 마주하며 동업자(?)의 미소를 건넸다.

"거 태세 전환이 너무 빠른 거 아니야?"

암흑귀랑이 구석에 처박혀 두려움에 벌벌 떨고 있는 춘선을 힐끗 쳐다봤다.

"돈만 아니었다면 진즉에 죽였을 년이오. 정말이지 지긋지긋할 만큼 재수가 없던 여자였소."

"그래?"

희미한 미소가 떠나질 않는 조휘.

그제야 그는 조금 마음이 놓였다.

암흑귀랑.

그는 대우를 받은 만큼 반드시 자신의 몫을 하는 사내였다.

59 章.

야접(夜蝶).

밤을 나는 나비.

천하제일의 정보 조직을 논할 때 반드시 거론되는 이름이
자, 강호의 비밀스러운 지하상계와 버금가는 은막의 집단.

천하에 산재한 모든 정보들이 모이는 곳이며, 그런 야접을
이용하는 자들 역시 결코 허술한 자들이 아니었다.

강호의 내로라하는 고수들은 물론이요 세력의 종주, 심지
어 황궁의 권력가들 사이에서도 야접은 유명한 이름이었다.

그렇게 야접과 오랫동안 친밀히 유대를 맺어 온 권력가들
은 수도 없이 많았으며 당연히 그 위상은 강호에서도 각별한

것이었다.

비공일맥 역시 아무리 지하상계를 지배하는 권력 집단이라 해도 그런 야접과 밀접한 관계를 맺고 있을 터.

한데 고작 소검신과 조가대상회를 견제하기 위해 야접을 멸하라니?

조휘로서는 쉽게 이해할 수 없는 일이었다.

"그만큼 소검신(小劒神)을 무겁고 두렵게 본다는 의미외다."

암흑귀랑의 나직한 읊조림.

취선개로 분장하고 있는 조휘가 얼굴을 구기며 짜증을 낸다.

"아니 가만히 잘 살고 있는 나를 도대체 왜? 내가 무슨 잘못을 했냐고!"

암흑귀랑은 어이가 없다는 표정이었다.

"그게 가만히 소리 죽여 사는 거면 다른 사람들은 다 뒈져 있는 것이란 말이오?"

"왜! 뭐가!"

후 하고 한숨을 내쉬는 암흑귀랑.

"당신은 흑천련을 도모하고 강서를 차지해 정사(正邪) 간의 균형을 깨 버렸소. 더욱이 그렇게 강서를 차지해 놓고 무림맹과 동맹을 해 버렸지. 당연히 사파 측에서는 엄청난 동요가 일어날 수밖에 없소."

"아니, 강호인들이 치고받고 싸우다 이익으로 합쳐지고 때론 몰락하는 건 당연한 것이 아닌가?"

암흑귀랑은 더욱 어처구니가 없었다.

"그대가 강호인이오?"

"검신의 무공을 이었으니 당연히 강호인이지 않을까?"

"맞소. 소검신은 강호인이라 할 수 있지. 하지만 조가대상회는 아니지 않소?"

"음……."

"머리가 있다면 생각이란 걸 좀 하고 삽시다. 무림의 역사이래 일개 상회가 세력을 자처한 것으로도 모자라 한 지방의 패자가 된 예는 전무하오. 이런 전례 없는 혼란을 기득권을 지닌 자들의 입장에서 어찌 가만히 있을 수 있단 말이오?"

무상복합체(武商複合體)의 성격을 띠고 있는 조가대상회란 강호인들이 처음으로 겪는 집단.

"더욱이 당신의 선택 중 가장 어리석었던 것은 오직 강북의 무림맹에 그 교류를 한정했다는 점이오. 대표적인 강남 상계인 강서, 그런 강남의 막대한 금력(金力)이 강북으로 모두 쏠린다? 당신이 강호를 움직이는 자라면 이걸 가만히 좌시할 수 있겠소?"

흠칫.

조휘가 찔리는 마음에 은근슬쩍 고개를 돌린다.

와, 무슨 살수가 입담이 이렇게 세냐?

칼잡이라 과묵할 줄로만 알았는데 입 한번 터지니 혀 놀림이 그야말로 예사스럽지 않았다.

"힘이 한쪽으로 쏠리는 것을 좌시할 절대자는 없소이다. 당신은 너무도 어리석었소. 혹은 자신의 능력을 너무 과신했거나."

자신에게 이렇게 뼈아픈 지적을 한 사람이 지금까지 있었나?

조휘가 그런 암흑귀랑을 새삼스럽다는 듯 멍하니 쳐다보고 있었다.

이 새끼 이거 혹시 제갈운, 아니 장일룡보다도 더 똑똑한 거 아니야?

"그럼 사파새끼들도 좀 어루만져 줬어야 했나?"

"무림 긴 역사에 정사지간의 입장을 천명한 세력이 성공한 예는 없소이다. 아니 애초에 상계가 무림에 직접적으로 발을 담군 예부터가 존재하지 않소."

"그럼 내가 어떻게 했어야 했지?"

암흑귀랑이 그것도 질문이냐는 듯 한심한 얼굴을 했다.

"후…… 나라면 강서를 차지하더라도 조가대상회라는 세력 자체를 강호에 천명하지 않았을 것이오. 대신 무수한 하부 조직을 만들어 점진적으로 시장을 잠식했겠지. 실체를 찾지 못하게 모든 사업체를 다각화하고 암암리에 정사 양도에 손을 뻗었을 것이오."

조휘가 얼굴을 거칠게 찌푸린다.

어디선가 많이 들어 본 방식.

"누가 비공일맥 출신 아니랄까 봐! 살수라도 근본은 무인 아니야? 너무 음흉한 거 아니냐고."

"확률을 말하는 것이오. 지하상계의 방식은 천 년 이상 통했소. 당신의 방식은 성공한 예가 없소이다."

그때, 춘선으로 완벽하게 분장한 백화린이 크게 하품하며 예의 실물 덧니(?)를 드러냈다.

"아우 씨발, 듣고만 있는데도 겁나 머리 아파. 도대체 야접의 총지부에는 언제 도착하는 거야?"

"이 관도만 지나면 끝이야."

덜그럭덜그럭.

지금까지 운차가 아닌 평범한 마차를 타고 여정을 이어 온 조휘는 대퇴부와 허리가 아파 죽을 지경이었다.

새삼 자신(?)의 위대한 발명품이 그리워지는 조휘.

"방금 전에도 조금만 더 가면 된다고 해 놓고선!"

"진짜 이 관도만 지나면 끝이라니까?"

그런 춘선(?)의 모습은 암흑귀랑의 마음을 경이로 물들게 했다.

근 십여 년 동안 춘선을 호위해 온 자신으로서도 일말의 허점을 찾을 수 없는 그야말로 완벽한 춘선!

게다가 춘선을 보름 가까이 괴롭히며 그녀의 말투와 버릇, 식습관, 심지어 잠자리 취향, 교성까지 모두 습득한 마당이니 그녀와 수십 년을 함께한 지인들조차도 감쪽같이 속을 수밖에 없을 것이다.

그렇게 혀를 내두르던 암흑귀랑이 다시 조휘를 쳐다봤다.

"일검천살의 살공은 언제 배울 수 있겠소?"

"당신이 준비가 되어 있다면 언제든 시작할 수 있지."

순간 암흑귀랑의 두 눈이 매처럼 매섭게 빛났다.

"나는 언제든지 준비가 되어 있소."

스팟!

조휘가 얼떨떨한 표정으로 굳어져 있는 암흑귀랑을 향해 의미심장한 미소를 건넸다.

"봤어?"

"무, 무슨 소리요?"

"뒤쪽을 봐."

어느새 마차의 뒤편에 생긴 미세한 구멍으로 빛살이 어렴 풋하게 새어 들어오고 있었다.

삽시간에 구겨진 암흑귀랑의 얼굴.

"보지 못했소……."

조휘의 출수(出手)는커녕 미세한 파공음조차 불확실하게 들려왔다.

"이걸 볼 수 있는 때가 돼서야 비로소 당신은 준비가 된 거야."

그 말에 동의한다는 듯 암흑귀랑이 침중하게 고개를 끄덕 였다.

일검천홍의 검속(劍速)을 안법(眼法)으로 좇을 수도 없는 자가 그런 엄청난 검속을 발휘할 수 있을 리 만무한 법.

"조급하게 생각하지 마. 다 때가 되면 전수해 줄 테니까."

"명심하겠소."

그의 사업 수완이라면 몰라도 무공에 관해서만큼은 소검신을 향한 무인으로서의 존경은 당연한 것이었다.

하지만 솟구치는 의문.

"이해할래야 이해할 수가 없소. 그 일신에 검신(劍神)의 무공을 아로새긴 것만으로도 놀라운데 일검천살의 살공이라니…… 이를 강호가 안다면 소검신의 위명은 더욱 대단해질 것이오."

조휘는 피식 웃어 버릴 수밖에 없었다.

어이 살수 양반.

거기에 마신(魔神)과 무신(武神)을 보태고, 남궁(南宮)과 화산(華山), 당가(唐家)를 또 더해야 된다고.

그제야 조휘는 자신이 겪어 온 엄청난 기연들을 새삼스레 실감할 수밖에 없었다.

그때, 마부가 마차의 쪽창을 열더니 얼굴을 내밀었다.

그러자 조휘가 마차 전체에 드리운 의념의 장막을 해체했다.

"헤헤, 지금 막 말씀하신 곳에 당도했습니다."

"수고했소."

어느새 취선개의 고루한 말투로 돌아온 조휘가 마차의 창밖으로 주위를 살폈다.

"다 왔군. 내립시다 부인."

"네. 가가."

백화린 역시 현숙한 듯하지만 약간은 오만한 느낌의 춘선의 어투를 완벽히 구사하고 있었다.

그런 조휘와 백화린을 바라보는 암흑귀랑의 심정은 복잡했다.

세상이, 이 강호가 아는 소검신의 진면목은 진정 빙산의 일각이었다.

소검신은 정파의 검수들을 대표하는 위치, 그런 상징적인 인물.

그렇게 고고한, 또 위대한 검수가 한낱 사파 첩자들 따위나 익히고 있을 역체변용술을 활용해 온갖 비밀스러운 일을 벌이고 다닌다는 것을 알게 된다면?

설사 그런 소문이 돈다 해도 그 자체를 믿지 못할 자가 부지기수일 것이다.

"귀랑."

백화린이 눈짓하자 암흑귀랑도 금세 그런 상념을 지우고 마차에서 내려왔다.

조휘가 마부에게 은자를 건네며 거지왕초의 푸근한 웃음을 흉내 냈다.

"가까운 객잔에 묵고 계시오. 다시 먼 길을 갈 터이니 말을 잘 먹여야 할 것이오."

"여부가 있겠습니까요!"

마부 장개(張蓋)는 오랜만에 만나는 대박 손님들을 결코 놓칠 생각이 없었다.

마부의 마차가 저 멀리 사라지자 조휘가 매섭게 눈을 빛냈다.

"따라와."

그렇게 조휘가 시전의 복잡한 인파속을 뚫고 들어가자, 백화린과 암흑귀랑도 은밀히 그를 뒤따랐다.

◆ ◈ ◆

호접객잔(胡蝶客棧).

객잔의 탁자들을 연신 걸레로 닦고 있는 허름한 행색의 여인이 이마의 땀을 훔치며 미간을 찌푸렸다.

"개방의 방주?"

"그렇습니다."

이 허름한 아낙네가 바로 천하에 유명한 야접의 주인이자 그 명성 높은 홍예(弘霓)라는 것을 아는 자는 그야말로 극소수였다.

"취선개가 어떻게 여길?"

물론 개방도 천하의 정보 단체니 야접의 총지부 정도는 알고 있을 것이다.

하지만 자신이 호접객잔의 점소이로 위장하고 있는 것을 알고 있는 것은 차원이 다른 문제였다.

"다른 사람도 아닌 취선개에게 본 녀의 위장을 들켜? 꼬리를 잡힌 놈이 대체 누구야?"

"그, 그럴 리가 있겠습니까?"

야접과 개방은 정보 업계의 오래된 앙숙.

그렇게 개방과 묘한 경쟁 관계에 있는 상황에서 자신의 위장 직업을 들켰다는 것은 도저히 자존심이 용납하지 않았다.

더 열이 받는 것은 아직 취선개의 위장 직업을 이쪽에서 모른다는 것이었다.

개방 역시 정보 조직이라면 외부에 개목들과 교류할 수밖에 없으니 반드시 그도 위장 직업이 있을 터였다.

"혼자야?"

"아닙니다. 그의 처와 수신호위 한 명이 동행하고 있습니다."

"하!"

홍예는 더욱 열이 뻗쳤다.

정보 조직의 수장끼리 만나 은밀히 대담하는 자리에 외인(外人)들을 두 명씩이나 데려온다는 것은 이쪽을 완전히 무시하는 태도.

"취선개라면 신중한 일 처리로 유명한 자가 아니야? 지금 뭐 하자는 거야 도대체?"

"……."

수하가 묵묵부답으로 일관하자 입술을 깨물며 비틀던 홍예가 이내 손에 들고 있던 걸레를 내던졌다.

이어 깊은 한숨을 쉬며 자리에 앉는 그녀.

"일이야 벌어졌고. 뭐 할 수 없지. 객잔 깨끗이 비워. 모두 내보내."

"예? 식사를 하는 손님들이 아직⋯⋯."

"두 번 말하게 할 참이야? 두 배를 주든 세 배를 주든 알아서 다 내보내란 말이야!"

"조, 존명!"

결국 객잔 내부가 소란에 휩싸이며 여기저기서 실랑이가 벌어졌지만 홍예는 이마를 매만지며 깊은 사색에 잠겨 있을 뿐이었다.

'뭐지 도대체?'

지금까지는 서로 간에 상의할 밀담(密談)이 있다고 해도 서찰을 주고받는 것이 관례였다.

한데 이렇게까지 야접을, 이 홍예를 자극하면서까지 방문하는 이유가 도대체 뭐란 말인가?

아무리 생각을 이리저리 뻗어 봐도 그 이유를 가늠할 수가 없었다.

그때, 깨끗하게 비워진 객잔 내부로 취선개 일행이 들어오고 있었다.

한껏 반가운(?) 얼굴을 하며 거침없이 홍예의 맞은편 자리에 앉는 취선개.

"흠, 더 예뻐졌네요?"

"뭐, 뭐예요?"

취선개(?)가 예의 음흉한 미소를 지어 보였다.

"인피면구로 가려 봤자 홍예 님의 미모를 어찌 숨길 수가 있겠습니까? 그사이에 또 뭐 좋은 거라도 드셨나."

어느새 탁자 위에 발을 올린 채 달달 떨고 있는 그 모습이 왠지 자신이 알고 있는 자와 겹친다.

이내 홍예가 안력을 돋워 상대의 모습을 자세히 살폈으나 인피면구는 확실히 아니었다.

그럼에도 그녀는 도저히 의심을 지울 수가 없었다.

"당신이 취선개? 아니죠? 누구시죠?"

"어허!"

취선개, 아니 조휘는 한 차례 크게 호통을 치더니 근엄한 표정을 지어 보였다.

"또 또! 날로 먹으려고 든다! 짜증나면 외상값 안 갚는 수가 있어!"

"외상값?"

야접이 외상 거래를 하는 경우는 단 하나밖에 없었다.

파는 정보보다 의뢰인의 정보가 더욱 가치가 높을 때!

당금의 강호를 위진하고 있는 가장 매서운 돌풍, 소검신의 정보는 당연히 야접으로서 최고로 대우할 만한 정보였다.

그러므로 천하의 야접이 외상 거래를 한 고객은 단 한 명.

"조휘 공자?"

그제야 취선개의 얼굴이 물결치며 소검신의 신위로 화(化)

8

했다.

"진짜 섭섭해. 이제야 알아보고."

그런 조휘의 엄청난 역체변용술에 깜짝 놀랐지만 이내 화색으로 만발한 홍예.

소검신이 누군가?

그야말로 강호의 모든 상식을 부수는 자!

어쨌거나 그녀로서는 실로 다행이 아닐 수 없었다.

그럼 그렇지!

취선개가 이곳을 알 턱이 없지!

그녀에게 있어서 소검신이라면 언제든지 환영이었다.

"갑자기 취선개로 위장하다니 이게 어떻게 된 일이에요?"

"웅, 그럴 일이 있어."

홍예가 답답했는지 자신의 인피면구를 뜯더니, 그 어여쁜 얼굴에 더욱 싱그러운 미소를 만발했다.

"뭐, 알겠어요. 그런데 이번에는 무슨 일이죠?"

조휘가 씨익 웃었다.

"웅, 망해 줘야겠어. 당신의 야접."

잘못 들었나 싶어 홍예가 자신의 귀를 후벼 파며 물었다.

"네? 뭐라고요, 공자님?"

"좀 망해 달라고."

"네?"

사람이 지극히 당황스러우면 사고가 마비되는, 일명 뇌 정지 상태가 된다.

홍예가 잠시 멍하게 굳어 있다 그 두 눈에 매서운 살기를
드러냈다.

"본 녀가 스무고개를 싫어한다는 것은 누구보다도 공자님
께서 잘 알고 계시지요. 그런 얼토당토않은 소리는 집어치우
시고 빨리 공자님의 진의(眞意)를 드러내세요. 아니면 아무
리 공자님이라고 해도 참지 않겠어요."

한데, 이어진 조휘의 대답이 걸작이었다.

"어. 내가 비공일맥과 좀 틀어졌어. 미친놈들이 나와 조가
대상회를 없애고 싶다네? 그런데 그놈들이 야접을 먼저 도모
하겠다지 뭐야? 당신이 나와 각별하다는 걸 그 새끼들이 눈
치를 챘거든."

조휘가 가볍게 흘리는 투로 농담처럼 말하고 있었지만 그
속에 담긴 내용들이 너무도 엄청난지라 홍예는 결코 흘려들
을 수 없었다.

"비, 비공일맥이 저희를요?"

"어. 진짜 웃긴 놈들이지 않아? 고작 소검신과 친하다는 이
유로 한 정보 조직을 통째로 없애 버리겠다니 말이야."

"아아……!"

지하상계의 진정한 실체를, 그런 비공일맥의 무서움을 아
는 자라면 가장 생각하기 싫은 상황.

"왜, 왜죠? 그 무서운 비공일맥이 당신의 조가대상회를 왜

노리는 거죠?"

"세상을 통째로 움켜쥐고 있다고 생각하는 놈들의 판단이
야 뻔한 거 아니겠어? 강북의 돈은 강북에서, 강남의 돈은 강
남에서만 돌아야 한다고 생각하나 봐."

특정 진영의 세(勢)가 비대해지는 것을 원치 않으니 비공
일맥이 이를 견제하겠다는 말.

그런 엄청난 일을 자꾸만 농담처럼 내뱉고 있는 조휘를 홍
예는 이해할 수 없었다.

"비공일맥을 제대로 알기나 아세요? 지금까지 중원은 그들
이 원하는 대로 통제되어 왔어요. 무림맹주, 아니 황제조차
갈아치울 수 있는 자들이 바로 그자들이에요. 그들의 역량은
상상을 초월한단 말이에요!"

"뭐 어쩌라고. 그래서 가만히 당하고만 있을래?"

홍예가 미친놈 보듯 조휘를 쳐다본다.

방금 전만 해도 야접의 현판을 내리라고 겁박한 놈이 누군
데 갑자기 또 무슨 소리야?

"문 닫으랄 땐 언제고 이젠 그들을 징치하시겠다?"

"내가 영원히 문 닫으랬어? 왜 이래? 아마추…… 아니 신출
내기처럼?"

홍예가 깊게 한숨을 내쉬었다.

"후…… 잘 들어요 공자. 황자(皇子)들이 난(亂)을 일으킬 때
가장 우선시하는 것이 바로 비공일맥의 협력이에요. 그들의

협력이 없다면 역천(逆天)의 길은 반드시 실패하기 때문이죠."

"……"

"각 부(部)의 시랑(侍郞)들은 물론이고 황제의 최측근이라 할 수 있는 내밀위장(內密衛將), 심지어 승상(丞相)까지도 비공일맥의 사람이라는 것이 본 야접의 판단이에요. 이 제국을 송두리째 거머쥐고 있는 자들이란 뜻이죠."

"흐음."

"무림이라고 다를 줄 아세요? 정사(正邪)를 막론하고 모든 세력의 종주들은 철저하게 그들과 불가근불가원의 원칙을 지키고 있죠. 그게 왜라고 생각해요?"

불가근불가원(不可近不可遠).

가까이해서도 안 되고 멀리해서도 안 된다는 뜻.

"생존을 위해선 반드시 그들의 협력이 필요하지만 그 힘이 실로 두렵다는 뜻이겠죠. 역사상 가장 강력한 세력이었던 옛 마교가 수차례 중원정벌을 철수했던 이유조차도 비공일맥의 협력이 보장되지 않아서였다는 것이 이 업계의 지배적인 시각이에요."

갑자기 홍예의 낯빛에 간절함이 서렸다.

"무조건 그들의 심기를 달래세요. 무릎을 꿇든 약조를 하든 모든 수단과 방법을 동원해서 그들의 마음을 돌리셔야 해요. 실패한다면 공자님께서는 반드시 죽어요. 물론 그 전에 조가대상회부터 절멸(絶滅)하겠죠."

그 모든 홍예의 말을 듣고도, 조휘의 입가에 깃들어져 있는 미소는 사라질 기미가 보이지 않았다.

"홍예."

"왜요?"

조휘의 입가에 맴돌던 미소가 더욱 진해진다.

"당신은 날 얼마나 안다고 생각하지?"

"……."

그런 조휘의 질문은 지금까지 내내 홍예를 괴롭히고 있는 궁금증이었다.

이 눈앞의 소검신은 자신과의 여러 차례 거래를 통해 많은 것을 드러내 주었다.

남궁세가의 봉공.

검신의 후예.

사천당가와의 철광석 거래.

조가대상회가 유통하는 엄청난 발명품들의 연원.

하지만 그 공개의 선후(先後)만 달랐을 뿐, 자신이 아는 것은 현재로서는 전 강호가 함께 알고 있는 것들이었다.

물론 정보를 먼저 선점할 수 있다는 것은 정보 조직의 입장에서 환영할 만한 일이었다.

허나 어차피 공개될 정보라면 결국은 희소성이 떨어져 끝내 그 생명력이 다하고 마는 법.

그런 상황이 반복되자 홍예는 소검신의 성향을 이제는 어느 정도 파악하고 있었다.

이 사내는 애초부터 자신의 진정한 실체를 드러낼 생각이
없는 자였다.

그가 마음을 달리 먹지 않는 이상, 그 누구도 소검신의 진
정한 모습을 알 수가 없는 것이다.

강호인들은 오로지 소검신의 위대한 무공에만 관심을 가
지겠지만 홍예만은 달랐다.

가끔씩 소검신은 이 세상의 상식과는 궤를 달리하는 신비
한 사고(思考)를 한다.

전혀 상상지도 못한 해답을 내놓거나 기상천외한 방식으
로 일을 도모하는 그의 모습 때문에 충격적인 전율에 휩싸인
적이 한두 번이 아니었다.

마치 전혀 다른 세상을 살아온 자와 같은 느낌.

말로 표현 못 할 그런 기이한 느낌은 오로지 홍예만의 감각
이었다.

"……전혀 모르겠어요."

소검신은 분명 지금 자신의 눈앞에 있었지만 신비의 비공
일맥만큼이나, 아니 오히려 더욱 비밀스러운 존재.

조휘가 씨익 웃었다.

"그럼 질문을 달리하지. 날 믿을 수는 있겠어?"

본래 믿음이란 상대를 아는 만큼 확신을 가지게 되는 법이다.

그런데 기이하게도 소검신에 대해 전혀 아는 바가 없었으

나, 그를 향한 신뢰만큼은 평생의 지기(知己)보다도 더욱 진하게 다가왔다.

이런 이율배반적인 감정이 드는 것은 도대체 무슨 연유 때문일까?

한데 이어진 조휘의 음성에 홍예가 화들짝 놀라 버렸다.

마치 그런 자신의 마음을 꿰뚫고 있는 듯한 어투였기 때문이다.

"왜인 줄 알아?"

"왜, 왜죠?"

조휘가 이내 미소를 지워 내며 무심하면서도 신비한 얼굴을 했다.

"조가대상회를 만들기 전에 말이야. 내가 당신을 처음 찾아와서 남궁세가의 봉공이라고 밝혔을 때 당신이 뭐라고 했지?"

홍예가 머리를 푹 숙였다.

"미친 새끼…… 썩 꺼지라고…… 했죠."

"명천대장군과 호형호제하게 됐다고 밝혔을 때는?"

"소금을 퍼부었……."

"흑천련을 몰아내고 강서를 집어삼킨 후 강호를 향해 세력을 천명하겠다고 했을 때는?"

"한심한 눈으로……."

"검신(劍神)의 적전제자라고 밝혔을 때는?"

"다, 당신을 끌어내라고 호위를 불렀……."

"이제 알겠어?"

그제야 홍예는 왜 그토록 조휘를 신뢰하게 되었는지 스스로 깨닫고야 말았다.

"당신에게 실체 없는 환상처럼 느껴졌던 모든 일들을 이나는 모두 진실로 화답했지. 당신의 마음속에서 이 소검신이 경이로운 것은 바로 그 점 때문이야. 자 이제 다시 묻겠어."

조휘가 그 얼굴에 진중한 기색을 비워내고 다시 예의 익살스런 미소로 되돌아왔다.

"문 닫겠어? 아님 복속된 척하겠어?"

침을 꿀꺽 삼킨 것도 스스로 몰랐을 만큼, 홍예는 숨 막히는 긴장감에 휩싸여 있었다.

그러나 조휘를 향해 고정되어 있는 그녀의 시선에는 일말의 흔들림도 없었다.

"그래서 제가 얻게 되는 것은 무엇이죠?"

순간, 조휘의 두 눈이 차가운 겨울 하늘의 별처럼 시리게 빛났다.

"지하상계에서 비공일맥을 지워 내면 그 자리를 누가 차지하지?"

"네?"

천 년 이상 암중으로 중원을 지배해 온 절대적인 지하상계를 이 대륙에서 지워 낸다고?

버럭 그게 가능한 일이냐고 조휘에게 따져 묻고 싶었지만,

그녀는 마음속으로부터 치미는 저 사내를 향한 신뢰감에 스스로 놀라며 몸을 부르르 떨 수밖에 없었다.

"그 엄청난 공백을 과연 우리 야접의 역량으로 대체할 수 있을까요?"

어처구니가 없다는 듯 웃어 버리는 조휘.

"너무 욕심 부리는 거 아냐? 누가 그 떡을 당신에게 준데?"

"예?"

"당연히 지하상계는 이 조가대상회가 먹어야지 그걸 왜 당신이 욕심내?"

홍예가 고운 미간을 찌푸렸다.

"그럼 본 녀에게 그런 허황된 말들을 늘어놓질 말았어야죠."

"당신이 가질 수 있는 것은 정보의 독점권이야. 지금 당신이 비공일맥에 대해서 뭘 알아? 외견만 훑는 수준 아니야?"

다시 예의 씨익 웃는 조휘.

"야접에게 지하상계에서 오가는 모든 정보를 저렴하게 구입할, 그리고 독점적으로 유통할 수 있는 권리를 주지. 그동안 당신이 보여 준 성의에 대한 이 소검신의 화답이랄까?"

"아……!"

금세 묘한 흥분에 휩싸이고 마는 홍예.

지하상계는 황실과 장군부, 지방의 관부들, 정사(正邪)를 아우르는 모든 강호세력에게 그 영향력을 드리우고 있는 절대적인 집단이었다.

그렇게 비공일맥은 중원 전역에 산재되어 있는 모든 권력과 연계되어 있는 것이다.

한데 야접이 그 모든 정보를 독점적으로 유통한다?

중원의 권력을 관통하는 핵심 정보들을 한 손에 쥐고 흔들 수 있다면, 야접은 천하제일을 넘어 고금제일의 정보 조직이라는 칭호를 얻을 수 있을 것이다.

"제가 어떻게 하면 되죠?"

어느덧 털이 바짝 선 암고양이처럼 매서운 눈초리로 변한 홍예.

조휘가 시선으로 암흑귀랑을 가리켰다.

"그건 이 사내와 상의해."

암흑귀랑이 담담한 얼굴로 그런 조휘의 시선을 받으며 나직이 고개를 가로젓고 있었다.

그야말로 미친 입심.

천하의 모든 정보를 다룬다는 야접을, 그 대단한 곳의 주인을 무슨 어린아이 다루듯 하는 그의 언변이 실로 두려웠다.

그제야 내심 확신하는 암흑귀랑.

소검신의 무서움이란 무공에 있는 것이 아니었다.

그의 심계와 수완, 그런 지략이 더욱 가공한 것이다.

그렇게 혀를 내두르던 암흑귀랑이 덤덤한 얼굴로 입을 열었다.

물론 그의 입에서 흘러나온 말들은 그런 덤덤함과는 완전히 결이 달랐다.

"비공일맥이 원하는 것은 둘 중 하나요. 하나는 야접의 완전한 항복과 복속(服屬), 또 다른 하나는 야접의 완전한 절멸(絶滅)이오."

그 말에 단번에 그 얼굴이 핼쑥해지고 마는 홍예.

"저, 절멸이라면?"

"비공일맥은 녹록한 세력이 아니외다. 최소 야접 수뇌들의 수급을 백여 명분 이상은 가져가야 그 절멸을 확신할 자들이오."

"미, 미친!"

백여 명 수뇌들의 목숨을 앗아 간다면 말 그대로 재기 불능의 절멸이었다.

"애초에 그들이 원하는 건 우리 야접과 조가대상회가 서로 교류를 단절하는 것이 아닌가요? 그럼 그런 척만 해 주면 될 것 같은데?"

암흑귀랑이 피식 웃었다.

"비공일맥을 바보로 보는군. 그들의 하루는 의심으로 시작해 의심으로 끝을 맺소. 그러다가 꼬리가 잡히면 어떡할 것이오? 그럼 아예 그들의 본 역량이 드러날 텐데?"

비공일맥이 스스로의 진정한 역량을 드러내는 것만큼 무서운 일은 없었다.

하지만 또다시 홍예의 가슴속에 솟구치는 의문.

"그런 의심 많은 자들이 본 야접의 항복은 또 어떻게 믿고 받아 준다는 거죠?"

퉁명스레 대답하는 암흑귀랑.

"당신을 포함한 모든 야접의 수뇌들에게 혈고를 심겠지."

"혀, 혈고(血蠱)?"

실로 무시무시한 발언.

만약 일이 그렇게 된다면 그것은 거짓 항복이라 볼 수 없었다. 그들의 진정한 하부 조직이 되는 것이다.

절멸도 항복도 가장(假裝)할 수 없었기에 실로 난처하기 이를 데 없는 상황이었다.

한데 그때, 덧니를 매만지며 교정하고 있던 백화린이 핏물을 툭 하고 뱉더니 홍예를 쳐다봤다.

"야, 너 처녀야?"

"무, 무슨 소리시죠?"

"씨발, 했냐고 안 했냐고."

고아한 외모와는 다르게 그녀에게서 상스럽기 짝이 없는 말이 흘러나오자 홍예는 정신을 차릴 수 없었다.

"아, 아니 갑자기 왜 그, 그런 걸 물어보시죠?"

다시 잇몸에서 핏물이 솟구친 듯, 백화린이 짜증 담긴 얼굴로 찍 하고 핏물을 뱉어 내며 입가를 닦았다.

"씨발, 고민할 걸 고민해야지. 그냥 혈고 받아들이고 진짜 노예가 되든지."

조휘가 궁금증을 드러낸다.

"갑자기 뭔 소리야?"

"나도 양심은 있거든? 저년이 처녀라면 좀 그래서 그래."

그런 백화린의 말에 조휘의 진득한 눈빛이 다시 홍예에게 향했다.

홍예가 발그레 홍조를 띤 얼굴로 고개를 푹 숙였다.

"처녀…… 아니에요…….."

순간, 백화린의 표정에 화색이 돌았다.

"잘됐네. 그럼 당대의 비공(秘公)과 혼인해."

"오호?"

"뭐?"

"네?"

모두의 깜짝 놀란 시선이 자신에게 향하자 피식 웃고 마는 백화린.

"뭘 그리 놀라고들 그래? 동서고금을 막론하고 완벽한 동맹의 상징이 혼사 말고 또 있어? 그럼 그냥 혈고 처먹든가."

조휘가 멍해진 얼굴을 하면서도 내심 혀를 내두를 수밖에 없었다.

왜 평소에 허술해 보이는 인간들은 한결같이 결정적인 순간에는 천재가 되는 걸까?

백화린이 슬며시 일어나더니 홍예의 어깨를 툭툭 쳤다.

"어차피 장강에 배 지나가는 자국 아니겠어?"

◆ ◇ ◆

당가지세(唐家之勢) 일신우일신(日新又日新).

사천당가의 가세는 그야말로 하루하루가 달랐다.

당가타의 규모는 어느덧 두 배 이상 거대해졌다.

그도 그럴 것이 마교의 사천지부를 견제하느라 늘 힘을 소모해 왔던 과거와는 달리 전력을 온전히 보전할 수 있었고, 조가대상회라는 엄청난 거래처를 유치하여 철광석의 안정적인 판로를 확보했기 때문이다.

게다가 조가대상회의 고부가가치 상품들이 사천으로 흘러들자 시장은 더욱 활기로 가득 찼다.

당가주 당무호는 이제 천하제일가(天下第一家)의 꿈이 단지 꿈으로만 그칠 것 같지 않았다.

가세가 부푸는 속도가 지금처럼만 유지된다면 언젠가 제왕의 아성마저 넘을 수 있을 것만 같았다.

당가가 합비의 제왕을 능가한다고?

생각만으로도 흥분되는 일!

그것은 마치 암기와 독의 가문이라며 손가락질받았던 지난날들을 모두 보상받는 듯한 기분이었다.

어느덧 사천의 무인들은 이런 자신에게 비룡제(飛龍帝)라는 별호를 넘어 비룡천제(飛龍天帝)라 운운하고 있는 마당.

사천에서만큼은 그 명성이 팔무좌를 능가하는 것이었다.

처음에는 소검신에게 많은 것을 뺏긴 같은 생각이 들어 스스로도 가문의 수뇌들도 우려가 많았지만 모두 기우(杞憂)에 불과했다.

돌이켜 보면 가문의 보물인 천빙령을 내어 주며 그의 호감을 산 것은 자신이 내린 최고의 판단.

난다 하는 상인들조차도 없어서 못 구하는 조가대상회의 귀한 상품들을 거의 전매하다시피 공수해 오고 있지 않은가?

그 귀한 상품들을 사천의 전 지역에 독점적으로 공급할 수 있다는 것은 엄청난 수익을 보장해 주었다.

그야말로 돈맛을 제대로 본 것이다.

돈의 마력이란 게 참 무섭다.

그토록 폐쇄적이었던 사천당가가 이제는 먼저 나서서 상인들과 단가 협상을 벌일 지경.

사천의 상인들 입장에서 이는 달가운 일이었고 그렇게 사천성 전체가 완전한 변화를 맞이하고 있었다.

하지만 세상일이란 것이 어디 그렇게 만만하기만 한가?

당가타의 밤.

한 마리의 야조가 구슬프고 긴 울음을 내며 독룡각의 후원을 지나갈 때, 온몸을 흑의로 감싼 독인이 유령처럼 나타나 당무호를 향해 시립했다.

"충, 비독령주(飛毒令主)입니다."

흥겨운 상상에 젖어 있던 당무호가 상념에서 깨어나며 미

269

간을 찌푸렸다.

"이 야밤에 무슨 일인가."

지금은 축시(丑時)다.

정무를 보는 시간으로부터 한참이나 지났는데 이 고요한 후원까지 찾아와 가주를 괴롭히려 들다니!

만약 가벼운 사안이라면 반드시 꾸짖어 줄 것이라 다짐하는 당무호.

허나 그에게 찾아든 소식은 그야말로 청천벽력이었다.

"마교의 사천지부에 천마존성기가 올라왔습니다."

"처, 천마존성기(天魔尊聖旗)?"

여유로웠던 당무호의 얼굴이 이내 경악의 빛으로 물든다.

자신이 가주의 위(位)에 오른 후로 천마존성기가 걸린 적은 없었다.

아니 무엇보다 사천지부는 철수한 것이 아니었던가?

"천마가 움직였단 말인가!"

천마성혼기는 천마의 재림을 축하하는 의미의 깃발이지만, 이와는 달리 천마존성기는 천마가 완전한 위세를 떨치기 시작했으며 그 오롯한 뜻을 모든 교도에게 전달했다는 의미였다.

그리고 마교의 오랜 역사로 미뤄 볼 때 천마존성기가 나타날 때면 반드시 중원 침공으로 이어졌었다.

이제는 한낱 마교의 지부를 견제하는 것과는 궤가 달라졌다. 당가의 힘만으로는 수습이 불가능한 것이다.

"임무에 투입된 모든 독룡들 불러들여라!"

"충!"

"또한 이와 같은 사실을 최단 시간 내에 무림맹에 전하라! 이는 오독령주로서의 명이다!"

"오독령을 받듭니다!"

스스스스-

비독령주가 다시 유령처럼 사라지자, 당무호가 전력을 다한 경공으로 총사의 처소로 향했다.

그에게 이백 년 만에 열리는 당문오독회의(唐門五毒會議)를 알리기 위함이었다.

60章.

60章.

　이제 만금상단주라는 위장 외견을 버렸으니 구연천(具蓮天)의 하루는 단출하기 짝이 없었다.

　여기저기서 도착한 밀지들을 훑어보기도 귀찮다는 듯 탁자의 한구석에 모두 던져 둔 그가 무료한 얼굴로 차(茶)를 호로록거렸다.

　"흐음."

　차 맛도 기벼워진 일상도 모두 나쁘지 않았다.

　만금상단주라는 위장은 애초부터 마음에 들지 않았던 거추장스러운 외견.

　마음 같아선 한적한 시골해서 조용히 차기 비공(秘公)을

275

가르치며 살고 싶었다.

'하지만 이번엔 실망스러웠단 말이지.'

두각을 나타내던 몇몇 아이들 중에서도 군계일학 같은 아이가 있었다.

여소강(呂小江).

몰락한 여가 집안의 후손인 그는 자신의 가문에 지극히 집착하는 모습을 보였다.

엄청난 지략과 심계로 정평이 나 있는 소검신을 상대하면서 대놓고 여가장이라는 본인의 소망을 그대로 드러낸 것부터가 문제.

'아이는 아이일 뿐이란 건가.'

강호에 내보내자마자 아버지의 장원을 복원하려는 소년의 마음. 그것은 전형적인 치기에 불과했다.

더욱이 소검신의 입심에 단숨에 휘말려 모든 협상을 포기하고 쪼르르 달려와 자신을 동요시킨 것이 가장 큰 문제였다.

어쩌면 그 때문에 만금상단주라는 비공의 외견이 드러나고 말았던 것.

물론 소검신이 비공일맥의 음어를 알고 있는 것은 자신으로서도 뜻밖이었으나 여소강의 대처가 미흡했던 것은 분명한 사실이었다.

'반드시 죽여야 한다.'

소검신은 초대 비공과 어떤 방식으로든 반드시 엮여 있는 자.

하지만 초대 비공의 유지를 이은 자 같지는 않았다.

단순히 초대 비공이 남긴 글귀 따위를 어디서 읽은 정도에 불과할 터.

허나 비공일맥의 음어를 알고 있는 자가 평범한 촌부였다면 큰일이라 할 수 없겠으나, 가공할 심계와 지략으로 정평이 난 소검신이라면 말이 달라졌다.

그가 무슨 방식으로든 비공일맥의 음어를 활용할 것은 자명했다.

그것은 지하상계의 권위를 해치는 일.

비공일맥의 입장에서는 결코 좌시할 수 없는 문제였다.

그때, 바깥에서 인기척이 들려왔다.

-합리귀(合悧鬼)입니다.

구연천이 복잡한 심경을 다잡으며 자신의 신색을 바로 했다.

"들라."

어쩌면 황제처럼 거만한 모습.

자신이 암중으로 중원의 권력을 좌지우지하고 있는 당대의 비공(秘公)이기에 자연스럽게 몸에 밴 권위이리라.

조심스럽게 비공의 집무실에 들어온 합리귀가 그대로 부복하며 고개를 조아렸다.

"직접 보고드릴 사안이 있습니다."

"말하라."

합리귀가 조심스럽게 고개를 들어 비공과 시선을 맞췄다.

"춘선이 돌아왔습니다."

"춘선이?"

춘선의 성정은 누구보다도 구연천이 잘 알고 있었다.

그녀는 자신의 임무를 완수하기 전까지는 결코 되돌아올 위인이 되지 못했다.

"그렇게 쉽게 취선개를 움직였단 말이냐?"

쉽게 이해할 수가 없었다.

개방이 야접을 도모한다는 것은 무림맹과 오래도록 척을 진다는 의미.

당연히 취선개가 강력하게 반발해 올 것이라 예상하고 있었거늘 이렇게 빨리 그를 설득하다니?

'혈고(血蠱) 때문인가?'

그것도 아닐 것이다.

아무리 혈고로 그를 구속하고 있다고 해도, 십만 방도의 명운이 달린 일이라면 그는 초개처럼 스스로 목숨을 내던질 위인이었다.

그런 의문으로 가득한 구연천의 시선이 다시 합리귀에게 향했다.

"그 취선개도 함께 왔단 말인가?"

"더 있습니다."

"음?"

취선개의 마음을 휘어잡은 것만으로도 놀라운데 또 누굴?

"야접의 주인, 홍예도 함께 와 있습니다."

"뭐, 뭐라?"

이번만큼은 도저히 동요를 참지 못하고 자리에서 벌떡 일어나 버린 구연천.

개방을 움직인 것으로도 모자라 그 야접을 포섭했다고?

"그 홍예가 본 비공에게 귀의(歸依)한다고?"

도도하기로 이를 데 없는 여인.

천하의 야접은 비공일맥으로서도 결코 무시할 수 없는 이름이었다.

"만나 보시겠습니까?"

한껏 궁금증이 치민 구연천이 호쾌하게 고개를 끄덕였다.

"들이라! 어서!"

"존명."

그렇게 반각 정도가 지나자 합리귀가 춘선 일행을 데려왔다.

과연 틀림없는 취선개가 춘선과 함께 들어서고 있었고, 눈이 번쩍 뜨일 만한 미인도 그들과 함께 있었다.

그 나이와 외모를 단 한 번도 강호에 드러낸 바 없는, 그야말로 신비롭기 그지없는 여인.

구연천이 취선개 쪽은 쳐다보지도 으며 불처럼 이글거리는 시선으로 홍예만을 응시하고 있었다.

"당신이 일야만략화접(一夜萬略花蝶) 홍예란 말이오?"

단 하룻밤 만에 만 번의 지략을 드러내는 나비.

그 별호의 뜻만 살펴봐도 홍예의 명성을 익히 짐작할 수 있었다.

"제가 강호 동도들의 과람한 칭찬을 받고 있더군요. 감히 비공의 이름에 비할 바가 못 되니 그 말씀은 거두어 가세요."

구연천의 표정이 묘하게 굳어졌다.

분명 내용은 겸양하며 자신을 낮추는 말이었으나 그 말투가 너무 교묘했다.

하대도 공대도 아닌 묘한 느낌을 주는 어투.

구연천이 이내 실소를 머금었다.

"과연 야접. 대단한 여인이군."

가볍게 미소 지으며 몸을 숙이는 홍예.

흡족한 얼굴로 그녀의 예를 받던 구연천이 이내 의문으로 얼룩진 표정으로 춘선을 응시했다.

"어떻게 된 일이냐?"

춘선이 취선개를 바라보았다.

"낭군께서 야접을 설득하셨나이다."

"설득……?"

취선개가 이토록 빨리 야접을 설득했다고?

무엇보다 개방과 야접은 무림으로 치면 무림맹과 천마신교에 비할 수 있는 대립 관계이지 않은가?

당연히 구연천은 쉽사리 받아들일 수가 없었다.

그의 타오르는 시선이 다시 홍예에게 향한다.

그의 강렬한 눈빛에서 느껴지는 것은 명백한 의심이었다.

"본 비공일맥은 지장혈고(地樟血蠱)라는 것을 번식시키고 있소. 고독(蠱毒)의 일종이지."

"……"

점점 의미심장한 웃음을 띠는 구연천.

"보통은 수컷을 심소. 이놈은 한번 맺어진 암컷의 냄새를 결코 잊지 않지."

이윽고 구연천은 그 얼굴에 귀기(鬼氣)를 가득 드러내더니 품에서 옥병 하나를 꺼냈다.

이내 거칠게 옥병을 흔드는 구연천.

"끄으으윽!"

거품을 내뿜을 정도로 극도의 고통을 호소하며 주저앉는 춘선!

"보시다시피 암컷이 느끼는 고통은 수컷에게도 그대로 이어지오. 거기에……"

뽁—

구연천이 옥병의 마개를 열고 그 손가락에 진기를 일으키자, 춘선이 기겁을 하며 그를 향해 오체투지했다.

"비공이시여! 제발 이 미천한 종복을 사, 살려 주시옵소서!"

구연천이 내력을 거두며 희미하게 웃는다.

"암컷이 죽으면 수컷도 스스로 자진하지. 평생을 지니고 있던 혈독(血毒)을 남김없이 내뿜으면서 말이오. 한낱 곤충의 의리도 이토록 지극한데 인간들은 어찌 그리 서로를 속고 속이고 산단 말이오?"

당혹스럽게 굳어 있는 홍예에게로 그가 마지막 물음을 했다.

"당신은 어찌 생각하시오? 이런 곤충의 의리를 당신도 사람이라면 배워야 하지 않겠소?"

홍예는 약간은 창백해진 얼굴로 긴장하고 있었지만 준비해 온 대답을 천천히 읊어 가기 시작했다.

"배워야죠. 그러나 곤충에게는 곤충의 길이, 사람에게는 사람의 길이 따로 있는 것으로 알아요."

이내 흥미를 드러내는 구연천.

"……사람의 길?"

홍예가 고아하게 고개를 끄덕이며 만면에 화사한 미소를 그렸다.

그녀의 시선은 엎드려 오체투지하고 있는 춘선에게 향해 있었다.

"저건 솔직히 노예잖아요? 당신은 정말 저 모습으로 만족이 되시나요?"

"음……."

"저 역시 인본(人本)을 추구하는 사람으로서 죽음이라는 지고의 형벌로 맺어진 의리란 너무 서글퍼지네요. 그걸 과연 사람들 간의 의리라 말할 수 있겠어요?"

그녀의 논리를 인정할 수밖에 없다는 듯, 구연천의 고개가 침중하게 끄덕여졌다.

"인정하겠소. 솔직히 재미가 없는 것은 사실이지."

이를 지켜보던 취선개, 아니 조휘가 내심 이를 뿌드득 갈았다.

사람의 의지를 고독으로 제어하면서 '재미'란다. 미친 새끼.

"그럼 당신이 생각하는 사람의 길을 말해 보시오. 그것이 도대체 뭐란 말이오?"

순간 홍예의 얼굴이 더욱 화사해졌다.

그야말로 눈부신 미소였다.

"이 홍예. 당신의 처가 되겠어요."

"뭐, 뭐라?"

지극히 놀라며 두 눈을 휘둥그레 뜨고 있는 구연천.

"인류지대사. 이렇게 사람의 방식이 엄연히 따로 존재하는데, 굳이 곤충 따위에 기댈 필요가 있겠어요?"

자신과 혼사를 치르겠다고?

구연천은 이를 쉽게 받아들일 수가 없었다.

홍예가 누군가?

천하의 정보를 한 손에 거머쥐고 있는 그 유명한 야접의 주인이요, 지닌 재지(才智)가 하늘에 닿았다는 일야만략화접이다.

그녀의 외모와 나이, 활동 무대, 무공 수위 등 그야말로 모든 것이 불투명했으며, 그런 그녀와 조금이라도 더 인연을 쌓기 위해 몸부림치는 강호인들이 부지기수였다.

그런 강호의 일대 재녀가 먼저 자신을 향해 혼사의 뜻을 내비쳤다?

당연히 구연천으로는 의심이 생길 수밖에 없었다.

"쉽게 이해가 되지 않는군."

그가 의미심장한 눈으로 홍예의 위아래를 훑는다.

그의 끈적한 시선에 내심 구역질이 치밀 것만 같았지만 홍예는 애써 태연한 척하며 입을 열었다.

"무엇을 말인가요?"

"연모하는 감정에서 출발한 혼사가 아니라면 정략(政略)이라는 건데…… 사실 그대가 얻을 것은 그다지 없지 않소?"

홍예가 희미하게 웃었다.

"저를 바보로 보는 건 아니겠죠? 전 당신과 혼인하는 순간부터 비공일맥의 모든 역량을 당신에게 요구할 것이에요. 우리 야접이 지하상계의 전폭적인 지원을 받는다는 건 생각보다 엄청난 일이죠. 게다가 가장 중요한 건 우리 수뇌들이 당신의 혈고를 받아들이지 않아도 된다는 거겠죠?"

"당신의 말에는 가장 중요한 것이 하나 빠져 있소."

"무엇이죠?"

"신뢰."

점점 냉혹한 빛으로 물들어 가는 구연천의 두 눈.

"과연 그대와의 혼사란 것이, 지장혈고를 대체할 만큼의 신뢰를 이 비공(秘公)에게 선사할 수 있는가?"

홍예가 싱긋 웃는다.

이어진 그녀의 대답이 너무도 뜻밖이라 구연천은 일순 멍하게 굳어질 수밖에 없었다.

"아이를 낳겠어요. 최대한 빨리."

"허?"

정략혼인에 있어서 자손을 낳는다는 것은 약속의 종착점이요, 신뢰의 상징이다.

"그대는 본좌에게 이미 두 명의 처가 있다는 것을 알고 있소?"

"그게 어떤 문제가 되나요?"

태연자약하게 되묻는 홍예를 구연천이 황당한 표정으로 바라보고 있었다.

너무도 당돌하다.

구연천은 그녀가 천하제일 정보 조직 야접을 이끌 만한 여인이라는 것을 인정할 수밖에 없었다.

"대단하군. 과연 대단해."

구연천이 기이한 감정이 담긴 눈으로 홍예를 끈질기게 응시하고 있었다.

"혹시 그대는 이 구연천이 오래도록 후사를 기다려 왔다는 것을 알고?"

홍예의 얼굴에 만연한 미소가 번졌다.

"파악한 지 오래되진 않았어요."

"허!"

그의 본처와 후처 모두 수태를 할 수 없는 몸이었다.

이는 외부에 알려지지 않은 구연천의 치부라 할 수 있는 일로, 그가 여소강에게 집착하는 이유와 맞닿아 있었다.

"야접을 취하게 해 주는 것으로도 모자라 내게 후사를 약속한다라……."

구연천이 호기롭게 너털웃음을 터뜨렸다.

"껄껄 좋아! 나 역시 약속하지. 후사를 이어 준다면, 게다가 만약 사내아이라면! 그대에게 내 모든 것을 내어 주리다."

"기대하겠어요."

이윽고 수개월이 지나자.

홍예의 배가 거짓말처럼 부풀어 오르기 시작했다.

구연천의 얼굴에 웃음이 끊이지 않은 것도 그때부터였다.

"와, 진짜 효과 좋네? 그거 대량 생산할 방법은 없는 거야?"

이 와중에도 장사치의 장삿속을 드러내는 취선개, 아니 조휘가 그렇게 깐족거리자 홍예가 고운 아미를 찌푸리며 인상을 썼다.

"독(毒)을 대량 생산하는 방법은 없어요. 그런데 이걸 바르는 게 얼마나 고통스러운지 당신은 알아요?"

홍예는 임신을 가장하기 위해 천변혈후 백화린의 묘약(?)을 건네받았다.

원래는 백화린이 가슴을 키우는 용도로 쓰던 독.

"다 청구할 거야."

탐탁지 않은 얼굴로 연신 입술을 삐죽거리는 백화린의 머리를 조휘가 흐뭇한 표정으로 쓰다듬어 주었다.

"흐흐, 당연히 보상해 드려야지."

조휘가 비공일맥에 잠입하기 위해 천변혈후 백화린을 데려온 것은 최고의 판단이었다.

혼사라는 묘안을 꺼낸 것도 그녀였고, 비공 구연천을 속일 수 있었던 것도 그녀의 독이 없었더라면 꿈조차 꿀 수 없었던 일!

"상황은 좀 어때?"

"완전히 믿기 시작한 것 같아요. 본 녀의 정보를 의심 없이 받아들이고 있어요."

"호오!"

구연천이 야접의 정보를 신뢰하기 시작했다는 것은 슬슬 조휘가 움직일 때가 되었다는 뜻.

"하기야 저렇게 점점 배가 불러 오는데 안 믿을 수가 있나? 흐흐."

홍예의 몸은 누가 봐도 수태한 여인의 그것이었다.

오랫동안 자식을 보지 못한 한(恨)으로 가득한 구연천으로서는 그야말로 하늘을 나는 듯한 기분일 것이다.

"너무 들뜨지 마세요. 보는 눈이 많으니 표정 관리를 잘해야 될 거예요."

진중한 홍예의 표정에 조휘도 장난기를 지우고 엄중히 고개를 끄덕였다.

이곳 구연천의 장원.

놀랍게도 그의 또 다른 위장 직책은 감숙성주 지대인(智大人).

관부의 무사와 관원들로 온통 득실거리고 있는 이곳 지부 장원은 가히 용담호혈에 다름이 아니었다.

"그런데…… 진짜 안 잤어? 정말 같이 안 잔 거야?"

백화린의 질문에 홍예가 나직이 한숨을 쉬며 고개를 절레절레 저었다.

"안 잤다고 했죠?"

"아니 왜 그랬는데? 왜 자진해서 의심거리를 만들어 줘? 난 그게 너무 찝찝해."

"만취해서 모를 거예요."

"그렇게 간단한 일이 아니라니까?"

암흑귀랑도 동의한다는 듯 고개를 끄덕이고 있었다.

"아무리 대취한들 여인과의 동침을 기억하지 못하는 사내란 있을 수 없소이다."

조휘가 실소를 머금었다.

"처음에야 의심을 가졌겠지만 이렇게 배가 점점 불러 오는

데 지가 어쩔 거야? 너무 쫄지는 말자고. 그나저나……."

홍예를 바라보는 조휘의 시선이 한껏 진중해져 있었다.

"그놈에게 역정보를 흘려줘."

"역정보요?"

"이제 슬슬 사들여야지."

"뭘요?"

조휘의 얼굴에 점차 음흉한 미소가 번져 갔다.

"만금상단."

"네? 마, 만금상단을?"

암흑귀랑은 선불리 이해할 수 없다는 듯한 표정이었다.

"비공일맥이 만금상단을 정리 중이긴 하나 곧바로 다른 외견으로 되살아날 것이라는 것은 다름 아닌 당신의 예측이 아니었소?"

"어 맞지."

이내 미간을 찌푸리는 암흑귀랑.

"당연히 비공일맥이 만금상단을 다른 자들에게 매각할 리가 없지 않소?"

"부부 사이가 좋은 게 뭐야?"

"그, 그게 무슨 말이요?"

씨익 웃는 조휘.

"새로운 상단을 드러내 만금상단의 계열상들을 거둬들이는 게 그리 쉬운 일은 아니잖아? 신생 상단의 이름으로는 제

한적일 수밖에 없지."

홍예도 동의를 보탰다.

"그렇죠. 관부라면 어떻게 요리할 수 있을지 몰라도 민심
(民心)은 어쩔 수 없으니까요."

신생 상단은 결코 만금상단이라는 엄청난 명성을 대리할
수 없었다.

기존의 거래처들과 성도의 백성들이 뜬금없이 나타난 새
로운 상단을 신뢰하기란 매우 요원한 일.

아마도 비공일맥이 만금상단의 수습을 서두르지 않는 이
유는 그런 고민의 일환일 것이다.

"하지만 야접의 이름으로 만금상단의 모든 계열상들을 취
한다면?"

"아!"

"물론 야접이 상회는 아니야. 하지만 그 명성만큼은 결코
만금상단 못지않지. 기존 거래처들에게 충분히 신뢰를 주는
이름이 될 수 있지."

문득 조휘가 씨익 웃었다.

"게다가 이제 당신은 비공의 사랑스러운 처잖아? 오히려
그의 고민을 해결해 주는 셈일 텐데."

"하……."

이제 홍예는 놀라기보단 눈앞의 조휘가 진실로 무섭게 느
껴졌다.

보나 마나 그는 그렇게 야접이 취한 만금상단의 수많은 계열상들을 조가대상회의 휘하로 편입하려 들 것이 분명했다.

"그를 설득해 보겠어요. 한데 그에게 흘릴 역정보는 무엇이죠?"

"그건 차차 말해 주지. 일찍 떠벌여 봐야 좋을 건 없으니까."

한데 그때, 조휘의 감각권에 기이한 파장이 감지되었다.

"음?"

소스라치게 놀라는 조휘.

그것은 그에게 있어서 너무나도 익숙한 기운이었다.

'마교?'

틀림없었다.

천마성에 잠입했을 때 무수히 많은 신도들에게 느낄 수 있었던 마화(魔火)의 기운!

하지만 그 강대함의 결이 다르다.

자신이 익히고 있는 마신공(魔神功)에 거의 필적하는 기운이었기에 그가 이토록 놀라고 있는 것이었다.

그런 마화의 기운을 드러내며 장원을 방문한 자는 단 한 명에 불과했으나 그 존재감만큼은 가히 팔무좌의 그것을 능가하는 것이었다.

"당신들은 나오지 마."

갑자기 조휘가 긴장하는 얼굴로 안가를 나가려고 하자 암흑귀랑이 한껏 의문을 드러냈다.

"무슨 일이 있는 것이오?"

조휘의 침중한 얼굴이 서쪽으로 향했다.

"이 장원에 마교가 온 것 같다."

"마, 마교?"

수백 년 동안 강호에 모습을 드러내지 않았던 그들이 비공일맥을 찾아왔다?

그 말이 의미하는 바는 단 하나뿐이지 않은가?

"설마 그들이……!"

"쉿. 그대로 있어."

순간, 조휘의 신형이 유령처럼 미끄러져 안가 밖을 향했다.

은밀히 처마 밑으로 몸을 숨기는 조휘.

아직도 강대한 마화의 기운이 장원 전체에 드리워져 있었다.

절대경의 고수라고 해도 보통은 이렇게까지 자신의 존재감을 과시하지는 않는다.

그 자신감이 대단한 자라는 뜻.

그렇게 감각으로 상대를 한 번 훑는 것만으로도 조휘는 상대의 성정을 어느 정도 파악할 수 있었다.

'도대체 누가?'

마교도들의 신실함을 누구보다도 잘 아는 조휘였다.

그들이 진정 자신을 천마로 믿고 있다면, 신강(新疆) 밖으로 활동 영역을 넓히는 건 말도 되지 않는 일.

그 순간, 장원의 하늘에서 무수히 많은 신형이 나타났다.

순식간에 마기를 뿌리는 자를 에워싸며 진득한 살기를 발하는 흑의인들!

마인, 암천마(暗天魔)는 장원의 중심에 우두커니 서서 호기로운 웃음을 터뜨렸다.

"하하하하! 지극한 환대에 감사드리오!"

우르르릉!

그 강력한 일갈에 내심 조휘는 소름이 돋았다.

내공만큼은 거의 자신에 필적, 아니 그 이상!

암천마의 얼굴을 살핀 조휘가 그제야 그를 알아보았다.

저자에게 넉넉한 품의 제례복을 입히고, 복잡한 문양의 도식을 그 얼굴에 그리면!

마교의 제단에서 보았던 대제사장이 확실했다.

설마하니 그의 무공이 팔무좌에 필적하다니!

당시에는 몰랐으나 지금 그가 보여 주고 있는 무위는 결코 자하검성 못지않은, 아니 어쩌면 그 이상일지도 모른다.

팔무좌의 최상위권 고수는 아직 조휘로서도 쉽게 승부를 장담할 수 없었다.

"으음."

어느덧 장원의 중심에 나타난 구연천이 뒷짐을 지며 나지막이 말했다.

"천하에 그토록 발이 무겁다는 암천마께서 본 장원을 방문해 주시다니 이거 영광이외다."

암천마가 희미하게 웃다가 다짜고짜 본론을 꺼냈다.

"본 교는 중원을 도모할 것이오."

구연천이 너털웃음을 터뜨렸다.

"하하! 부디 그 뜻을 이루시길 바라겠소!"

"본 교가 그대의 협력 따위를 바라진 않겠소. 물론 그대가 맹(盟)의 편에 서겠다면 그 역시 말리지 않겠소. 단……!"

그 얼굴이 흉신악살처럼 일그러져 이내 엄청난 살기를 드러내는 암천마.

"명심하시오. 본 교는 사상 최강이오."

"하하하!"

한 차례 호쾌하게 웃던 구연천이 그 미소를 지워 내며 진득한 눈빛을 발했다.

"그대가 교도들이 마음으로부터 인정한 당대의 천마(天魔)인가?"

"……."

"그대는 결코 천마가 될 수 없지 않은가? 그 별호에 잡스러운 암(暗) 따위를 붙이고서야 겨우 천마 흉내나 내는 것이 그대 아닌가?"

순간 질식할 것만 같은 광대무변한 마기가 사방으로 드리우기 시작했다.

"본 좌를 자극해서 좋을 것이 없을 텐데."

그렇게 엄청난 살기를 사방으로 뿜어내던 암천마 혁련강

이 갑자기 눈매를 가늘게 좁혔다.

"쥐새끼가 있었군."

'걸렸다고?'

무혼을 이토록 철저하게 갈무리하고 있는 자신을 느낄 수 있다고?

그건 자신, 아니 자타공인 천하제일인이라는 자하검성조차 불가능할 터였다.

절대경의 고수가 무서운 것은, 작정하고 무혼을 감춘다면 무인 특유의 강대한 기세를 모두 감출 수 있다는 것에 있었다.

자연경에 이른 삼신(三神)이라면 이야기가 달라지겠지만, 어쨌든 암천마는 명백한 절대경의 고수가 아닌가?

조휘가 그런 의문으로 얼룩진 얼굴로 굳어 있을 때, 희미한 발소리 하나가 들려오기 시작했다.

저벅저벅-

경쾌한 발걸음 소리.

마치 산보하듯 가볍게 장내에 나타난 사내는 놀랍게도 일전에 조가대상회에 나타난 천호대장군의 부장(副將) 단리웅(段理雄)이었다.

사방에 넘실거리는 마기를 아무렇지도 않게 헤치며 장내에 나타난 그를 암천마가 호기심 어린 표정으로 바라보고 있었다.

"호오. 쥐새끼 수준이 아니라는 건가?"

뭐라는 거야 저 등신은?

그의 상상도 할 수 없는 경지를 지금 느끼지 못하고 있단 말인가?

단리웅이 나타나자마자 구연천이 그대로 그를 향해 부복했다.

"존(尊)……!"

단리웅은 그가 말을 채 끝맺기도 전에 손을 휘휘 저으며 예를 물렸다.

이어 예의 무심한 얼굴로 암천마를 느긋하게 응시하는 단리웅.

"자신은 있는 건가?"

그 대단한 비공(秘公)이 무릎을 꿇으며 극진한 예를 보이는 상대였기에 암천마도 그제야 단리웅을 달리 보기 시작했다.

"지하상계의 숨은 권력가인가?"

"……."

상대가 대답이 없자 진득한 마기로 일렁거리는 암천마의 눈빛이 더욱 음침하게 빛났다.

"허나 본 좌는 신교(神敎)를 대표하는 존성. 적어도 하대(下待)를 하려면 본인의 위계부터 밝혀야 함이 옳지 않겠소?"

"다시 묻지."

너무도 무심한 단리웅의 표정.

"자신은 있냐고 물었다."

"뭐 이런 자가!"

단리웅이 가볍게 손을 휘젓자 암천마의 강렬한 마기가 또다시 흩어진다.

이내 강렬한 의문으로 굳어져 버린 암천마.

상대 특유의 무심한 목소리가 자신의 뒤편에서 들려왔기 때문이다.

"곧 좌(座)에 이를 내게 감히 그 알량한 마(魔)를 뽐낼 셈인가?"

그의 움직임을 눈으로 읽을 수도 없었던 암천마는 그대로 얼어붙고야 말았다.

"다시 묻겠다. 자신은 있는가?"

처절한 패배감과 치욕스러움에 입을 악다물고 있는 암천마.

잇새로 흘러나오기 시작한 핏물을 닦을 생각도 하지 못하며 그가 짓씹듯 입을 열었다.

"반드시 이 중원을 신교의 발아래에 조아리게 하겠소."

단리웅이 그제야 희미한 미소를 머금으며 그의 목표를 정정해 주었다.

"그대가 가장 먼저 목표로 삼아야 할 곳은 강남이다."

"강남(江南)?"

마교의 생사대적이라 할 수 있는 무림맹은 그 세력권이 강북(江北)에 있었다.

한데 사파의 권역인 강남을 먼저 치라니?

전통적으로 중원의 사파는 마교가 발호할 때면 표면적으로야 중립을 천명하나 기실 암암리에 힘을 보태 주는 편이었다.

"강남은⋯⋯!"

"괴이한 상단 하나가 중원의 질서를 어지럽히고 있지."

단리웅의 말을 듣자마자 곧바로 그 진의를 파악한 암천마.

"조가대상회?"

자신이 신녀를 참살하는 무리수를 뒀던 것은 모두가 조가대상회의 그 가짜 천마 때문이었다.

끝까지 신녀를 지지하던 신교의 존성들을 대거 솎아 낸 마당이라 내심 쓰린 가슴을 어루만지고 있던 터.

그렇지 않아도 반드시 징치해야겠다고 마음먹고 있던 곳이 바로 조가대상회였다.

하지만 암천마는 정체도 불분명한 자에게 압도된 상황에 곧바로 희색을 드러내진 않았다.

"그 대가는 무엇이오?"

"대가?"

순간, 단리웅에게서 엄청난 광채가 뿜어져 나왔다.

츠츠츠츠츠-

어찌하여 인간의 몸에서 광채가 흘러나올 수 있단 말인가?

원시천존의 선광(仙光)!

천존여래의 불광(佛光)!

이런 현상은 도교나 불가에서 신화처럼 여겨지는 신(神)들의 신위가 아닌가?

그것은 무슨 거창한 살기나 압도적인 기운 따위가 아니었다.

피륙을 지닌 인간으로서 결코 내뿜을 수 없는 종류의 힘!

그야말로 신좌의 여섯 제자, 육존신(六尊神)의 진정한 신위가 마침내 강호에 드러난 것이다.

그런 엄청난 광휘로 인해 암천마는 눈조차 제대로 뜰 수 없었다.

"그대가 말할 수 있는 것은 대가(代價)가 아니라 청(請)이다."

부르르르르-

온몸이 떨려 오는 암천마.

평생토록 신도들의 우러름을 받으며 살아온 암천마였지만 이제는 분노나 패배감조차도 일지 않았다.

이건 너무나도 압도적이다.

상대는 종(種) 자체가 달랐다.

인간은 결코 저러한 신위를 내보일 수 없을 테니까.

그 순간.

예의 무심한 단리웅의 시선이 정확히 조휘가 숨어 있는 곳을 향하고 있었다.

"누구냐."

그렇게 조휘가 긴장감으로 몸서리치고 있을 때, 천우자의 다급한 음성이 들려왔다.

-지금 네놈의 역량으로 저자를 막는 것은 불가! 이 천우자가 현신할 것이다!

이윽고 단리웅이 조휘가 숨어 있던 처마 밑으로 손을 뻗자.

"급급여율령(急急如律令)! 환운신신행(環雲申申行)!"

사방에서 모여들기 시작한 희뿌연 수증기가 이내 구름처럼 화하더니 그대로 천우자의 온몸을 감싸며 허공으로 솟구친다.

묘하게 일그러지는 단리웅의 표정.

"아무런 매질(媒質)도 없이 법력을 구사한다라."

이 너른 중원의 도사들 중에서 그러한 신위를 보인 자들은 단 한 부류밖에 없었다.

"천선(天仙)?"

단리웅은 이해가 되지 않았다.

자신들을 끝까지 귀찮게 했던 천선문은 이미 오래전에 멸문당하지 않았던가?

더욱이 자신은 그런 천선문의 멸문을 빠짐없이 지켜본 당사자가 아닌가?

무심한 얼굴로 허공을 응시하는 단리웅.

새그물처럼 엉켜 있는 구름이 상대를 감싸고 있어 그 본질을 알아볼 수가 없었다.

저러한 경지의 환변술(幻變術)은 그 옛날 천선문의 제자들 중에서도 구사하는 자가 그리 많지 않았다.

"놀랍군. 그 천선문이 아직도 이 중원에 암약하고 있을 줄이야."

이는 중대한 문제였다.

지금까지 중원을 운영해 온 방식을 모두 수정해야 하는 상황에 직면한 것이다.

-청열진진멸옥(靑熱眞眞滅獄)!

천우자를 감싸고 있던 구름이 모두 불(火)이 되었다.

상상도 할 수 없는 거대한 법력이 모두 불의 기운으로 치환되어 그대로 단리웅에게 쏘아진 것이다.

단리웅은 감히 경시하지 못하고 오른손을 뻗었다.

화르르르르!

화아아아악!

그렇게 불(火)과 빛(光)이 어우러졌다.

희미한 달빛만 드리워져 있던 차가운 밤하늘에 갑자기 태양과 같은 빛살이 일어난 것이다.

엄청난 충격파가 하늘 전체를 진동시킨다.

그야말로 천둥소리와 같은 굉음!

쿠쿠쿠구쿵!

암천마는 온통 찢겨 벌겋게 핏물이 배어 나오는 자신의 몸을 살피며 전율할 수밖에 없었다.

충격파의 위력이 얼마나 지극한지 자신의 피부를 모두 뒤집어 놓은 것이다.

'대체 어디서 이런 자들이……'

비공일맥이 대단하다는 말은 수도 없이 들었다.

하지만 모두 옛 존성들로부터 전해 들은 말이라 쉽게 피부에 와닿지 않았다.

허나 상상도 할 수 없는 그들의 엄청난 신위를 직접 경험하고 나니 절로 속으로 천마(天魔)를 부르짖게 되었다.

'천마이시여!'

전설의 천마가 나타나지 않고서야 그 누가 저들을 상대할 수 있을까?

'한데 저자는 누구란 말인가?'

시퍼런 불꽃을 온몸에 두른 그 모습이 마치 신화 속의 염제(炎帝)를 보는 것 같았다.

엄청난 광휘를 뿌려 대는 저 비공의 신인에게도 결코 밀리지 않는 위용!

그렇게 한 차례 서로의 힘을 가늠해 본 천우자와 단리웅이 손속을 거두고 허공에서 대치했다.

단리웅의 차가운 얼굴에 한껏 흥미가 돌았다.

법력의 매질은 보패와 보구.

허나 상대는 그 흔한 영옥(靈玉) 하나 들고 있지 않았다.

보통 보패 없이 구동한 법력은 그 위력이 반감되기 마련인데, 상대가 떨친 불의 힘은 결코 자신의 아래가 아니었다.

"매질도 없이 불의 법력을 이만큼이나 다루다니. 마치 당시의 천선문주를 보는 것 같군."

천우자는 비로소 상대의 정체를 알아보았다.

"휘영자(輝靈子)?"

"뭐, 뭐라?"

처음으로 당황하는 모습을 드러낸 단리웅.

휘영자는 존귀하신 신좌를 모시기 전, 속세에서 불리던 자신의 도명(道名)이었다.

수백 년이 흘러 이제는 아무도 모를 그 도명을 이자가 어찌 알고 있단 말인가?

"신을 참칭한 자에게 선인(仙人)의 고고한 영혼을 바친 것으로도 모자라, 아직도 그 명을 다하지 못하고 혼세일계를 떠돌고 있단 말인가?"

휘영자, 아니 이제는 육존신의 일좌인 휘영존신(輝靈尊神)으로 불리는 이는, 그 얼굴에 분노보다는 호기심을 드러내고 있었다.

"내 도명을 알고 있는 자라면 당시의 천선문주와 그의 제자들밖에 없다. 그대는 설마 당시의 천선문도인가?"

천우사는 긍정도 부정도 하지 않은 채 화염의 고리만 허공에 드리울 뿐이었다.

"아니지. 그 어떤 보패 없이 이만한 법력을 구사하는 이라면 오직 천선문주밖에 없는 터. 당신은 천우자(天宇子)로군."

상대가 비로소 확신한 듯한 기색을 내비치자 천우자는 굳이 부정하지 않았다.

"도(道)를 궁구하는 이가 어찌 아직도 신(神)의 환영에 얽매여 있는가?"

휘영존신의 얼굴이 엄숙해진다.

"그대는 신좌의 존체를 한 번이라도 직접 본 적이 있는가?"

"……."

이어 울려 퍼진 경건함 가득한 휘영존신의 목소리.

"그는 진정한, 그리고 유일한 신성(神聖)일세."

"미친 소리!"

"그는 친히 신좌에 이르는 길을 우리에게도 알려 주셨지."

우우우우웅-

나직한 공명음과 함께 천지사방에 광명이 드리워진다.

휘영존신의 육체가 더욱 밝게 타오른 것이다.

"보아라. 이것이 그가 나눠 준 신력(神力)의 일부다. 네놈이 감히 그의 파편이라도 감당할 수 있을 것 같으냐?"

그에게서 발현되고 있는 광휘는 그야말로 강렬히 타오르는 태양 그 자체였다.

한낱 인간의 힘으로는 결코 막을 수 없는 절대의 신성!

그렇게 엄청난 광압(光壓)이 천우자에게 드리워지자 놀랍게도 그의 영력이 썰물처럼 빠져나가기 시작했다.

도저히 현신(現身)의 영력을 유지할 수 없을 정도!

이를 지켜보던 조휘가 서둘러 외쳤다.

-이대로면 어르신은 죽습니다! 빨리 현신을 거두십시오!

결국 하는 수 없이 천우자는 현신을 거두고 영계로 돌아갔다.

다시 몸을 차지한 조휘는 전 의념을 동원하여 장막을 쳐 보았으나 상대의 광압을 채 반 초도 막지 못했다.

"크으으윽!"

그야말로 상상도 할 수 없는 고통이 전신에서 요동쳤다.

이대로 수 초만 더 지난다면 자신의 육체는 재가 되어 흩날릴 것이 분명했다.

한데 그 순간.

조휘의 동공에 거짓말처럼 하나의 상(象)이 맺혔다.

온갖 점과 선, 도형으로 어지럽게 맺힌 그것.

얼마 전 삼신마저 전율하게 만들었던 조휘의 무해(無解)였다.

스르르르르-

무수한 점이 덧칠되어 선이 되고, 선은 수많은 도형으로 화했다.

순간 조휘는 마치 자신의 뇌, 그 모든 잠재력이 일거에 개방되는 듯한 극렬한 쾌감을 맛보았다.

무해(無解), 그리고 무해(武海)!

비로소 조휘의 철검이 움직인 것은 바로 그때였다.

인간에게는 관념이란 것이 존재할 수밖에 없었다.

불이란 뜨겁고 물은 흐르며 공기는 떠도는, 인간은 그런 모든 사물의 본질을 경험과 학습, 이성을 통해 통찰할 수 있는 것이었다.

한데 지금 조휘의 두 눈에 비친 세상이, 그런 모든 관념들이 산산이 무너지며 해체되고 있었다.

처음에는 무수한 자연 현상들이 물리학적으로 재배열되는가 싶더니 갑자기 모든 것이 일그러지며 전혀 다른 차원의 무언가로 변이되기 시작한 것이다.

그건 마치 다른 법칙이 지배하는 세상.

그 느낌이란 말로 형용할 수 없을 만큼 이질적인 것이었고, 조휘는 그것이 인간으로서는 결코 경험할 수 없는 현상이라는 것을 본능적으로 깨닫고 있었다.

그렇게 조휘는 이내 무아(無我)의 상태가 되어 천천히 철검을 움직여 갔다.

그런 그의 검은 범인의 시선으로도 쉽게 좇을 수 있을 만큼 느릿했으나, 이를 상대하는 휘영존신은 그의 검에 담긴 이질적인 기운에 소스라치게 놀라고 있었다.

"그, 그건……!"

참(斬).

단순히 사선으로 그어지는 동작에 불과하다.

한데 휘영존신은 조휘의 그 일검을 '벤다'라고 인식할 수가 없었다.

상대의 '인식'과 '관념'을 붕괴시키며 들어오는 공격.

인식할 수 없으니 대응을 할 수 있을 리 만무하다.

서걱.

목 언저리부터 흉곽까지 기다랗게 혈선이 그어진다.

스르르륵

팔을 포함한 상체의 절반이 사선으로 미끄러지듯 떨어져
나간다.

그럼에도 휘영존신은 작열하는 고통을 느끼지도 못했다.

그만큼 조휘의 일검이 더욱 충격적인 것이다.

언제나 천신과 같았던 위엄을 보이던 그가 지극한 두려움
에 떨고 있었다.

"시, 신좌(神座)?"

조휘의 무심한 두 눈이 철검을 들고 있는 자신의 손을 응시
하고 있었다.

방금 전의 일검.

그것은 공(空)도, 멸(滅)도, 무해(無解)도 아니었다.

무슨 거창하고 초월적인 힘이라도 느꼈으면 이해나 하겠
지만 그저 이질적으로만 느껴지는 힘.

"이게 신좌라고?"

"무, 무무지경(無無之境)까지! 대체 당신은 누구⋯⋯!"

"어?"

잠깐만 이건 뭐지?

내 몸이 사라졌다.

아니 사라졌다기보다는 세상 만물의 모든 존재력(存在力)

과 합일된 느낌이라고나 할까?

-이럴 수가! 이건 육체(肉體)도 영체(靈體)도 아니다!

-허허…… 전설적인 도경 속에서만 묘사되던 것을 실제로 목도하게 될 줄이야…….

자신은 차갑게 흩날리는 바람이자 동시에 창공 아래 흐드러지게 맺힌 달빛이었다.

팔을 내뻗으면 울창한 녹음, 생령의 기운이 치솟았고, 두 다리를 내디디면 강렬한 지기(地氣)가 함께했다.

하지만 이 모든 법칙을 내가 비틀어 버린다면?

순간 조휘의 머릿속에 대재앙이 그려졌다.

'마, 말도 안 돼…….'

상상할 수도 없는, 아니 상상조차 해선 안 되는 가공할 광경.

이게 한낱 인간이 펼쳐 낼 수 있는 힘이라고?

무해(無解)를 넘어서자마자 목도한 자신의 세상은 그야말로 신계(神界).

조휘가 그런 기묘한 심정으로 황망해하고 있을 때 서서히 그의 몸이 다시 재생되고 있었다.

의복은 이미 재가 되어 모두 떨어져 나가 있었고, 취선개로 분한 얼굴 역시 본래의 모습으로 되돌아와 있었다.

방금까지의 전능한 힘 역시 허망하리만치 점차 잦아들어 갔다.

"너는……!"

소검신(小劒神)!

휘영존신은 그다음 말을 내뱉지 못했다.

조휘가 자신의 전능력(全能力)이 모두 사라지기 전에 그를 향해 팔을 뻗었기 때문이다.

꽈드득!

휘영존신의 몸이 순식간에 압착되더니 한 줌의 핏물이 되어 후드득 떨어졌다.

천 년에 가까운 시간을 선인으로 살아온 자.

신좌와의 인연으로 반신(半神)의 경지에 이른 절대자의 죽음은 그토록 허망하고 참혹한 것이었다.

이어 조휘는 참을 수 없는 수마(睡魔)가 밀려왔다.

아니 그것은 졸음이라기보다는 죽음에 가까운 무력한 느낌이었다.

마치 내면의 모든 것이 텅 비어 버린 느낌.

마침내 그의 몸이 점점 추락하기 시작하자.

갑자기 그의 주변 어딘가의 공간이 일그러지다 이내 눈부신 광채가 작열한다.

촤아아아아!

공간을 찢고 나타난 이는 휘영존신과는 정반대로 온몸에 암흑(暗黑)을 드리운 자.

정신을 잃은 조휘를 두 손으로 받아 든 채 물끄러미 응시하던 신비인은, 이내 머나먼 창공을 향해 몸을 날리고 있었다.

"허……."

허망한 심정으로 멍하니 하늘을 올려다보고 있는 암천마.

그는 마치 신화(神話) 속의 한 장면을 본 것만 같았다.

무공?

그들이 펼쳐 보인 모든 것들은 무공 따위의 체계로 설명할 수 있는 종류가 아니었다.

온몸이 지르밟힌 듯한 지독한 패배감.

그제야 암천마는, 신교의 과거 존성들이 왜 그토록 오랜 세월 동안 천마를 기다려 왔는지 뼈저리게 깨달을 수밖에 없었다.

전설속의 천마(天魔)가 살아 돌아오시지 않는 이상, 저런 괴물들로 득실거리는 중원을 결코 온전히 지배할 수 없는 터.

설사 요행으로 중원을 정벌해 본들 저런 자들이 암약하고 있는 판국에 무슨 의미가 있을 수 있단 말인가?

결국 암천마는 아직도 두려움에 벌벌 떨며 바닥에 오체투지하고 있는 당대의 비공을 향해 냉담한 음성을 토해 냈다.

"방금 전의 그 말. 듣지 않은 것으로 해 주시오."

자신의 음성이 또렷하게 들렸을 텐데도 고개조차 들지 못하고 있는 비공 구연천.

문득 암천마는 암중으로 중원을 움켜쥐고 있다는 저 비공 일맥조차도 그저 누군가의 지배를 받는 존재에 불과하다는 사실에 광소가 치밀었다.

"하하하하! 과연! 과연 중원(中原)! 실로 대단하구나!"

수백 년 동안 억눌러 온 신교의 광기조차도 잦아들게 만들 만큼, 이 중원에는 저토록 위대한 절대자들이 즐비하단 말인가!

저벅저벅.

결국 암천마 혁련강은 다시 신강(新疆)을 향해 발걸음을 되돌려야만 했다.

천마가 돌아오시지 않는다면 스스로가 진정한 천마가 되기 위하여.

◆ ◈ ◆

똑. 똑.

바위로 짓누르는 듯한 지독한 두통과 함께 깨어난 조휘.

그런 그의 귓가로 가장 먼저 들려온 것은 떨어지는 물방울 소리였다.

"으음……."

몸서리가 처질 만큼 뜨거운 공기.

빛 한 점 들어오지 않는 어스름한 공간.

조휘는 불길한 예감이 들어 더욱 감각을 끌어올렸으나 바람 한 점 일렁이지 않았다.

이토록 공기의 순환이 정체된 곳이라면 의미하는 바는 단하나.

'동굴?'

과연 조휘의 시야에 어렴풋이 들어온 것은 기다란 종유석(鐘乳石).

조휘는 굳이 보지 않아도 이곳이 천장이 모두 종유석으로 뒤덮인 종유석굴이란 것을 깨달을 수 있었다.

"깨어났는가."

순간 조휘는 소스라치게 놀라며 철검을 미간의 중심으로 치켜세웠다.

철검의 좌우로 날카롭게 빛나고 있는 그의 두 눈이 이내 목소리가 들려온 전방을 향했다.

"누구지?"

"기력을 많이 소모하지 마라. 말을 많이 해서도 안 될 것이다."

"정체부터 밝혀라! 그리고 여긴 어디…… 흐윽!"

조휘는 순간적으로 어지러워 하마터면 쓰러질 뻔했다.

머리가 띵한 것이 전형적인 산소 결핍의 현상!

"천 장 깊이의 지저(地底)다. 평범한 인간의 몸으로는 견디기 힘든 곳이지."

순간 조휘는 소름이 돋았다.

일천 장(一千丈)이라고?

여기가 미터법으로는 삼천 미터, 즉 삼 킬로미터 깊이의 동굴이라니!

츠츠츠츠츠츠-

결국 조휘가 검강을 일으켰다.

"뭐, 뭐야 저게?"

자신이 어렴풋이 본 것은 종유석 따위가 아니었다.

사방 천지에 가득한 석영(石英)들!

육각 형태의 거대한 석영들이 그야말로 빼곡하게 동굴 전체를 지배하고 있었다.

심지어 자신이 누워 있던 곳도 쓰러진 석영의 위였다.

지금 중원 문명의 기술로는 결코 닿을 수 없는 지저의 세계.

조휘가 이내 새하얀 검강 빛무리를 목소리가 들려온 곳을 향해 드리웠다.

한데 놀랍게도 검강의 빛이 그에게 닿자마자 마치 흡수되듯 빨려 들어가 이내 다시 암흑천지가 되어 버렸다.

그런 기상천외한 광경에 조휘는 본능적으로 깨닫는 바가 있었다.

그의 기질이 인간의 그것이 아닌 것이다.

"내공도 기력의 일부. 질식해 죽고 싶은 것인가?"

"동료의 복수를 하러 온 건가?"

"복수라."

의문의 사내에게서 들려온 목소리에서는 아무런 감정이 느껴지지 않았다.

단 한 점의 희로애락도 느껴지지 않는 무의미한 목소리.

마치 인간의 감정 자체를 망각한 존재 같았다.

"왜 그래야만 하지?"

조휘가 묘한 얼굴을 했다.

"당신은 그놈과 엇비슷한 경지. 육존신이 아닌가?"

"육존신?"

전혀 모르고 있는 듯한 상대의 어투.

"신좌의 제자들이 아닌가?"

"제자?"

그에게서 처음으로 인간의 감정 비슷한 것이 드러났다.

가늘게 웃고 있는 그의 음성은 마치 비웃음처럼 느껴졌다.

"그렇게 믿고 있는 멍청한 놈이 있었단 말인가?"

"뭐?"

피식 자조 어린 웃음을 터뜨리던 그에게서 다시 예의 무심

하고 어눌한 음성이 들려왔다.

"내가 그의 제자씩이나 되는 몸이었다면, 굳이 그의 시야

가 닿지 않는 지저까지 네놈을 데려왔을까?"

"……."

이런 무식한 곳까지 자신을 데려온 이유가 신좌의 감각권

에서 벗어나기 위함이었단 말인가?

하지만 무려 지하 일천 장 깊이의 동굴이라니!

"그가 우리에게 행했던 것은 실험이다. 변수를 없앨 실험."

"실험?"

"우리를 통해 모든 불확실한 변수를 제거하고 마침내 그는

오롯한 존재가 되었지."

이어 고요하게 침묵하던 그가 이윽고 참을 수 없는 의문을
드러냈다.

"한데…… 넌 뭐지?"

어둠으로 온몸을 감싼 존재의 음성은 놀랍게도 떨리고 있
었다.

"아직 불완전해 보였지만 네게서 느껴졌던 것은 분명 그의
절대적인 신력(神力)이었다. 모든 법칙과 관념을 망가뜨리며
짓쳐 오는 오롯한 신력! 말하라! 도대체 어떻게 그곳에 다다
랐지?"

"그곳?"

"좌(座) 말이다!"

글쎄…….

과연 그 정도가 신좌라는 거창한 이름으로 불릴 수 있는 걸까?

분명 그때를 생각해 보면 이루 말할 수 없는 전능감으로 가
득하긴 했지만 그 정도가 무려 신좌의 힘이라고?

자신이 상상했던 신의 능력이라면 창조(創造), 시간역행
(時間逆行), 차원이동(次元移動), 영원불멸(永遠不滅)과 같
은 고차원적인 능력들이었다.

하지만 자신이 발휘할 수 있었던 힘은 고작 법칙과 관념의
파괴에 불과했다.

그나마 그것도 일회성.

지금 이 자리에서 다시 발휘할 수도 없는 힘이었다.

"글세, 그게 과연 신좌의 힘일까?"

"말해 다오. 좌에 이를 비밀을 알려 준다면 내 모든 것을 걸고 너의 염원을 들어줄 것이다."

"그전에 당신의 정체부터나 밝히라고."

어둠 속에서 그가 잠시 망설이더니 스스로를 밝히기 시작했다.

그로서는 천 년이 넘는 세월 동안 본인의 이름을 말하는 건 처음이었다.

"귀암자(鬼暗子)."

"귀암자? 당신도 선인이었나?"

"도(道)는 이미 모두 잊었다."

그게 무슨 의미가 있냐는 듯 귀암자가 자조적으로 뇌까릴 그때.

천우자가 조휘의 허락도 받지 않고 그의 몸에 현신해 버렸다.

귀암자는 바뀐 조휘의 기질을 곧바로 알아보았다.

"뭐지? 존재력의 기질이 바뀌었다? 당신은 또 누군가?"

천우자의 두 눈에서 그득그득 눈물이 맺히기 시작했다.

"사부……."

그대로 엎드리며 오열하는 천우자.

"사부님…… 으흑흑……!"

귀암자(鬼暗子).

하지만 그의 원래 도호는 귀암자가 아니라 독암자(獨巖子)

였다.

도사들과 쉬이 어울리지 못하고 언제나 홀로 독보하며 한 없이 수양에만 힘쓰던 자.

그의 성정은 별호처럼 바위와 같이 굳세고 단단해서 섣불리 다가가기 힘든 사람이었으나, 의외로 그를 따르는 후학들이 많았다.

그는 후학을 위해서라면 자신의 것을 나눠 주는 것에 결코 인색함이 없었다.

바위처럼 단단한 철혈의 성정 내면에는 온유함과 자애로움으로 그득했던 것이다.

그는 한없이 도(道)를 궁구하는 전형적인 도인.

지극히 개인적인 성정만 아니었다면 아마도 그는 천선문 역사상 가장 위대한 도인이 되었을 터였다.

그는 현선(玄仙)과 진선(眞仙)을 넘어 영선(永仙)에 다다른 유일무이한 도인이었다.

그런 그의 지극한 궁구함에 혹시라도 하늘이 화답해 준다면 천선문 역사상 처음으로 대선(大仙) 혹은 신의 경지라 일컬어지는 천선(天仙)에 다다를 수도 있었던 것이다.

당시 지선(支仙)에 불과했던 천우자는 그런 독암자를 지극히 존경하고 흠모했다.

천선문 내에는 쟁쟁한 도인들이 수도 없이 많았지만 그의 마음은 오로지 독암자에게만 향해 있었다.

드높은 경지를 떠나 추구하는 길(道)이 같았던 것.

독암자는 천도경의 대표적인 가르침인 제행무상(諸行無常)을 반박하는 자였다.

우주 만물의 모든 것은 늘 변하며 한 가지 모습으로 머물러 있지 않는다는 전통적인 가르침.

하지만 독암자는 그런 무상(無常) 속에서도 물질이 아닌 영혼만큼은 그 형질과 계급이 본래부터 정해져 있다는 주장을 펼치고 있었다.

이는 도가의 상식을 뒤집는 발언으로 천선문 내에서도 많은 도사들의 반발을 샀다.

사람 본연의 영과 혼을 갈고닦아 끝끝내 존귀한 존재로 탈각(脫殼:인간의 껍질을 버림)한다는 도가의 근본적인 가르침에 완전히 위배되는 말이었기 때문.

게다가 그가 그 근거로 든 예조차 너무나 터무니없는 망상과 같은 것이었다.

참선 끝에 다다른 환상의 비경.

그는 그런 환상 속에서 절대적인 신격과 조우했다고 주장했다.

도저히 좁힐 수 없는 격(格)의 차이를 마주한 그는 끝도 없는 절망에 빠지고야 말았다.

그 존재는 자신이 하늘의 화답을 받아 천선의 경지에 다다른다 해도 결코 닿을 수 없는 아득한 신격이었다.

그 후로 그는 종적을 감추고야 말았다.

누군가는 그를 더러 사악한 마음에 물들어 마선(魔仙)이 되었다고 손가락질했지만 천우자는 결코 믿지 않았다.

하지만 저 모습을 보라!

온몸에 칠흑과 같은 귀기를 두른 그 모습이 영락없는 마선이었다.

허나 그런 귀기 속에서 바위처럼 단단했던 독암자 고유의 강고한 존재력이 그대로 전해져 오고 있었다.

눈물범벅 처연한 얼굴의 천우자가 이내 어둠 속에서 일렁이는 귀기를 응시했다.

"사부, 그때 사부가 보았던 비경 속의 존재가 혹 신좌였습니까?"

"넌……."

자신을 사부라 부를 수 있는 이는 단 한 명밖에 없었다.

"우(宇)란 말이냐?"

천우자를 저런 짧은 별칭으로 부를 수 있는 사람 역시 단 한 명뿐.

"정말 사부님이시군요……."

너무나도 오랜 세월이 흘렀다.

이제는 기억조차 희미해 사부의 얼굴조차 머릿속에 그려지지 않는다.

"제발 법력을 거두시고 제 앞에 나타나 주십시오. 대관절

그 불길한 귀기는 다 무엇입니까? 사부님을 직접 뵙고 싶습
니다."

이내 암흑 속에서 허탈한 음성이 들려왔다.

"이 암운(暗雲)은 내 의지로 거둘 수가 없느니."

구사한 법력을 시전자가 거둘 수가 없다?

도가의 상식과는 완전히 배치되는 그의 대답에 천우자가
이내 얼굴이 일그러뜨렸다.

"법력을 회수하지 못한다니 그게 무슨 소리이십니까?"

"이건 법력이 아니다."

법력이 아니라고?

천우자가 보기에 그의 주변에서 너울거리는 귀기는 분명
흑암의 법력이었다.

게다가 그 위력은 또 얼마나 강력한지 주위의 빛조차도 빨
아들일 지경.

잠시 멍하게 굳어 있던 천우자의 얼굴이 곧 흙빛으로 변한다.

"설마 사부님께서는!"

이어 들려온 귀암자의 자조적인 목소리.

"철저한 실험이었다. 인간이 왜곡된 법리를 탐하면 어떻게
되는지를…… 그는 우리를 통해 모든 결과를 도출했지. 그 인
과로 나는…… 내 세계에서 양(陽)을 잃었다."

양(陽)을 잃었다고?

아니 그게 무슨 뚱딴지같은 소린가?

삼라만상의 태극(太極)이란 그야말로 모든 존재에게 두루 미치는 법.

각자의 세상이 따로 있는 것도 아닐진대, 어찌 한 사람에게만 자연의 법칙이 왜곡될 수 있단 말인가?

"나는 이러한 현상을 좌(座)들의 저주라 부르고 있지. 삿된 방법으로 좌에 오르려 한 자를 향한 신들의 미움."

"말도 안 돼……."

자신이 아는 법술의 체계와 이론상 도저히 납득할 수 없는 말이었다.

"그것보다 어찌하여 그자의 육신에 네 혼이 함께하는 것이냐? 설마 너는 마선이 된 것이냐? 이혼(移魂)의 법력을 구사하는 것은 너무도 위험한 짓이다."

법칙을 비틀어 왜곡하는 마선들의 사악한 법술 중에서도 가장 위험한 종류가 바로 영혼을 다루는 법술이었다.

영혼을 다루는 마선들의 법술은 강호에게도 영향을 미쳤다.

배교라는 악랄한 집단이 생겨나 천하가 몇 번이고 혼란에 휩싸였던 것.

"이혼 같은 것이 아닙니다."

"이혼이 아니다?"

곧 천우자의 장황한 설명이 이어졌다.

영옥(靈玉)들의 탄생 배경을 설명하기 위해서는 달마와 세 제자들 사이에 있었던 일들을 모두 설명해야만 했다.

"그런 엄청난 법보가……!"

달마옥의 상상할 수도 없는 위력을 모두 전해 들은 귀암자는 실로 경악할 수밖에 없었다.

발상부터가 너무도 사악하다.

인간들의 욕망을 이용하여 그들을 타락시키고, 그 무수히 타락한 영혼들을 법보(法寶)에 귀속시켜 강화한다?

게다가 그 사악한 법보를 만든 존재가 선종의 위대한 시조 달마라고?

더욱이 타락한 영혼들을 모두 법력으로 치환시켜 자신의 마지막 유희인 환생을 완성시켰다니!

"달마는 어떤 존재로 환생하였느냐? 그 환생자를 찾긴 찾았느냐?"

"찾지 못했습니다. 다만 의심은 하고 있지요."

"의심?"

천우자가 생각을 정리하다 서서히 두 눈을 반개했다.

"신좌."

"뭐, 뭐라고?"

"평생토록 도를 궁구한 도인이 마침내 선도(仙道)에 이르러 몇 번이고 수명을 초월한다고 해도 감히 닿을 수 없는 경지가 대선(大仙)입니다. 허나 그런 대선조차 신좌에 비한다면 그 격이 한참 모자라지요."

천우자가 이를 깨물며 씹어뱉듯 입술을 달싹였다.

"사부님께서는 한낱 인간이 단 일생(一生)으로 그와 같은 경지에 이르는 것이 가능하다고 보십니까?"

동의한다는 듯 귀암자의 목소리가 더욱 진중해졌다.

"그것이 인간의 일생으로 가능한 업(業)이었더라면 이 우주에는 무량대수의 신들이 탄생했을 터. 그렇지. 불가능하지."

천우자가 천천히 고개를 끄덕였다.

"환생의 겁(劫)마저 성공시킨 자가 과연 모든 인과의 안배를 자신의 다음 생에 펼치지 못하겠습니까? 그가 만약 미리 펼쳐 놓은 안배를 통해 이전 생의 지식을 자각했다면? 인간 문명 최초의 선각자(先覺者)라는 달마는 충분히 스스로 신이 될 수 있는 존재입니다."

"과연……!"

한데 갑자기, 천우자의 안색이 어둡게 물들어 갔다.

"……그리고 또 다른 가능성이 하나 더 존재합니다."

"가능성? 다른 환생자를 발견한 것이냐?"

"신좌가 환생자라는 것은 애초에 추측이요 가설(假說)입니다. 하지만 확실한 환생자가 존재하지요."

환생자가 또 있다고?

세계의 법칙을 부순 자가 그토록 많단 말인가?

한데 그다음 이어진 천우자의 말은 귀암자를 경악하게 만들었다.

"그자는 바로 이 육체의 주인입니다."

"뭣이!"

너무나도 뜻밖의 말.

얼마나 놀랐는지 귀암자의 강력한 법력으로 인해 동굴 내부의 공간이 일부분 일그러질 정도였다.

"방금 전까지만 해도 너는 그자를 달마의 세 제자들에 의해 안배된 자라고 하지 않았느냐? 세 영옥이 합일된 것도 그 인과 때문이 아니었느냐?"

천천히 고개를 가로젓는 천우자.

"달마는 인간의 영혼을 법력으로 치환하는 방법만큼은 결코 세 제자들에게 가르치지 않았습니다. 물론 그들 역시 오랜 수양과 실험을 통해 영옥을 탄생시켰으나 그들이 구현해 낼 수 있었던 것은 오직 확률(確率)입니다. 영옥에 무수한 영혼이 쌓이면 확률적으로 환생자가 탄생할 '수도' 있다는 것. 하지만 말 그대로 확률, 가설일 뿐이지요."

"허어⋯⋯."

"무엇보다 이놈의 성장 속도가 인과율을 벗어나 있습니다. 신좌가 남긴 모든 유물들을 그야말로 '보자마자' 깨우칩니다. 그것으로도 모자라 스스로 재해석하여 전혀 새로운 경지에 진입합니다. 인간으로서는 결코 가능한 수준의 성장 속도가 아닙니다."

"으음⋯⋯."

"그중에서도 가장 놀라운 것은 세상의 본질을 보는 이놈의

눈(目)입니다. 본질을 꿰뚫어 보는 그 능력만으로도 신좌의
추종자들을 일거에 물러나게 만들었지요."

한참이나 침묵하고 있던 귀암자가 서서히 의문을 드러냈다.

"허면 너는…… 아니 영계 속의 모든 존자들이…… 달마를
돕고 있는 것일 수도 있다는 뜻이로구나."

"……."

그렇게 진실로 무서운 말을 들으며 이를 지켜보던 조휘는
억울한 마음에 소리라도 치고 싶었다.

내가 달마는 개뿔이!

길거리에서 파는 그 흔한 달마도(達磨圖)도 한 점 사지 않
는 자신더러 그 미친 달마라니!

그제야 조휘는 자신을 적극적으로 도와주던 영계의 다른
존자들과는 달리, 지금까지 자신에게 비협조적이거나 소극
적이었던 천우자의 태도가 모두 이해되었다.

저런 의심과 꿍꿍이를 마음에 숨겨 왔던 것이다!

"이제 사부님도 말씀해 주십시오."

천우자는 가슴속에서 치밀던 의문을 끝끝내 참아 내고 있
었지만 더 이상은 참을 수기 없었다.

"신좌는 어떤 자입니까? 어떤 모습을 하고 있습니까? 그 성
정은 어떠합니까? 진실로 인간의 모든 욕망을 초월한 신이
확실합니까?"

또다시 한 차례 긴 침묵을 유지하는 귀암자.

오랜 세월을 격하고 만난 제자는 무슨 일생토록 지켜 온 비밀을 내놓으라는 것마냥 요구하고 있었지만 우습게도 자신은 말할 것이 별로 없었다.

"그의 형상을 말하는 거라면 그는 무엇으로도 화(化)할 수 있다. 흔한 나무가 될 수도 있고 발에 채는 돌이 될 수도 있지. 사람의 형상을 한 것은 본 적이 없다. 나는 그를 물(水)로 대했으니까."

"예?"

"그것은 둔갑술(遁甲術)과 같은 법력이 아니었다. 정말로 그는 물 그 자체였다. 오롯한 영음으로 내게 말을 건네 왔지. 그에게 형상이란 아무런 의미가 되지 못한다."

조휘는 소름이 돋았다.

그럼 지금 이 자리, 이 동굴의 뜨거운 공기가 신좌일 수도 있다는 뜻이지 않은가?

어디에도 존재할 수 있지만 어디에도 존재하지 않는 자.

"그가 좋아하는 것은 물과 빛이다. 특히나 빛을 좋아하지. 그래서 그 휘영존신이 그토록 신좌를 따랐나 보군."

또다시 천우자가 의문을 드러냈다.

"육존신이라 불리는 이들은 서로 아무런 교류가 없습니까?"

"나로서는 육존신이란 그 호칭부터가 처음이었다. 교류? 다른 실험체들은 만나 본 적이 없다."

이상한 일이었다.

신좌의 의지를 함께 이은 자들 중 누구는 자신을 실험체라 부르고 누구는 제자라 몸을 낮춘다.

이는 신좌의 의중에 일관성이 없다는 뜻.

"마지막으로 그를 만난 건 언제입니까? 아직도 사람들의 세상에 그 의지를 투사하고 있습니까?"

천우자로서는 가장 궁금한 것이 바로 이것이었다.

정말 비공일맥이 신좌의 의지에 의해 조종되고 있는 단체일까?

과연 인간을 아득히 초월한 존재에게 그것이 무슨 의미가 될 수 있다고 그런 비생산적인 일에 몰두한단 말인가?

"나는 그의 실패작이다. 언제든 나를 소멸시키려 들 터. 세상에 드러내고 다닐 입장이 아니라 그를 만난 적은 없다. 그리고……."

귀암자가 지극한 의문을 드러낸다.

"그가 자신의 의지를 이 중원에 투사하고 있다니…… 지나친 억측이다. 그에게 인간의 재산이 무슨 의미가 있단 말인가? 그에게 인간의 탐욕이 의미가 있을 것 같은가?"

"예? 그럼 신좌의 추종자들은……!"

이어 들려온 귀암자의 비릿한 음성.

"그의 능력을 나눠 받은 자들 중에서라면 말이 달라지겠지. 특히나 통천주(通天主), 그놈이 그럴 놈이라는 건 네가 가장 잘 알고 있지 않느냐?"

천우자의 두 눈이 휘둥그레졌다.

"통천주! 통천문 그 빌어먹을 마선들이 아직도 활동하고 있단 말입니까?"

"그자는 여섯 실험체 중 가장 욕망이 강한 자였다. 게다가 그 경지도 가장 뛰어나지. 우리들 중 좌(座)에 가장 근접해 있는 자다."

"허어……!"

"사실 이 내가 지저(地底)를 전전하는 것은 신좌 때문도 있지만 근본적으로는 그자 때문이다."

"왜입니까?"

"그 역시 나를 소멸시키기 위해 혈안이기 때문이다."

〈9권에 계속〉